深圳女人

十十 著

中国言实出版社

图书在版编目(CIP)数据

深圳女人 / 十十著. -- 北京：中国言实出版社，
2022.2
ISBN 978-7-5171-4063-4

Ⅰ. ①深… Ⅱ. ①十… Ⅲ. ①短篇小说—小说集—中
国—当代 Ⅳ. ①I247.7

中国版本图书馆CIP数据核字(2022)第035910号

深圳女人

责任编辑：王蕙子
责任校对：罗　慧

中国言实出版社出版发行
地址：北京市朝阳区北苑路180号加利大厦5号楼105室（100101）
编辑部：北京市海淀区花园路6号院B座6层（100088）
电话：64924853（总编室）　　64924716（发行部）
网址：www.zgyscbs.cn
E-mail：zgyscbs@263.net

经销：新华书店
印刷：阳谷毕升印务有限公司
版次：2022年5月第1版　　2022年5月第1次印刷
规格：880毫米×1230毫米　1/32　11.25印张
字数：200千字

定价：58.00元
书号：ISBN 978-7-5171-4063-4

十十小说印象（代序）

文／周航

　　十十的小说创作起步较晚，有可能是做家庭主妇无聊久了，也有可能受作家丈夫的影响，才拿起了笔。但没想到的是，十十开始写起来却一发不可收拾，俨然一位写作老手，写出了很多能让人眼前一亮的短篇。差不多十年前我就读过她的一些小说，印象颇为深刻，而眼前的这部《深圳女人》，则更是令人惊喜。我私下认为，十十的小说创作，真称得上是深圳文学的重要收获。

　　这个集子近20万字，不知十十是有意还是无意，不多不少刚好12个短篇，大有写尽年岁甘苦的象征意味。与以往一样，十十把笔力集中到深圳的女人身上。深圳，从来就不缺少故事，尤其是不缺少充满了悲欢离合、人情冷暖的女人们的故事。十十笔下的那些女人们的故事，读起来跌宕起伏、曲折多姿，故事本身好读之余又给人留下诸多长吁短叹，我不由得想在此谈点对她小说的印象。

十十本人在深圳漂了长达 20 多年，她熟悉深圳，熟悉深圳的女人们，所以她总愿把目光聚焦于那些形形色色、因各种原因漂到深圳的女人们身上。她留意她们，观察她们，体味她们，研究她们，并最终写下了她们。十十笔下的深圳女性故事虽斑斓多彩，各有各的精彩曲折，但细读之下，却能让人感受到一些规律性的东西。由此，我认为十十已进入一种自觉的、有建构意识的写作阶段。

一是十十笔下的女主人公都是已婚的来自农村的底层女性。深圳本来就是一座移民城，几十年来，这个城市演绎着全中国最为丰富多彩的时代和人生故事，尤其是深圳的女性的人生，更是包蕴着社会大转型时期的酸甜苦辣。不过，深圳早期打工妹的故事类型不再是十十关注的重点，十十的笔触已转向早期打工妹的人生"续集"，她们不再青春，她们已为人妻为人母，柔弱的双肩早承担起更多的人生坎坷和情感经历。安静、莲子、杨梅、秀儿、芳菲、彩霞、翠红、菊花、江心、南丽、云姨、卫蓝，她们几乎是清一色的农村已婚女性，她们的故事又几乎没有一个是雷同的。安静与"莫子"（性无能丈夫的网名）的离奇网恋，莲子与小学时期暗恋的波在城市巧遇并相爱，不甘平淡的杨梅与小学同学罗远相爱却被骗，秀儿在前夫与亲姐私奔后接二连三的悲苦遭遇……江心从妻子变成第三者的无奈……每个故事都令人唏嘘！从中可看到，她关注的是底层女性的命运，她们绝大多数身居底层，卖烧烤的秀儿、清洁工云姨、保姆莲子……

十十在她们身上不露声色地倾注了深切的悲悯之情，这是我欣赏十十小说的一个重要原因。

　　二是十十笔下的女主人公几乎都把深圳当成了情感避难所。这是一个颇具象征意味的指向。在十十的笔下，当女主人公遇到绕不过去的坎儿的时候，她们的目光就投向深圳，继而在深圳开始新的人生打拼，深圳俨然成为一记以往伤口的创可贴，当然又有可能成为一个新的伤心之地。由此，十十笔下深圳的女人故事才更加摇曳多姿起来。莲子受不了丈夫罗峰的折磨而去深圳做保姆，邂逅了少女时代的梦中情人波，从而让莲子看到了生活和爱情的双重希望。他们相爱并最终决定结婚。但结婚前夜波却莫名失踪，原来波发现前妻奸情之后失去了性能力，为了不耽误莲子的青春而最终选择了逃离。故事在一波三折的同时，又让人深深感叹真情的可贵和人性的复杂。同样地，芳菲因不能与高中同学志强结合而远避深圳，但造物弄人，20多年后，芳菲与志强在手机上相遇了，他们旧情复燃，芳菲再次被往日的爱情唤醒。但结局让人意想不到，岁月流逝，青春不再，秃顶的志强与发胖的芳菲见面时，彼此都在突然间失去了激情，重燃的恋情之火瞬间熄灭，原来美妙的爱情有可能只是青春时期留下的一道至今都鲜明的疤痕。我想，这不仅仅是一个简单的恋情故事吧，故事本身的意义早就溢出了讲述的边界，只是十十没去过多地渲染，小说能够带给我们的，很多时候还需读者主动地去延伸和完成。

三是十十笔下开始出现类型化人物。这里说的类型化，带有人物典型形象塑造的意思。十十的小说渐趋成熟，在小说创作中有可能在有意识地塑造一些人物典型，突出某类人物以增强反映社会现实的力度，同时也让小说更有趣、更耐读。在这方面，有两类人物给我留下了深刻印象。第一类与"深圳女人"系列形象塑造相对应的，是与这些女人关系密切的男性形象。十十在小说中对男性形象很大程度上是持批判态度的，一是男人们在妻子和母亲面前几乎都是无条件地站在母亲一边，二是负情最多是汉子，三是紧抱传宗接代的旧思想观念。十十的批判态度并没有直接在叙事中表露出来，而是有意无意地在现实中给他们施加惩戒。

安静丈夫好赌成性，后来他的生殖器被追债人打坏了，失去了性能力，才化名莫子，以一个陌生网友的身份与妻子在网上热恋十余年。无独有偶的是，莲子少女时代的梦中情人也因发现前妻的奸情而在一夜之间失去了性能力，最后不得不在结婚前夜远逃他乡。让男人失去性能力，在文字中阉割掉男人，这大概是一个最有寓意和象征性的惩戒了。因为站在十十的角度上看，女主人公的很多悲情人生都是男人的负心所致。杨梅因天真而被罗远欺骗，与丈夫陈杰离婚，最后被骗光了一切，落得倾家荡产、晚景凄凉；对芳菲献尽殷勤的高中时期恋人志强，见到人老珠黄的芳菲时即刻失去兴趣；老实巴交的黑子也出轨；翠红的丈夫正是当年强奸她的那个男人；菊花的老公刘阳因中奖而彻底变成了另一个人……多为负面形象的男人们，在十十的笔下以各种面目出现，也多以不同形式得到相应的惩戒。

十十的小说中，婆婆形象也是相当负面的。她们都比较强势，儿子在母亲面前都很听话，即使母亲不对，也没有任何反抗的意识，这让儿媳们很看不惯。婆婆们与儿媳显得格格不入，落后、愚昧、顽固、自私、不近情理，甚至还有变态偷窥的恶行，这些成为婆婆形象的特有定义。江心与婆婆更是水火不容，闹得鸡犬不宁，这直接导致了江心与丈夫离婚、前夫再婚，江心沦为前夫情人而成为插足的第三者的结局；芳菲也是因为志强母亲的极力反对，才没有与相恋的人走到一起，等等。不过，十十也并非全面否定婆婆这一类型形象，在十十笔下，她们也为人善良，勤俭持家，对儿子充满爱心，对家庭具有奉献精神，等等。但这些并不能掩盖她们的性格缺陷，十十批判的矛头指向相当明确。

整体来看十十小说的人物类型，婆婆和负心汉这两类形象是塑造得比较成功的。女主人公们的幸福和悲伤，概由他们而起，女主人公形象活跃在前台，婆婆和负心汉却是暗藏在后台、决定人物命运的推手。

四是故事真实可信，叙事铺陈有致，简洁自然，而且紧扣时代脉搏。在十十的小说中，可以看到明显的时代变迁的痕迹，打工、人口大流动、网上交际、城市发展进程、人心复杂、婚恋观念变化等，在小说中多有呈现。十十讲述的这些深圳女人的故事，每一个都似乎发生在我们身边，城乡差

距、家长里短、男女之情，表现得微妙生动，生活的气息十分浓郁，颇有非虚构的纪实性倾向。十十讲故事的确有一套，其中不少故事的时间跨度很大，但在大开大合之际，节奏张弛有致，让人感觉不到时间上的割裂之感，这点，体现了十十很强的叙事功力。

十二个短篇，篇篇都不啰唆，几乎都是开门见山，如展开生活横切面而陡然坦露，让叙事如镜头横扫般猛地晃到眼前；叙事进程也十分干脆利落，绝不拖沓，使人不由得产生阅读的快感。十十的小说能够巧设悬念，正如《彩霞》的一开头，平时老实巴交的黑子突然间对妻子彩霞冷淡无比。"为何黑子突然像变了个人似的？"小说一直在强化这个悬念，而且在不断地渲染和加深着那种冷淡感，让人欲罢不能，想一探究竟。又比如，安静那般沉醉于与莫子的网恋，而且一恋就是十多年，次次都有可能与网友莫子见面，但次次都被对方化解，直到最终才揭开谜底，原来莫子就是失去性功能的丈夫。再比如，杨梅被罗远欺骗，都充满了悬念和阅读的诱惑力和牵引力。从开门见山到悬念此起彼伏，十十很好地处理了故事阅读期待和故事延宕之间的关系，不得不承认这是十十小说成熟的一个明显标志。

此外，十十的叙事进程和故事质感，都结合了细腻的情感与细致的观察，从而让小说饱满丰盈起来。我想说，十十有着女人天生心思细腻的一面。比如，彩霞在与黑子斗气逛商场的那个细节："一进门，是琳琅满目的化妆品，望着一个个服务员满脸的微笑，彩霞赶紧低下头匆匆走过。""彩霞平时是并不受人左右的，与其说今天是营业员哄着她买了单，不如说她是在报复黑子，拎着这刚买的衣服，还别说，彩霞感觉心里的气消了不少呢。"对于经济并不宽裕又想求得心理平衡的小女子来说，这些描写是十分得体而精确的。有些情节，被十十描写得令人忍俊不禁而妙趣横生。

我本来只想谈谈对十十小说的印象，说着说着，就扯多了。的确，读十十的小说是很有快感的，我也能感觉到十十小说创作的明显进步，但这并非意味着她的小说就十全十美了。读到高兴时，对一些存在的缺点几乎就可忽略不计了。

不说了，最好还是让读者自己去领略吧。

（周航，文学博士，大学教授。）

目录

CONTENTS

安　静

一

接到电话的时候，安静正在笔记本电脑上敲打着离婚协议书。

电话是小叔子打来的，他告诉安静，他的二哥也就是安静的丈夫中风了，现正在医院里抢救。安静其实早知道会有这么一天，甚至在十几年前她便知道迟早会有这么一天。只是这一天终于到来的时候，安静感觉自己并没有过多的悲伤。

打了一半的离婚协议书打不下去了，安静把电脑关了。她把凳子搬到阳台上，坐在这张藤条已经剥落的靠椅上，然后把双脚架在阳台的栏杆上。对面楼上刚搬来不久的那对不知是情侣还是新婚不久的年轻男女，正在客厅的沙发上火辣辣地热吻……安静手中的烟忽明忽暗，她冷冷扫视着对面发生的一切。

第二天一大早，安静便坐上了开往广州的高铁。跟经理请假的时候，经理很不高兴，昨天开会他刚刚下达一周内不

准请假的命令，没想到还没过夜，便接到安静的电话。尽管安静自己也不想在公司最紧张最关键的节骨眼上请假，可是安静别无选择。

虽已有心理准备，可当看到丈夫时，安静还是吓了一跳。眼前这个正打着点滴、五官扭曲的男人，让安静感觉是如此地陌生。虽然这么多年以来，丈夫对安静而言，早已跟陌生人差不多，但今天的感觉更加地强烈。明知道他是自己孩子的爹，但安静在这一刻真的觉得这个人好像跟自己毫无关系。仔细想了想，夫妻已快十一个月没见面了。丈夫见到安静，嘴里含含糊糊不知说着什么，安静什么也听不清楚。

安静在医院的第七天，公司便打来电话让她立即回去上班。安静知道，此时的自己是不可能离开丈夫的，唯有选择辞职。经理本已暗示安静下月她将晋升为财务总监，这个让她虎视眈眈了四年的职位，就这么说没就没了。安静觉得心里堵得慌，她借故跑去卫生间，在卫生间里蹲了很久很久，眼泪无声无息不停流淌着……

想当初自己进这个公司，从最低的职务出纳干起，拼命学习考了会计证，干了一整年才转为小会计，又好不容易熬了三年，其中受了多少气，费了多少劲，眼看马上可以升职加薪了，每月可加薪两千多块呢，就在这个紧要关头，自己却不得不放弃，安静是多么地不甘心。

晚上，安静也得在医院陪床。小叔子买了张折叠简易小床，安静便在丈夫病床的旁边躺着。同病房的那个瘦瘦弱弱的女人病床旁边也放了张折叠床，上面躺着的是照顾她的丈夫，一个体重起码有一百八十斤的男人，那个男人打雷般的呼噜声吵得安静根本睡不着。瘦弱的女人和丈夫却都睡得很好，好像这个胖男人根本不存在似的。听着他们此起彼伏的呼吸声和呼噜声，安静不由得非常地羡慕。不知道干什么好，安静拿出手机，打开微信，点赞的点赞，评论的评论，把朋友圈全部浏览了一遍后，打开莫子的对话框，输了几个字，删除，又输进去几个字，再一次删除。聊天记录里显示的还是安静八天前和莫子的对话，安静不知道世界到底是怎么了，丈夫出事，莫子也突然失踪了。

　　丈夫在医院住了半个多月，病情才算是基本稳定下来。可他仍然是脸歪向一边，口齿不清。下午五点多，安静打了热水帮丈夫擦身。小叔子出差了，以前擦身都是他帮忙。帮丈夫擦下半身的时候，安静觉得有点尴尬，她不想自己的手碰到丈夫的肉体，安静手里拿着的毛巾在那黑乎乎的地方一掠而过草草了事。

　　在洗手间洗涮丈夫的衣服时，不知怎么的，安静的脑子里突然浮现当年自己和丈夫同居时经常一起洗鸳鸯浴的情景。说是洗澡，其实安静觉得更多是嬉戏。安静天生有点洁癖，这让婆婆和公公总是有点看不惯。北方人很少在家里这样洗澡的，一般都是隔一段时间去公共澡堂里搓澡。而安静却跟别人不一样，她从不去澡堂。丈夫当时倒是很迁就她，所以隔三岔五两人一起洗鸳鸯浴，有时洗着洗着，爱玩爱闹的安

静会在那里大呼小叫，刚开始老两口还以为出了什么事，后来虽心里不舒服，却也习惯了。只是丈夫当时年轻气盛，经常搓着澡便忍不住冲动起来，小夫妻便在卫生间里"恩爱"起来。有几次，脸红红的安静和丈夫一推开卫生间的门，便发现婆婆正站在门口。难道婆婆一直在偷听不成？安静难免有些难为情。而丈夫却不以为然，好像还有点故意似的，每次安静都赶紧去捂住他的嘴巴……那样的场景那样的气氛，如今回忆起来真的恍若如梦，那段日子应该是安静感觉和丈夫在一起最美好的短暂日子。

记忆如眼前水龙头的水一样"哗哗"地流着，直到有人进来，安静这才回过神来，端起洗好的衣服往外走。

刚晾好衣服，丈夫却突然要大便，刚擦完身又要大便，让安静心里很不爽，但她又能怎样呢，也只得忍着恶臭帮他清理。拿着痰盂去卫生间倒的时候，安静忍不住呕吐起来。

丈夫在医院足足住了一个多月，医生才同意他出院回家。每天要忍受失眠的煎熬，本来就瘦弱的安静瘦了不少，称了下，82斤，整整瘦了6斤！

小叔子提议先把丈夫接回老家去休养。他借了部车，开了一天一夜，终于回到了家乡。丈夫中风的事情，公公婆婆并不知情，当老人家看到儿子的样子时，马上老泪纵横。

安静在老家一待就是几个月，幸好儿子是个非常自觉乖巧的孩子，平时住在学校，周末才回家。对于儿子，安静一直很放心，只是心疼他没人管。

每天在家里侍候丈夫，安静觉得自己跟社会都脱节了，但只要想到儿子，她便觉得心里暖暖的，想到儿子，她便觉得自己浑身充满了力量。

在安静回老家的第三个月，她终于收到了莫子的一条信息，他说他出国办画展去了，这段时间太忙，等他回国后再联系。然后他又发了一条信息："我很想你！！！！！！"看到这后面的六个感叹号，安静的心突然就柔软了起来，可想到他前妻和孩子都在国外，这是要回去团圆的节奏吗？安静的好心情马上大打折扣。本来安静有很多的话要跟莫子诉说，最终她只是回了一个"好"字，莫子却再没有回信息。安静心烦意乱低着头不停拨弄着手机，冷不丁一抬起头，看见半躺在床上的丈夫正盯着自己。经过这段时间的治疗和休养，丈夫的病情明显已经好了很多，虽然那半边脸还是扭曲的，但他的自理能力正在一点点恢复。

"看什么看？我脸上长了花吗？"安静没好气地吼了一下丈夫。

丈夫讨好地"嘿嘿"笑着。不笑还好，这一笑脸上更是显得狰狞。

"赶紧下床，锻炼身体去！"安静边说边走向丈夫。

安静扶着丈夫在院子里慢慢走着，丈夫肥胖的身躯紧紧靠在安静瘦弱的肩膀上，累得她满身大汗。可她也只得咬着牙坚持着，她希望丈夫能够快点好起来，这样自己就能早日回深圳了。

安
静

锻炼完身体，安静帮丈夫脱内裤洗澡的时候，丈夫突然用他那只好的手抓住安静的手去抚他的下身，安静像触电般马上把手拽了回来，看着丈夫胯下那黑乎乎的私处，安静只觉得一阵反胃。安静粗暴地一把扯下丈夫的内裤，把花洒塞到他的手里，转身离开了卫生间。

站在窗前，眺望门口那青石路，安静有点恍惚。她仿佛又看到了当年的自己，那整整六年的时间，自己便经常是以这样的姿态站在这里。

二

回想那六年，安静有时觉得就像是一场梦一样。

丈夫是安静的初中同学，以前读书时男女之间是不讲话的，很多男同学的名字甚至样子安静现在已想不起来了。但丈夫当时给她的印象还是挺深的，他成绩一般，但作文写得不错，而且人长得帅，好像还有不少女同学暗恋他呢。但安静那时候喜欢看书，整天沉浸在琼瑶的爱情小说里不能自拔。本来安静成绩还不错，初三的班主任讲课实在没吸引力，他教的英语安静一点也听不进去，所以他上课的时候她不是看书便是睡觉，导致考高中时她自然就落榜了。当时能考上高中的人也是寥寥无几，安静后来便通过关系去读了自费的卫校。毕业后，安静分到了镇上的卫生所药房上班。

就在安静上班的第二个月，丈夫正好感冒发烧过来看病，虽然安静穿着白大褂,但他还是一眼认出了安静。此时的安静留着长长的头发,不再是读书时那留着短发戴着眼镜只会看书的书呆子模样,显得很妩媚很女人,丈夫当时看得眼睛都直了。他马上展开了对安静的热烈追求。从来没有谈过恋爱的安静对帅气丈夫的追求毫无招架之力,很快便坠入了爱河。两个人恋爱的事情传到双方父母的耳中,一家欢喜一家愁,男方父母高兴得眉开眼笑,这姑娘长得不错,而且还是铁饭碗;女方家里又哭又闹,自家闺女是吃国家饭的,而男的却没有固定工作,安静的母亲怎么想怎么觉得亏。可是别看安静瘦瘦弱弱,但在感情这件事情上,她完全听不进父母的话。丈夫买的一支雪糕或是路边随手摘的一朵花儿都让安静开心不已,她只顾沉浸在恋爱的甜蜜里。

在父亲打了她一巴掌后,安静理所当然搬到了单位的宿舍。母亲跳着脚四处找人想办法阻挠两位年轻人,可是越反对安静越坚决,不久她便搬到了丈夫家里,不管母亲怎么闹怎么劝都没用。不到半年,安静发现自己怀孕了。她也不声张,等到显怀的时候,她挽着当时还是男友的丈夫昂首挺胸走进家门,向父母宣布自己要嫁人了!父母看到已大腹便便的女儿,瞪着眼睛半天说不出一句话。就这样,没有任何的仪式,安静这就算是把自己给嫁了。

等儿子出生后,安静才慢慢开始觉得自己的选择是错的,后悔当初没听父母的话。丈夫虽然长得帅,可长得帅并不能当饭吃。他没有正经的工作,一会捣鼓这个,一会弄一下那

个，偶尔也能赚点钱，但更多的时候他是白天待在家里睡大觉，晚上溜出去打麻将。安静的那点工资，发了不到半个月便被他花得一干二净，还好住在农村里不用多少生活费，儿子也是粗粮青菜米糊喂大的。可丈夫不仅赌，还爱喝酒，经常喝得烂醉回家，几乎是隔一天便摇晃着身子回来在家里吐得一塌糊涂。安静白天忙工作，回到家忙孩子，晚上还经常要侍候喝醉的丈夫，简直都要崩溃了。

那时候安静就在想，这种喝法，丈夫最终有一天会把自己的身体喝垮的！安静对丈夫的好赌滥喝一点办法都没有，也哭过也闹过，但丈夫只是当时检讨一下自己，发誓再也不干了，可第二天马上又出去赌了，而婆婆公公也纵容着宝贝儿子。更可气的是，丈夫还到处借钱去赌，安静曾有过在年三十被人追债的尴尬经历，那一年的年夜饭，安静一口都没吃，抱着儿子哭了半宿。

不停有人上门追债的日子让安静对婚姻失望透顶，可她又是爱面子的人，也不敢在娘家人面前说丈夫半个不字，所有的苦都是自己打落牙齿往肚子里咽。丈夫胆子越来越大，后来瞒着家人借了五万块钱高利贷却把钱输得精光。到了还钱的日期时又拿不出钱来还，结果便是丈夫被人打得面目全非抬回家来，把安静吓得浑身发抖。在他躺家里休养的那几天，每天仍然不断有债主上门讨债。

丈夫的身体稍好些后，他突然向安静提出要出去打工躲债。刚开始安静并不愿意，她不想自己一个人孤零零留在家里带孩子，但后来想想要是丈夫不走的话，他只会越陷越深。征得父母同意后，伤未好的丈夫第二天便一瘸一拐离开了家，跑广州投奔弟弟去了。丈夫走后，债主们纷纷来到家里讨债，汇总了一下，安静这才知道丈夫总共借了人家八万多块钱。看着一屋子的人，安静感觉自己的头都要爆炸了。无奈之下，安静只得答应尽自己的能力争取早日还债，安静东挪西借先凑了三万块钱还高利贷，她咬着牙跟那些债主们签订了还款的协议，每月工资一发，便把工资的百分之八十拿出来还债。那些债主也是看瘦瘦弱弱的安静带着孩子不容易，勉强同意，但把家里值钱些的东西都搬走了。每月到了发工资的那天，债主便准时在医院门口等着安静。幸好丈夫出去打工后，还算生性，每月也会准时寄钱回来一起帮忙还债。

丈夫走后，安静默默地独守着空房。那种日子对她来说是一种煎熬，倒不是在生理上有多需要丈夫，只是这种孤独的感觉让她近乎绝望。安静感觉自己都不会想男人了，还好有可爱的儿子和书陪伴着。哪怕是再穷，安静还是会省吃俭用去买一些书。夜深人静的时候，安静经常钻进书的海洋里，把所有的一切所有的烦恼都抛掉，随着里面主角而悲而喜而哭而乐。偶尔在书中看到描写情爱或性的时候，她心里也会有那么一些欲望，只是这种欲望一闪而过，很快她又被拉回焦头烂额的现实生活中。

安静生性善良，这样的生活她当时从来没有想过抗拒，更没想过离婚，身边有很多类似的女人，她只是觉得自己命

苦而已。她觉得跟母亲比起来自己还算幸运的,起码不会被丈夫打,而母亲已经挨了几十年父亲的拳脚。

丈夫出去广州整整两年才回来,欠那么多人的债,他不敢回,安静也是理解的。可他偷偷摸摸回来的那天晚上,竟然没和安静同床而眠,这却是她万万没有想到的。说实话,她恨丈夫,但也渴望见到丈夫。一个年轻的媳妇,哪个会不想丈夫呢?更何况丈夫一走就是两年。丈夫是在凌晨十二点进门的,一进来便直奔床上抱起睡梦中的儿子亲个不停,把儿子弄得哇哇大哭。丈夫把带回来的一大袋玩具倒出来跟儿子玩,慢慢地,儿子才没那么害怕了,和爸爸玩到了一起。那一晚,一家三口坐在地上玩玩具一直玩到凌晨三点多,儿子后来累得趴在玩具上睡着了。安静轻轻把儿子抱上床,还来不及跟丈夫说上几句话,丈夫转身洗澡去了。洗完澡他让安静先睡,说是过去父母的屋里唠唠。安静躺在床上静静地等丈夫,她没想到丈夫对自己会如此地冷淡,没有想象中的热吻紧拥,更没有干柴烈火的激情。丈夫甚至没有多看自己一眼。

那一夜,安静一夜未眠。那一夜,丈夫没有回屋。

第二天,安静下班回到家,丈夫正躺在公公的屋里呼呼大睡。吃完晚饭后,丈夫仍然是抱着儿子玩玩具,等儿子睡着后,他突然对安静说他要走了,还得赶回去上班。安静望了他一眼,什么也没说,转身进了洗手间。等安静擦干眼泪走出来时,丈夫已经离开了。村里的狗不停地吠着,安静倚在窗口，望着外面那皎洁的月光，只觉浑身冰凉。

一个月后，在和丈夫的通话中，安静终于还是忍不住质问丈夫是不是外面有了女人，丈夫回了一句："神经病呀！我每天除了上班就是加班，只希望快点把债还清，哪有心情和精力去泡女人？不信的话你可以问我弟弟。"小叔子倒是每次回来都说丈夫的好话，说他完全变了个人，每天都很认真工作，经常抢着加班。

尽管如此，安静始终还是觉得丈夫是有问题的。

三

许多年未见的发小丽丽的回来，算是改变了安静死气沉沉的生活。她毕业不久便出去深圳打工，很快便嫁给了一个离过婚的香港人。穿着珠光宝气的丽丽看到安静家里的寒酸样时很同情，她说安静过得太苦了，让安静上上网打发一下时间。那时台式电脑都还算是个新鲜物，丽丽临走时竟然把自己的笔记本电脑送给了安静，并悄悄留了一笔钱放到枕头底下说是帮安静交一年的网费，让安静感动得不得了。拨号上网挺贵的，安静刚开始真不太舍得花那么多的钱。但她尝试着申请 QQ 号后，发现自己的生活完全改变了。每天深夜，安静便开始上网，QQ 上很多人加她为好友，让她特别地兴奋。在这些天南地北的"好友"面前，安静可以无所顾忌，可以畅所欲言。安静还经常泡聊天室，听大家东聊西扯，听网友

们 K 歌，她还会进一些文学论坛，跟他们谈论文学。安静发现自己完全进了另一个世界，原来的那种孤独和寂寞在寂静的夜里被她抛之脑后，她在虚幻的世界里迷离着自己。一段时间接触后，安静删除了不少的好友，她发现原来胡乱加进来的人有很多都是没有素质的人。特别是聊天室里加的人，有些人一上来就说要聊性、裸聊什么的，让安静特别地反感。

小叔子不久后也有了 QQ 号，安静偶尔会跟他聊聊天，过问一下丈夫的情况。虽说网费是丽丽留下来的，家里的电话费每月都是安静去交，但婆婆看到电话费用单后，还是觉得安静败家，每月几百块钱的电话费实在让老人家觉得无法理解，虽然安静解释是丽丽的钱，但婆婆觉得应该把那钱拿去还债才对。婆婆向丈夫投诉后，丈夫也劝安静不要上那么长时间网，晚上要好好休息，但安静哪里会听得进去呢。

"你是担心我网恋吧？"安静在电话里冷冷说道。

"网恋？你爱恋就恋去呗，虚幻的过家家游戏而已。"丈夫不以为然。

"过家家？那我也愿意，总比我现在活守寡强！"安静故意刺激着丈夫。

丈夫没再说话，挂断了电话。那段时间网上正时兴网恋，感觉聊得来的两个人可以在网上恋爱、结婚，甚至虚拟生子，结婚的时候还会有很多的网友祝贺。安静也经常跟着大家一起起哄，庆祝哪个网友结婚啥的。有时候，她也会突然想找到那么一个情投意合的人，哪怕只是游戏也好。现实的婚姻已不像婚姻，安静需要哪怕是虚幻的安慰。

和丈夫吵架后不久，QQ上一个叫莫子的男人请求加安静为好友。安静发现他的个性介绍很特别，于是通过了他。莫子是一家公司的设计师，认识莫子后，安静感觉自己找到了真正的知音，这个男人太懂自己了，他好像总能猜透安静的心思。慢慢地，安静把自己的故事一点点告诉了这个陌生的男人。也知道了莫子的初恋是他的前妻，可前妻却抛弃他跟了一个有钱的男人带着儿子去了美国。两个人惺惺相惜，彼此安慰和温暖着对方。当安静知道莫子竟然还是一位画家时，她崇拜得不得了，但莫子说他讨厌世俗，他的画从来不刊登不在国内展览。他说他有几个很好的朋友在国外，他的画只在国外展出，所以国内没人知道他。安静听了更是增添了对莫子的好感。安静喜欢文学，她写散文写诗歌，但也只是自娱自乐，偶尔在文学论坛上用化名贴一贴自己的作品，从来没有往报刊投过稿。

慢慢地，安静觉得自己好像坠入了情网，但她不愿意承认自己是网恋，她觉得那些网恋的人都是玩笑而已，而自己却是对这个男的真的动了情！莫子也很快向安静表白，他说自从前妻带着儿子突然失踪后，他对感情已失望透顶，觉得这辈子都不会再爱了，而安静的出现，却融化了他内心结了好几年的冰。安静突然悟到，自己跟丈夫之间并不是什么爱，那也许只是荷尔蒙的作用，和莫子的心灵相通，才是真正的爱情。

"如果我长得很丑，你还会爱我吗？"有一天，莫子突然问道。

"不管你长得怎样，身高多少，我都会一样地爱你！"安静红着脸表白道。

"我们来个约定如何？"莫子又问。

"说来听听，怎么约法？"安静有点好奇。

"其实我跟你的想法是一样的，不管你长得美或者丑，我都一样地爱你！既然彼此都是真爱，我们就不该像俗人一样，能否等到我们真正有条件可以在一起时再见面？你可以为我忍耐吗？"莫子在这段话的后面发了很多亲吻的表情。

"我没问题呀！干脆连照片也不许发，更不允许视频，这样如何？"安静突发奇想，留点神秘感也许会更有意思呢。

"就这么说定了！"莫子又是送玫瑰又是亲吻又是拥抱。

两个人的感情越来越浓厚，甜蜜得如胶似漆。

安静在脑子里会经常幻想莫子的模样，她觉得这个男人肯定长得很帅，这个虚拟中的帅男人也会经常进入安静的梦里。

有一天，安静竟然做了个春梦，她在梦里和莫子翻云覆雨，一切都像真的一样。而巧合的是，莫子在当天夜里聊天时说他昨晚做了有关安静的梦，安静想起夜里那梦境，马上开始脸红心跳了。安静问他梦见自己怎样了，他说梦里的安静就像仙女一样。聊着聊着，两个人都动了情，越说越亲密，越说越来劲，那天晚上，两个人一直聊到凌晨三点才依依不舍地道别。关上电脑，安静感觉自己整个人还像刚才一样在云里飘，这种感觉跟丈夫是从来没有过的。

这样的对话隔三岔五便会很自然地出现，而安静在这种感觉中有点不可自拔。有一天，安静突然特别想见莫子，她不想再遵守那所谓的约定了，她想不顾一切去莫子上班的城市东莞见他。但莫子不同意，他仍然保持着理性。

不见面，那打电话总可以吧？当她要莫子的电话号码时，莫子沉默了半天没有说话。然后，那一夜，莫子都没再回信息。安静摸不着头脑，不知道莫子突然怎么了。这一夜，她辗转难眠。

第二天，安静上班也恍恍惚惚的。晚上，早早哄儿子睡觉后，安静迫不及待打开电脑。等了一个多小时，莫子才上线。

"对不起，昨晚不辞而别。我一直有个心病，不敢告诉你，这件事也折磨了我很久，我怕我说出来了，也便失去你了。"这一段话，莫子用了很长时间才打出来。

"怎么会呢？我们之间难道还有什么不可以说的吗？"安静小心翼翼。

"其实，其实我是个哑巴，在我三岁时发高烧后，我便再也讲不出话了。"莫子的这一段话，仍然打得很艰难。

安静一下子愣住了，这是她完全没有想象过的。她突然不知道说什么好。

"静，我知道你很难接受这个现实。我也觉得自己配不上

你，但我是真的爱你！我有事先下了，再见。"看着莫子的头像突然变灰，安静心里很不是滋味。

一连几天，莫子的头像都是灰色的。

一连几天，安静都失魂落魄。

这一周，过得是如此地漫长。安静从来没有想过跟一个哑巴该怎样相处，可她又觉得自己离不开莫子。煎熬了七天，安静突然想通了。只要心灵相通，不会说话又有什么关系呢？还省得两个人吵架了呢。

"亲爱的，不管你是什么样子，我都一样地爱你！"安静开始给莫子留言。

可是好几天了，莫子没有任何的回应。这可把安静给急坏了，她只好每天在 QQ 里不停给莫子留言。直至第十天，莫子才重新出现，看到他在线的头像时，安静激动得泪流满面。

两个人重归于好，继续过着网络里的虚拟幸福生活。

安静发现，自从有了莫子后，自己反而没那么恨丈夫了。对安静而言，丈夫只是孩子的父亲，她只希望快点把债还掉，她只希望早日能和莫子在一起。

历经六个年头，在夫妻俩的共同努力下，当初丈夫欠下的债总算是还清了。在这几年里，丈夫大约每年回来一次，几乎每次都是来去匆匆。安静在心里已经认定莫子才是自己的爱人，对于丈夫的回来，她已没有了当初的盼望。丈夫回来的时候，安静已完全不愿意跟他有任何的肌肤之亲。有一次半夜，丈夫突然过来把手伸进安静的衣服里，安静气得差点和他打了起来，丈夫只得无趣地回到安静给他在沙发上铺好的被窝里。安静感觉自己的身体已经完全无法接受丈夫，她不想背叛莫子。这种感觉安静在网上跟莫子聊过，莫子只是"嘿嘿"一笑，并没多说什么。

还完债的那一晚，安静把自己喝得酩酊大醉。

四

安静突然不想再待在这个小县城里，整整六年了，安静不知道自己是如何熬过来的。她也想出去看看，出去闯闯。丈夫并不同意安静出去，他说安静就该安安静静待在老家。让安静没想到的是，莫子也不鼓励安静出去，他说外面的世界并不是想象中的那么精彩。

娘家、婆家，几乎所有的亲朋好友都反对。是呀，谁都想挤破脑袋成为国家的人，安静却要扔掉这铁饭碗去闯世界，谁会理解呢？唯有丽丽支持安静，她说安静早该走出这封闭的世界了。

犹豫了很久，安静决定还是遵照自己的内心。递完辞职信，安静觉得自己整个人突然轻松了。带上儿子，提上最简单的行李，安静坐上了开往广州的火车，从广州坐大巴经过东莞时，安静的心情异常激动，她真想就在这里下车，去找莫子，去找属于自己的幸福。

安静先去投奔丽丽的一个朋友。一个女人带着一个孩子，要找工作要在异乡生存，这其中的艰难不言而喻。安静也曾有点后悔，但很快便打起精神继续寻找工作。虽然累，但安静却在这陌生的城市里找到了存在感和充实感。

一切安顿好后，安静也曾带着儿子去丈夫那，发现丈夫又开始过那种醉生梦死的生活。听小叔子说，从还完债的那一天起，丈夫便又开始酗酒了。喝得醉醺醺的时候，丈夫也曾强行把安静压在身下，两个人的拉扯总是把睡在旁边的儿子弄醒，最后，丈夫不得不滚回地下去睡。安静在广州住了几天，丈夫每晚都是醉得一塌糊涂，安静要离开这个男人的决心更加坚定了。

离莫子近了，安静越来越想念这个从未见过面的男人。晚上聊到动情时，安静恨不得马上飞到莫子的身边。可莫子却非常地冷静，他总让安静耐心等待。安静有时也会怀疑莫子会不会是骗子，可是自己又有什么给他骗呢？强烈的思念和那种神秘一直牵扯着安静的心。

安静下定决心要离婚的时候，她并没有告诉莫子，她想着等自己成了自由身再给莫子惊喜。到时候，她便再不管了，她要去东莞找莫子。

安静跟丈夫协商离婚，丈夫并没有答应。安静说事实上我们俩早已不算是夫妻了，法律规定分居两年便可以离婚，而我们整整分居了十多年。丈夫没再说话，挂断了电话。

安静没想到自己刚下了离婚的决心，丈夫便出事了！

安静待在老家侍候了丈夫五个多月，他的身体已比原来好多了，挂着拐杖可以自己去卫生间洗澡，也可到外面小走一会了。

　　莫子在微信上说他很快便要回国了，安静忍不住跟他诉说了相思之苦。丈夫出事，安静并没有告诉莫子，一是莫子失踪后两人很少联系，二来安静不希望莫子多想。

　　在老家待越长时间，安静便越发思念莫子。在丈夫面前，她觉得每天过得如行尸走肉般。肉体陪着他，而自己的心却一直在莫子的身上。有时看着丈夫玩微信，她在心里恨不得丈夫是在网上跟情人聊天，如果丈夫真的有情人，安静定会真心祝福他的。但这么多年来，只知道丈夫爱赌嗜酒，却从来没有听到他的半点风流韵事，这也是一直让安静费解的事情。

　　正当安静想着用什么借口出去深圳工作时，却接到了儿子班主任的电话，她说儿子谈恋爱了，成绩急速下降，让安静做一下思想工作。安静没想到一直乖巧听话的儿子突然变成这样，她心急火燎马上订票要赶回深圳。

　　公公婆婆并不太同意安静就这么一走了之，说他们老了，照顾儿子力不从心。丈夫歪着嘴巴看着她，嘴角扯了扯，想说什么，最终却什么也没说。但安静顾不了那么多了，儿子一个人留在深圳自己本来就不放心，现在出了这么大的事情影响成绩，她怎么可以不管不顾呢！

　　第二天一大早便要回深圳了，晚饭后，安静在房间里收

安
静

019

拾着东西。丈夫从另一个房间拖着腿一拐一拐地走进来，他颤颤巍巍地在房间那张靠椅上慢慢坐了下来。

"回去和儿子好好说。"

"我知道。"

"你早就想离开了是吧？"

"明知故问。等你病好些，我们还是离婚吧。"

"我想知道，你想跟我离婚的目的，是不是因为有了男人？"

"有没有男人又如何？我们的婚姻早已形同虚设。"

"其实，其实，我，我，我的心里，我的心里只有你！"

"别开玩笑了！别开这种玩笑！！别说这些连你自己都不相信的事情好吗？你我之间早已没有爱了，在你开始赌博的时候！"

"我没有骗你！我心里永远只有你！"丈夫把手插在头发上，表情痛苦地挠着那稀疏的头发。

"爱？不，我早已不知道爱是什么东西！"

"安静，不是我不爱你，而是我有自己的苦衷。还记得那次我借了高利贷被人暴打的事吗？"丈夫抱着头问道。

"往事不想再提！"安静冷冷地打断丈夫的话。

"其实，当时他们打伤了我的生殖器，从此，我再做不成真正的男人！"丈夫泪流满面。

安静看着丈夫，像是在看着一个陌生人般。丈夫的眼泪并未能打动安静，安静觉得自己的心早已死了。

"安静，我知道，你是在网上爱上了一个男人对吗？"丈夫擦了擦眼泪。

安静不知如何回答丈夫。她看着脸部变形的丈夫仍然一声不吭。

"其实，我知道，你爱上了一个叫莫子的男人。"丈夫点燃了一支烟，幽幽地说。

怎么可能？他怎么可能知道我和莫子的故事？安静怎么也不愿意相信！一定是丈夫什么时候偷看了自己的聊天记录吧？

"一定是的！！！"安静用细得只有自己能听到的声音喃喃自语。

"其实，我就是莫子！"丈夫瞪着血红的眼睛直直地盯着安静。

莲　子

一

午后的阳光，懒懒散散地照在无精打采的白玉兰树上。一只知了在树上撕破喉咙拼命叫喊着，刺得莲子耳膜疼痛。

莲子捂着肚子翻身下了床，拉开门，强烈的光线晃得她眼睛生痛。莲子气鼓鼓地走到玉兰树下，双手使劲地晃动着树干，高大的玉兰树纹丝不动，莲子改用脚踹，可用尽了力量，只有两片叶子不情愿地从树上飘落下来……

罗峰就是这时候在红姨的带领下闯进了莲子的视线。风风火火的红姨走在前面，胖胖的罗峰提着两袋东西紧跟在她身后，生怕跟丢了似的，走得一喘一喘的。

"莲子，赶紧泡茶，来客人了。"红姨对莲子招手。

莲子慢慢悠悠地跟在他们的身后，罗峰的身上湿透了，黑色 T 恤紧紧地粘在身上，临进门的时候，罗峰腾出右手在后面把衣服扯直，罗峰的手刚转到前面，T 恤却又像膏药般牢牢地贴住了罗峰强壮的身躯。

莲子妈搬桌搬凳招呼客人坐下，莲子端着冲好的茶水走过来，红姨一手端过茶杯，另一只手使劲地在脸上扇着，连呼"热死了热死了"！罗峰谨慎地用双手把托盘里的杯子端过来，莲子偷偷望了他一眼，汗水正顺着他的头发滴落下来，满头满身是汗的罗峰显得很狼狈。

莲子爸把厅里的风扇打开后便又钻进了他的小屋。一阵风呼呼地吹了过来，风吹起了莲子的裙摆，莲子忙用手压住。凉爽的风吹开了闷骚的空气，红姨的刀子嘴一张一合地开始介绍罗峰的情况。

莲子听得有点茫然。

等客人走了，莲子妈问她对罗峰的印象如何，莲子还懵懵懂懂地半天没反应过来。

"觉得这个人怎么样？做你的老公行不？"

"啊？"莲子的嘴张得大大的。

"啊什么啊？你以为你还小呀？都二十三了！你看看你的同龄人，哪个不是当爹当妈了？跟你最要好的阿凤都是三个孩子的妈了！你这个臭丫头，再不找婆家可就嫁不出去了！"莲子妈的手指头点着莲子的鼻子。

莲子没作声。恋爱？不是没有想过。结婚？似乎离自己很远。

莲子突然想起了五年级时那个转来的男同学，男同学那清清秀秀的样子，莲子至今还记得清清楚楚。

二

莲子是小学五年级的时候开始来例假的。

那天上课的时候，老师领来了一个新转来的男同学波。波长得白白净净，身上的衣服干干净净，头发也一丝不苟地贴在头上，很斯文的样子，跟同班的那帮野男生完全不同，那些男生总是一天到晚疯玩，衣服弄得皱巴巴的不说，还脏兮兮的，头发也像一堆乱草。

波被老师安排正好坐在莲子的前一排位置上，这天莲子上课的时候眼睛总是不由自主地从黑板上移到他的后脑勺。

这一天过得飞快，莲子一天的心情都阳光灿烂。放学了，坐在最后一排最后一张凳子的莲起身的时候，感觉屁股有点抬不起来，黏黏糊糊的还带有一股血腥味，用手一摸，鲜艳的血触目惊心地出现在手掌上，用另一只手往屁股上一摸，湿漉漉也沾满了腥腥的血。莲子的嘴巴张得大大的，人像傻了似的站在那里半天不敢动一下。那个新同学从莲子的身边走过，奇怪地望了望莲子然后往教室门口走去，他的书包不经意碰到莲子的身体，莲子像被电触到似的赶紧坐了下去。

慌乱地从破旧的书桌里扯到几张写作文的稿纸擦去手中的血迹，莲子像雕像般坐在那里。同学们一个个地离去，莲子心急火燎地等到最后一个同学离开，这才匆忙拿出一本旧作业本把凳子上的血都擦干净，把那些弄脏的纸都团在一起，外面用干净的纸包上塞到书包里，把那只有大大补丁的书包甩到屁股上挡着，缩头缩脑地慢慢离开教室。

　　莲子第一次感觉回家的路是如此地漫长！好不容易走回家，莲子赶紧从一个柜子里偷偷翻出母亲的卫生带和卫生纸，可莲子并不知道那卫生带该怎么绑才是正确的，她又怕别人发现，慌慌乱乱把裤子脱掉后稀里糊涂地随便把卫生带绑上。莲子知道自己是来"家伙"了，莲子听母亲和别的女人谈论过这方面的事，莲子甚至帮母亲洗过弄脏的裤子，那种腥腥的味道让莲子很是厌恶，没想到自己那么快便要经历这些了。母亲告诉过莲子每个女孩子都必须要经过这一阶段，她说女孩来"家伙"了就意味着长大了长成女人了。尽管莲子每天都盼着自己能快点长大，但她却不喜欢以这种形式证明自己已长大，她觉得这是一件很不光彩很麻烦的事情。

　　两个姐姐第一次来"家伙"的时候，母亲都杀了一只鸡专门炖给她们吃，说是给她们补补身子，同时也是庆贺她们已长大。母亲的身体不太好干不得重活，基本只靠父亲一个劳动力在生产队干活，家里日子的艰难可想而知。尽管连饭都吃不饱的莲子一想到鸡的香味就口水涟涟，可不知为何她却不想告诉母亲这件事。

　　听到母亲的呼喊声，莲子才不情愿地跟小伙伴们告别，慢吞吞往回走。远远地，莲子闻到了鸡肉的香味，莲子三步并作两步往厨房跑。刚到门口，就被母亲一把扯进了隔壁的房间，母亲拿出一条卫生带和卫生纸，告诉莲子该怎么用，母亲甚至把卫生带缠在身上作示范，莲子脸红红的一句话也

莲子

025

没说。等母亲一走，莲子赶紧脱下裤子把卫生带重新系了一遍。

　　走出门正要进厨房，看见天井里自己刚才泡着的衣服上有几只苍蝇在那里飞来绕去，暗黑色的水发出一阵阵的腥味，怪不得母亲会知道呢，莲子赶紧把水倒掉，洒上洗衣粉匆匆把裤子洗好。

　　母亲把鸡端了出来，香气四溢，让人口水直流。莲子在姐妹们羡慕的目光中，独自一个人迫不及待享用着那只鸡，"呱吧呱吧"地啃着鸡腿。这一顿吃得真是香呀！过年都没吃过这么好吃的鸡。

　　自从那个男同学来了后，莲子觉得自己的心里总像爬进了一只蚂蚁，痒痒的，这只蚂蚁总是不安分地爬来爬去。

　　莲子是组长，每次交作业的时候，莲子会偷偷利用职权把波的本子和自己的放在一块，心情好的时候，把波的作业本放在自己的上面，心情不好的时候，把波的作业本放在自己的下面。把作业本交上讲台的时候，莲子总是把作业本紧紧地抱在怀里，像是抱着自己的孩子似的。那段时间，莲子的脸上总泛着羞涩的笑。有时候，莲子会趁没人注意时，偷偷把波的作业本拿到鼻子上闻，仿佛闻到了波身上那淡淡的香皂味，嘴巴触到波的作业本时，莲子满脑子都是波那腼腆的笑……

　　这学期莲子的成绩突飞猛进，每次考试不是第一就是第二，莲子第一的时候，波名列第二，波第一名的时候，莲子排第二。莲子喜欢自己的名字和波的名字紧紧地连在一起。

有一次莲子在教室走路的时候，没看到同学伸出过道的脚，一个趔趄快要摔下去时，正好波从正面走来，他不由自主地张开双臂把莲子紧紧拥在怀里。同学们都在旁边起哄，莲子和波都羞得满脸通红。波那温暖的怀抱，深深地印在了莲子的心里。

波待了一个学期便又转走了，波走的那天村里正好请来电影队放《少林小子》，莲子看到电影里的离别镜头时，鼻子一酸，一个人哭得稀里哗啦。

在半年里，莲子和男同学讲的话总共加起来也不到十句。可是，波却在莲子的梦里絮絮叨叨地跟她说了很多很多的话。

三

隔壁的王婶也给莲子介绍了一个对象，说是她远房亲戚，城里人，在一家印刷厂上班。莲子一直是反感相亲的，上次罗峰来的时候，家里人就没给她透一点风声。尽管十二分的不情愿，可第一个都见了，也就没理由不见第二个了，不然耳朵非被老妈叨出茧来。

能嫁到城里好像是农村人不太敢想又非常期待的事情，莲子在母亲唠叨了一星期后，终于答应去看看。到了男方的家，见到一个六岁多的男孩子，莲子这才知道他是离过婚的。

主人小心翼翼地打开房门把大家让进客厅，这个男人长

得很矮小，不过房子收拾得挺整洁的，比农村干净很多。早上喝了太多水，莲子一进门便迫不及待想进房间找尿桶，王婶见莲子的脸都憋绿了，忙把她带到洗手间。莲子蹲在干净的厕所里把尿撒得"叮叮咚咚"响，她甚至在厕所里哼着歌使劲憋出一泡屎才恋恋不舍地走出来。农村的厕所（不，只能称为茅房）都是全村人公用的，也就是几家人的烂草房，用两根木头搭在池子上面，池子里粪便中的蛆虫日日夜夜不停不息地在那工作着，让人看着起一身鸡皮疙瘩。莲子每次去茅房蹲在那摇摇欲坠的木头上都是胆战心惊，生怕一不小心就掉入粪坑里与蛆虫为伴，她总是匆匆上完厕所便慌忙逃离。在城里的卫生间上厕所感觉太好了，怪不得大家都拼命想嫁给城里人。

主人给莲子端过一杯滚烫的茶，这茶真好闻，散发出一股淡淡的茉莉花香。低下头正要喝第一口的时候，那个小男孩突然从莲子的身边窜过去，热茶洒了莲子一身。

莲子的手顿时被烫起了一个泡，主人赶紧拿牙膏给她涂上。主人嘴上不停地说着道歉的话，却没有说一句自己的儿子。看着那个小男孩满屋子乱跳乱窜，没有一秒钟是停下来的，莲子的脸上没有了表情。

在小孩的大声吵闹中，大人们都不知道说些什么话才好。主人终于忍不住斥责了孩子几句，谁知他儿子马上毫不示弱地把桌子上的茶杯狠狠地摔在地上，茶杯的碎片满天四射，其中一块尖尖的小碎片对着莲子的右脚跟狠狠地扎了下去……

　　莲子拖着受伤的脚，把门一摔自顾走了出去。

　　不管王婶怎么说尽好话，莲子也不想当这样孩子的后妈。母亲也劝了几次，说了一大堆嫁到城里的好处，说孩子是可以慢慢教的，熟悉了就好了，等等，莲子始终拉长着脸一句话也不说。

　　罗峰得知莲子又去相亲的消息，一大早提着一条鱼和两斤五花肉敲开了莲子家的门。莲子盯着坐在对面的罗峰那结实的臂膀，罗峰那张白白的脸换成了波，莲子有想冲过去靠在那臂膀上的冲动。

　　罗峰说了很多话，莲子却恍恍惚惚地一句也没记住，他临走时说第二天请莲子到县电影院看电影，莲子倒是听清楚了。

　　这一晚莲子在床上辗转反侧。莲子一直梦想自己会有浪漫的爱情，在某个地方与他一见钟情，那个人要长得跟波一样白白净净、清清秀秀。本来莲子还幻想着等自己考上大学，也许会跟波在某一个大学不期而遇，可没想到考高中的时候莲子却发高烧，成绩不错的她意外落榜了。莲子本想重读一年初三，可家境本来就困难，哥哥和姐姐正在读高中，父母一句"缴不起"就把莲子的大学梦断送了。

　　莲子毕业后很想出去外面打工，可父母却死活不同意。在家帮着干了两年多的农活后，莲子实在忍受不了天天面朝黄土背朝天的日子，父母最后只好同意她去帮邻村的强叔在

县城卖包子，早去晚回。

第一天的时候莲子还兴冲冲的，可当她站在大街上的时候却蒙了，看着满街的人来人往，脸皮薄的莲子怎么也喊不出声来。旁边小推车的生意却因为小姑娘甜甜的"卖包子咧，又大又香的包子哎"那脆脆的声音而吸引了一拨又一拨的行人，包子很快便全部卖光。莲子望着自己面前小山似的包子，喉咙却像被鱼刺卡住似的仍然叫不出声来。

勉强支撑了一个星期，第八天的早上，当莲子的父亲一如既往帮莲子推出单车时，莲子却不声不响地扛起锄头向田间走去。

从此，莲子再不提打工之事，老老实实地在家耕田种菜。莲子种菜跟别人不一样，她整理菜地的时候在每块菜地四周拉上线，把菜地一垄一垄整得方方正正，菜也一棵棵"排排坐，吃果果"，莲子的菜地整齐得像部队正在操练的一个个士兵似的。莲子甚至还在田间地头的稻子间种上各式各样的青菜，那些青菜长得壮壮实实、翠绿逼人。莲子种的菜家里根本吃不完，莲子的父亲隔三岔五地便骑上单车，把菜装在两个箩筐里绑在单车后面到集市上去卖，不到两个小时，便能看见莲子的父亲笑眯眯地载着空箩筐回来。莲子的菜没施过化肥、农药，卖相又好，一到集市总是很快便被一抢而空。

时间一天天地过去，村里的姐妹们一个个出嫁了，莲子早出晚归的，心思却一心只扑在庄稼上，田里地间总能看到她忙碌的身影。都说女大十八变，莲子出落得亭亭玉立，手脚又勤快，说媒的前几年挤破门坎，可莲子总是谁也不见，一见到家里有生人扭头就走，谁也拿她没办法。

要不是因为那天莲子来"家伙"肚子疼不舒服，罗峰哪有机会喝上莲子亲手泡的茶。

不知什么时候，莲子终于迷迷糊糊地睡着了。莲子见到了波，波来莲子家求婚，家里人欢天喜地地答应了波。波拉着莲子的手走进莲子的闺房，波的嘴唇刚刚要触碰到莲子的嘴巴时，莲子醒了。

莲子摸摸自己发烫的脸，打定了主意。罗峰一大早就提着一大袋包子来到莲子的家，莲子在众目睽睽下坐上罗峰的自行车绝尘而去，看得父母目瞪口呆。

罗峰带莲子到了录像厅，这是莲子第一次看录像，当时录像厅的生意很火爆，大部分放的都是港产片。莲子和罗峰坐在角落里，进去的时候影片已开始，也没有看到片名，只知道是港产武打片。看着看着出现了很多男女搂抱在一块的镜头，莲子看得满脸通红，当男主角和女主角脱光衣服在被窝里翻滚、女主角大声呻吟的时候，罗峰的手牢牢地抓住了莲子的手。莲子浑身僵硬地任由罗峰握着，影片结束，莲子出了一身的汗。

看完电影，罗峰带着莲子去餐厅吃饭。一个客家酿豆腐，一个酸菜炒猪大肠，一个青菜，虽都是家常菜，但第一次去餐厅的莲子却感觉从没吃过如此美味的饭菜，把肚子都快撑破了。

吃完午饭，两个人在县城转悠，吃完雪糕后，罗峰说不如去他家坐坐吧。见莲子没说话，罗峰把自行车蹬得飞快。

罗峰的家离莲子的家不太远，就在隔壁镇。下了车，看见一座崭新的二层楼房，黄澄澄的"纸炮花"，铺满了整个屋顶，顺着屋檐垂挂下来，莲子的心情也像这花一样灿烂。

罗峰的父母都不在家，可能干活去了。两个人坐在罗峰的房间里看电视，天色突然暗了下来，"噼噼啪啪"地下起了大雨。莲子让罗峰去开灯，罗峰站起来把门关上后过来猛地抱住了莲子，在她的脸上乱啃一气，第一次闻到男人的气息，莲子的心里慌慌的。罗峰的手伸进了莲子的内衣里，罗峰的呼吸声也越来越重，他一把抱起莲子滚到床上，没等莲子挣扎，像拔大葱一样三下五除二就把她的裙子连同三角内裤全部扯下扔到地上。莲子的喊叫被罗峰和雨挡得严严实实，一阵刺痛让莲子停住了喊叫。

罗峰瘫在莲子身上的时候，突如其来的雨也停歇下来，一缕阳光透过窗帘的缝隙怯怯地挤进了房间。

罗峰把莲子快送到家门的时候，莲子说了句"找人看个日子我们结婚吧"，然后跳下罗峰的车走回家去。

莲子没想到自己的第一次竟然就这样失去了。所有的浪漫所有的梦想顷刻化为乌有，有的只是疼痛。

见到波的第一天自己第一次来"家伙"，见到罗峰的第一次自己也刚好是来"家伙"；波有一张白净的脸，罗峰也有一张白净的脸。还有那场突如其来的大雨……也许这就是命吧。莲子对自己说。罗峰家里那爬满屋顶的"纸炮花"金灿灿地在莲子的眼前一直晃动，自己现在像那凋落在地的花儿了，莲子叹了一口气。

没有摆酒没有婚礼，莲子坚决不同意搞那些排场，她觉得很俗气。罗峰的家里便给了莲子的父母一些礼金，莲子带着陪嫁的缝纫机便把自己嫁了过去。

罗峰家里是做卷烟生意的，罗峰家里的房子也是靠这个建起来的，那时候这生意能挣点钱，莲子嫁过来后很快便掌握了这门手艺。

婚后才知道罗峰话不多但脾气暴躁，这些莲子都能忍受。但罗峰的性欲太旺盛，这是莲子害怕的。她每天最担心夜幕降临，因为罗峰每天晚上都要折腾莲子半宿才呼呼睡去，而身上青一块紫一块的莲子却痛得很难入睡。他总是把门一关，把莲子的衣服全部扯掉，二话不说就进入主题，刚结婚时还会在莲子的脸上啃上几口，后来索性连这也省去了。莲子根本没有什么快感，一见罗峰关门就发抖，每次都让莲子痛得要命，而且罗峰在整个过程中总是表现得特别地兴奋，到处乱掐莲子的身体，而且他每次骑在莲子身上至少要一个小时才大吼一声瘫软下来。休息十几分钟后，重振雄风的罗峰又开始在莲子身上折腾。更让莲子受不了的是，罗峰连她经期也不放过，本来她就痛经，被罗峰这样折腾感觉都只剩半条命了。后来莲子实在无法忍受，几乎每月到了经期就借故回

莲
子

033

娘家去住上几天。

才嫁过去没几个月，莲子妈看着眼窝深陷、憔悴不堪的莲子心疼不已，莲子又不方便把床笫之事说出来，哄着老人家说一切都很好。

罗峰每天几次的辛勤耕耘并没有什么效果，大半年过去了，莲子的肚子仍然没有一点动静。婆婆的脸色开始阴沉了，一些冷言冷语不时地蹦出来。过了一年，莲子的肚子仍然是瘪瘪的，村里的长舌妇开始议论纷纷，莲子走到她们身边时她们才慌忙挤出一脸的假笑，莲子一转身，马上嘀嘀咕咕地说个不停。

这种婚姻生活令莲子很绝望，她也想过离婚，可她拉不下面子，被人知道她是因为夫妻生活而闹离婚，会被人笑掉牙齿的。莲子只能认命了，她希望自己快点怀上孩子，也许有了孩子就好了，莲子安慰自己。莲子跟罗峰商量着去医院检查一下身体，罗峰把眼睛瞪得牛眼一样："要去你自己去！我身体棒得很！"

那天晚上，罗峰比平时多折腾莲子一个回合，莲子真闹不明白他哪来的精力。

两年过去了，莲子的肚子仍然不争气地鼓不起来，倒惹了一身的妇科病。外用、内服药买了无数，可却没什么好转。医生说可能是丈夫的包皮过长，让莲子跟他说在洗澡的时候要把包皮翻转出来认真清洗干净，并告诫莲子经期万不可过夫妻生活，夫妻生活不得太频繁！莲子当时听得脸红耳赤。

回去跟罗峰一说，罗峰瞪她一眼说"这种事医生管个屁呀"，转身走人。

从田里除虫回来，莲子洗了把脸后拿起镜子，望着镜中的自己，简直快认不出来了：惨青惨青的脸，眼睛空洞无神，眼皮浮肿，黄褐斑像一只只蜘蛛爬满整张脸，干巴巴的头发像稻草一样趴在上面……

莲子又开始浑身疼痛难忍。昨晚罗峰在她身上折腾的时候突然来了"家伙"，莲子后来拼命反抗，急红了眼的罗峰把她按在床上一顿暴打，然后继续做他的功课，莲子被打出了鼻血，鼻血、经血弄得床上到处血迹斑斑。

罗峰现在越来越变态了，变本加厉折腾莲子，莲子生不出娃，他在别人面前也抬不起头，经常被人戏弄说他的家伙不好使。他把所有的气都出到莲子的身上，动不动就拳脚相加。莲子不敢跟家人说这些，一是自己主动要嫁给他的，二来也不想年迈的父母为自己操心，只能打落牙齿往肚里吞。

结婚三年，莲子感觉像过了三十年。

这天，干完活的莲子回到家，连镜子也懒得照，快身快脚地把沾满泥巴的衣服换掉，跟婆婆说了句："妈，我回娘家去了。"话音未落，自行车已飞出去老远。

莲子在娘家一住就是三天，莲子在这三天里想了很多。在娘家住了几天的莲子精神面貌好了许多，闻着玉兰花的幽香，坐在门口乘凉的莲子打定了主意。

"妈，我要去深圳打工。"

"啥？打工？你缺吃还是少穿？你不要那个家了？"

"妈！"莲子泪如雨下。莲子再也顾不上脸皮了，把一切都跟老人家竹筒倒豆子般地抖搂出来。

老人家听着不断地抹眼泪："那你打算怎么办？"

"我想离婚！但是，我知道他不会答应的。我先出去打工吧，缓缓再说。"

第四天一大早，罗峰来接莲子回家。莲子躲在房间里不肯出来见他，莲子妈借口自己身体不适需要莲子在家照顾几天，罗峰本来心里有愧，只好悻悻地走了。

四

莲子坐在开往深圳的大巴上，欢快的风从车窗外钻进来温柔地抚摸着莲子的脸。莲子不知道自己这样不辞而别的后果会是什么，罗峰会对家里人做出过激行为吗？莲子的心里很乱。

到深圳的时候已是华灯初上，都市的霓虹灯闪烁着迷离的光芒，莲子像刘姥姥逛大观园，眼睛都看直了。深圳的夜景真漂亮！莲子觉得自己真是白活了几十年。

在亲戚家住了几天了，莲子每天就是在楼下的菜市场买菜、做饭，搞搞卫生什么的。亲戚答应了帮莲子找工作，莲子只能耐心地等着，在家力所能及地帮他们干些活。

闲待了两个星期，莲子的心开始烦躁。那天买完菜看见一个店铺里挺热闹的，莲子闲着没事也凑进去看看，原来是一家政公司，一个客户正在投诉他们介绍的保姆。沙发上坐着五六个人，那顾客一个也没看上。莲子提着菜踏进去的时候，客户眼睛一亮："就换这个了！"

　　"明天就来上班，早上八点准时到。"客户对着莲子说完抬腿就走人了。

　　莲子懵懵懂懂被家政公司的老板娘一把扯了进去，好半天才弄明白是怎么回事。这不是天上掉馅饼吗？莲子喜滋滋地一路跑回去。

　　莲子等不及亲戚介绍的那份工厂文员的工作，第二天一早就提着背包敲开了主人的门。

　　巧的是，主人原来竟然是莲子的老乡。

　　主人家里的活不算多，主要是接送孩子上学，买菜煮饭，做做家务。夫妻俩中午都不回来，中午就莲子和在附近读小学的八岁小主人在家吃饭。

　　莲子很庆幸自己能碰上这样的主人。主人对莲子不错，没有什么条条框框，家里到处塞满吃的东西随便她吃，主人房从来不上锁的，抽屉里、桌子上也随处放着一些钱。莲子很感激主人的信任，工作很卖力。也许是因为自己没孩子，莲子对小女孩尤其疼爱，经常自己拿出钱来给她买东西。小家伙也越来越依赖莲子，晚上非要闹着和莲子睡。这个家几乎就交给莲子了。

一晃就待了一年，莲子把工资都存到了银行里，逢年过节也不敢给老妈寄钱，怕有人走漏风声。看着日渐增加的存折数字，莲子觉得心里踏实了很多。听说罗峰在得知莲子走后在她娘家拍桌子摔凳的，莲子家人却一口咬定不知莲子行踪，还扬言要告罗峰家庭暴力，并把镇干部都请到了家，事件才算是暂时平息了下来。

莲子经常会梦见娘家门口的那株白玉兰树，在梦里，白玉兰像个仙女似的跟莲子和颜悦色地说着话，白玉兰甚至还会把莲子紧紧地抱在怀里，莲子喜欢被拥抱的感觉，很实在很温暖，莲子一直感觉那是波在拥抱着自己。醒过来的莲子很怅然……

五

大巴上，怀里的小姑娘睡得正香，嘴角的口水一滴一滴落在莲子白色的裤子上。两年了，莲子终于下定决心回一趟家。孩子正好放暑假，两个主人都忙，莲子建议把孩子一起带回去，顺便送孩子到她奶奶家去住上几天，主人满口答应了。临走时，主人给莲子置办了几套衣服。

莲子把小家伙先送到奶奶家。

白裤子、红上衣的莲子从出租车上走下来，亭亭玉立地走在长满青苔的小石路上，马上吸引了全村人的眼球。隔壁王婶瞪着浑浊的眼睛直愣愣地望着莲子，好半天才把莲子认出来。白玉兰树摆动着枝叶热烈欢迎莲子回来，莲子迎上前，轻轻地摘下一朵玉兰花，深深地吸了一口气，一股幽幽的清香沁人肺腑。家里的小黄狗跑到莲子的面前嗅了嗅，尾巴欢快地在风中摇动着。

莲子和两年前判若两人。现在的莲子脸又白又红润，头发油亮油亮地披在肩上，该丰满的地方凸，该瘦的地方凹，仿佛回到了十八岁。莲子妈紧紧握着女儿的手，咧着嘴傻傻地笑，眼角有一颗泪欢快地淌了下来。

不知道莲子会回来，晚餐也就是豆腐、青菜，家乡的青菜就是好吃，清甜清甜的，不像城里的青菜，几乎每一种类吃起来都是一种味道。莲子连吃了满满两大碗饭，把两大盘青菜扫荡一空，这才打着饱嗝收拾桌子、洗碗。

第二天晚上，一家人坐在玉兰树下乘凉，莲子一会扇着自己，一会又扇扇旁边坐着的老妈，扇子在她的手中轻快地舞蹈着忙碌着。

当罗峰提着一袋水果突然出现在大家面前时，一家人的笑声戛然而止，像正在弹奏着的吉他突然断了弦再也发不出声音。

两年没见，罗峰好像瘦了，人也憔悴了不少。莲子默默地回屋搬出一张凳子递给罗峰。罗峰小心翼翼地说着话，莲子简短地回答着。

尽管罗峰说尽了好话，可莲子还是不愿意跟他一起回去，夜深了，罗峰只好无奈地转身走人。

第二天、第三天，罗峰晚上都如时出现。

第四天，这次家里人都识趣地借故回屋了。

"跟我回去吧。"

"我不会回去了。"

"不回去？那才是你的家。"

"不，那是你的家。"

"你究竟想怎样？"

"罗峰，我们离婚吧。"

"离婚？为何？"

"你重新找个女人吧，让她为你生儿育女。"

"你休想，你休想就这样离开我。"

"我们分开已经两年了。"

"那又怎么样？"

"新的婚姻法有规定：分居两年以上可以无条件判离婚。"

"你……这就是你的阴谋？"

"我们……不合适。"

"我觉得没什么不合适。"

"我希望你幸福，也请你给我自由。"

"我不会同意离婚的！"罗峰扬长而去。

第五天一大早，莲子带着小家伙登上了最早的班车。车轮滚滚，莲子的心里涩涩的。

六

莲子第二次回家。

汽车行驶在一段已经残破不堪、坑坑洼洼的路上，坐在最后一排的莲子一会被抛到半空一会又跌落下来，旁边的人被震得呕吐不止，莲子却随着车上的音乐手舞足蹈地哼着歌曲。

莲子这次是回去办理离婚手续的。接到老妈的电话时，莲子还不相信自己的耳朵。她不知道罗峰怎么这么快就想通了，主动提出要跟她离婚。莲子第二天就踏上了回家的路程。

一年没见，罗峰荣光满面地出现在了莲子的面前。回去的第二天上午，两个人顺利地领到了离婚证，罗峰提出要请莲子吃午饭，莲子犹豫了一下还是答应了。

这一顿饭吃得很愉快，有了那一本绿证，两个人都放松了很多，甚至相互开着小玩笑。

"分手了也还是朋友嘛。以后有啥事说一声，能帮的我一定帮。"

"谢谢。"

"找个好人嫁了。"

"嗯，会的，你呢？"

"我已经有了。"

"有了？所以叫我回来离婚？"

"嘿嘿……这个，她怀上了。"罗峰搔搔头，露出一丝

羞涩。

"怀上了？恭喜你哦！"莲子嘴上说着道喜的话，心里却有点不是滋味：那就是说是自己身上有毛病了？

莲子站在街上，看着罗峰骑上摩托车疾驰而去，一只躺在地上的红色塑料袋也兴冲冲地飞舞起来，随着罗峰的方向，越飞越远……

那天晚上，莲子破例在家喝了酒。哥、姐他们都来了，弄了一顿丰盛的晚餐，算是庆祝莲子脱离苦海。全家人都有说有笑的，可喝到最后，莲子却哭了，吐得一塌糊涂后昏昏睡去。

七

楼下新开了一家电脑培训班，莲子想去学，毕竟不可能一辈子当保姆吧，多学点东西总是有好处的。征得主人同意后，莲子报了名，利用晚上或周末主人在家的时间去学。那天学完电脑，莲子进门的时候，正好碰上一个戴着眼镜的男人从家里出来，那人礼貌地对莲子点点头便走了。虽然只是匆匆一眼，可莲子总觉得他似曾相识，睡觉的时候还琢磨了半天，可却怎么也想不起来。

时间过得飞快，一年又过去了。小姑娘要读初中了，主人给小家伙找了个寄宿学校，说是要锻炼锻炼小家伙。小家伙上学的那一天，抱着莲子哭了很久，四年了，她舍不得莲子！莲子的心里也很难受，泪水不停地往外涌。

这个家已经不需要莲子了。女主人想介绍莲子去一个朋友家里当保姆，可是莲子却拒绝了。她想自己出去闯闯，看能否找到文员之类的工作，主人说那就还在这里住着，等找到工作再搬出去，莲子的心里更踏实了。

顶着烈日在外面跑了一个星期，莲子仍然一无所获。拖着疲惫的身体走回去，脚后跟磨出了泡，莲子正用药涂着脚时，男主人回来了。

"找到工作没？莲子。"

"没呢，找工作真不容易！实在不行，到时还是去当保姆算了。"

"正好，我给你介绍一份工作。我弟的公司从东莞搬到深圳了，正招人呢，我看你去他公司当个文员啥的合适。"

"真的？太好了！我行吗？"

"行，你干活勤快，人又聪明，再说你不是学会电脑了嘛。"

"那我试试吧，谢谢。"

这一晚，莲子睡得特别香。梦里，波慢慢向她靠近，越来越近，然后一把抱住了莲子。

第二天，莲子在男主人的带领下来到了公司，原来上次在家里匆匆见到的那个戴眼镜的男人就是主人的堂弟波。莲子总觉得波的眼神里有一些忧郁。

莲子是个聪明人，办公室的那些工作很快便上手了。

那天公司赶文件，莲子一个人在办公室加班。莲子太认真了，波走进办公室她都浑然不知。

"莲子，吃饭没有？"波的声音吓了莲子一跳。

"没……呢。"莲子赶紧站起身有点惊慌地回答。

"真是辛苦你了！我也没吃晚饭，不如，我们一起去吃个饭吧？"

"这？不太好吧？"

"有啥不好的？就算是犒劳你辛苦加班了。再说，我一个人吃饭多无聊呀，你就当是陪陪我好了。"

"那，你稍等我一会，我这文件已经打印好了，我再检查一遍就好了。"

"好，我也正好要去找份文件。"波说完便往他办公室走去。

坐在波的车上，莲子的心里是紧张的。莲子不知道波的车是什么牌子，但莲子喜欢这车的深紫色，莲子偏爱紫色。

波的车在一家广东客家店停了下来。这是一家莲子老家人开的店，看到店名让莲子有一种亲切感。

波很熟练地用客家话点着菜，看来他是常客，连菜谱都不用看。点完菜后，莲子很自然地用家乡话和波聊天，这让波大吃一惊，他根本不知道两人竟然是老乡。波说话的态度明显亲切了许多，让拘束的莲子也放松了很多。

两个人聊着聊着说起了小时候的事情。波不经意地说起小学时曾转学在某镇读了半年的书。世界真小！莲子听到这时心里一阵狂跳。

"是丝光镇吗？"

"是呀。你怎么知道？"波很诧异。

"因为当时我就在你转学的那个班，你的全名我已经不记得了，我只记得你的名字里有一个波字。我那时是学习委员兼组长，你的作业本都要交给我的。怪不得我总觉得你面熟哪。"

"女大十八变，我可一点也想不到你会是我的同学。哦，是的，想起来了，你那时作文写得很好，经常当作范文在全班朗诵。"

两个人越说越近乎，说起来很多那时班上的事情。那一顿饭吃得很轻松也很开心。

波把莲子送回宿舍的时候，莲子仍觉得像是一场梦。波的车掉个头后便飞驰而去，莲子站在原地望着波的车一点点在眼前消失，直到无影无踪。

莲子并不想马上回宿舍去。她沿着小区慢慢地走着，此时，莲子的心情是复杂和激动的。她不知道该如何表达自己的心情。沿着整个花园小区绕了一大圈，然后莲子停下来坐在长椅上，如水的月光温情地守望着莲子，小星星也一颗颗调皮地对着莲子眨眼睛……这一晚，莲子觉得自己的心从未有过地踏实。

自那以后，下班后波时不时会叫上莲子一起去吃饭。莲子在波的面前也渐渐地没了拘束感，上班的时候把波当老板，

一起吃饭的时候把波当同学，跟波在一起，莲子是快乐的。

接触多了，莲子才知道，波在一年前离了婚。他老婆带着两岁的孩子飞到北京去了。

"她住在一个豪华别墅里，孩子跟着她应该不会受什么苦，但是，我真的很舍不得我女儿，她是那么地聪明、可爱。我常常在半夜醒来就睡不着了，下半夜都是在想念她和抽烟、喝酒中度过的。"波的眼里有点泛红，莲子听得心里也酸酸的。

一个男人过日子不容易。莲子知道波经常不吃早餐后，每天提前帮他买好早餐放在他办公桌上。刚开始波觉得很不好意思，但莲子一直坚持这样，最后他只好每月固定给莲子两百元早餐费，这样吃得也就比较心安理得了。

在工作上，莲子成了波的得力助手。波也越来越信任莲子了，最后，把出纳的工作也全部交给了莲子。莲子在公司里干得如鱼得水，甚至很多事情找波还不如直接找莲子更清楚。

做了出纳后，波的很多应酬都带上莲子。莲子其实天生酒量不错，应酬多了，酒量日益见长。波喝得差不多的时候，莲子总会挺身而出替波喝酒。这一点，让波心里挺感动的。

这一晚，要招待一个大客户，波照例叫上了莲子作陪。这个肥头猪耳的大老板可真能喝，不停地灌波和莲子。要不是看在波要跟他签合同的份上，莲子早就一走了之了。这老板不仅能喝而且色迷迷的，有时喝酒还非要搂着莲子的肩膀一起喝，甚至还要和莲子喝交杯酒，莲子也只能忍着。从晚上七点多，一直喝到凌晨十二点多，那个大老板喝得当场又呕又吐，后来才在秘书的搀扶下一步三摇地走了。波也喝多了，虽然当时没吐，但那一脸的惨青是莲子从未见过的，出门的时候，有好几次波都滑倒在地，莲子只好扶着他一步步往外走。波是不可能开车回去了，莲子叫了一辆的士把波送回家。波的家离莲子的宿舍不是很远，也就两站路，莲子虽没上过他家，但知道地方。莲子今晚也喝多了，头昏乎乎的。

把波搀到家的时候，莲子已累得气喘吁吁。波住在六楼，没有电梯，这六层楼可把莲子累坏了，吃奶的劲都使了出来。莲子把波扶到沙发上，忙着给他弄毛巾擦脸。

波躺在沙发上，脸色从惨青变成黑青。波很难受，一会要坐起来，一会又要躺下去。莲子赶紧倒了一杯凉开水，一手扶着波，一手把杯子放到他唇边。波刚喝了两口，突然，从他口里喷出大量的污物，吐了他自己一身，也吐了莲子一身。一种又酸又臭夹杂着酒精的味道刺得莲子也禁不住呕吐起来。

莲子手忙脚乱地帮波擦干净衣服，然后把沙发、地上的秽物清理干净。把波扶到他房间，给他翻出一套睡衣，然后把他身上弄脏的衣服脱下来。莲子把波的外裤脱掉时，看到波白白的大腿，羞得脸儿都红了，可也顾不了那么多了，赶紧给他穿好睡衣。自己的衣服也全弄脏了，莲子翻出波一件长T恤，去洗手间冲了个澡套在身上。把衣服都洗干净后，

莲子把衣服放到洗衣机里脱水，然后拿到阳台上去晾。

回到波的房间，他好像睡着了。看着波那张清秀的脸，莲子心跳得很厉害。她就这样一直静静地陪着波，也不知过了多久，波醒了，嘴里喃喃地说着要水。莲子赶紧倒了水扶着他喝下去，波此时仍是闭着眼睛的，喝完后莲子扶着他躺下去。这时候，波突然抱住了莲子。

"你终于回来了！我很想你，真的很想你！"波的声音很微弱。

莲子想挣脱波的怀抱，可是波却抱得更紧了，莲子根本动弹不得。莲子又怕压着波，只好侧过身来躺在波的旁边，波也随着侧过身来，但却仍然紧紧地抱着莲子。

莲子的手臂被波压得酸疼酸疼的，可她却只能一动不动，只要她一动身子，波就把她抱得更紧，莲子觉得自己快要窒息了，调整了一个比较舒适的姿势后，莲子再也不敢动了。波身上的酒气仍然很重，但此时的莲子却只感觉到波身上的男人味。莲子爱怜地摸了摸波的头发，看着如婴儿般熟睡的波，情不自禁在他的脸颊上轻轻地亲了一口。

不知什么时候，莲子也沉沉地睡着了。这一夜是莲子睡得最踏实的一晚，一夜无梦。

第二天，莲子醒来的时候，波仍然熟睡着。莲子的手已酸得麻木了，像有无数的蚂蚁在咬着自己，这种感觉很难受，可她还是不敢动一下，生怕把波吵醒。

波终于醒了，看到躺在旁边的莲子，波有点尴尬。莲子赶紧把手抽了出来，手已麻木得不像自己的手了，莲子只好使劲甩着手。波默默地把莲子的手拿过来，轻轻地帮她捏揉着。

莲子把头靠了过去，在波的怀里的莲子突然很想哭。这一刻，莲子终于知道了什么是爱。

波轻轻地摸着莲子的头发，然后抚摸莲子的脸，冰凉的泪水吓了波一跳，波把嘴唇凑上去，用嘴吻住了莲子的泪。莲子禁不住颤抖起来，两个人的嘴唇吻在了一起。

莲子感觉自己的身体里有一团火，这团火在身体里"噼噼啪啪"地燃烧着。莲子从未有过这种感觉，她真的想在这种感觉里不顾一切。可波除了亲吻和抚摸，再没了下一步动作。这让莲子有点失望，却又欣喜。

八

周末，莲子醒得很早，她早早跑去菜市场，买上一大堆最新鲜、水嫩的蔬菜、肉、鱼和煲汤的材料等。敲开波的家门的时候，波睡眼蒙眬给她开完门后又倒回去床上继续睡了。莲子在厨房里熟练地开始做早餐，然后把今天要煲汤的材料洗净切好放进焖烧锅里煮。

莲子把早餐端上桌的时候，波已洗漱好从卫生间走出来。莲子真搞不懂波怎么把时间掌握得那么好。波笑着说他有特异功能。

坐在餐桌上，吃着热腾腾的营养早餐，波的心里暖暖的。雾气中，穿着休闲服的莲子别样动人。波把手伸过去，握住了莲子的手，莲子的手微微在颤抖。波笑着把手抽回来，舀了一口粥递到莲子的嘴边，莲子羞涩地张开嘴吞咽下去。这种在电影里才看到过的情景让莲子觉得很幸福。

吃完早餐，波开车带莲子去游乐场玩。一次谈话中莲子无意中说过没有玩过那些过山车什么的，波便记在心里了。一进门，莲子看到有旋转木马，牵着波的手非要去坐上一坐。尽管坐旋转木马的大部分是小朋友，偶尔有个家长陪着，波本来怪不好意思的，可是突然童心大发的莲子非说要去玩玩，也就坐了上去。随着儿歌响起，木马转了起来，坐在木马上的莲子很兴奋，在木马的摇动中，她又看到了少时的波。两个人在木马上嘻嘻哈哈地玩得不亦乐乎。

然后，波带着莲子去坐过山车。坐过山车真是太刺激了，莲子吓得哇哇大叫，感觉心都要被甩出来了。两个人甚至还去玩了碰碰车，第一次玩的莲子被波碰得稀里哗啦的，在车上不停狂笑狂叫。

玩累了，驱车回家。一打开门，五指毛桃和骨头的香气满屋四溢，波馋得肚子咕咕作响。莲子手脚麻利地弄菜做午餐，半个多小时后，一桌丰盛的午餐就已摆上桌。波看着那些色香味俱全的美味佳肴目瞪口呆，波上前轻轻地在莲子的脸颊上亲了一口，转身从酒柜里拿出一瓶红酒。红色的液体缓缓地流入那两只精致的高脚杯里，莲子看着红酒在酒杯里优美地摇摆着舞姿，那一刻，莲子觉得有点像在做梦。

"波，你读书时的样子一直印在我心里。"

"哦？是吗？"

"你走的那天，我还哭了呢。"

"呵呵……那时就喜欢我了？我当时太小了，啥也不懂。"

"你跟别的男生不一样。我喜欢你身上的香皂味。"

"来，那就为我身上的香皂味干杯！"

一杯酒下去，莲子已是面若桃花。看着波狼吞虎咽的样子，莲子的心里乐开了花。这种感觉真好，这才是家的感觉。

波倚在门口跟洗碗的莲子说着话，清洗完毕，莲子把围裙解开挂好。波上前一把抱起了莲子，莲子在波的怀抱里"咯咯"地笑着，波把莲子抱进了卧室，轻轻地放在床上，莲子羞涩地闭上了双眼。

波轻轻地吻着莲子，头发、额头、鼻子、嘴巴，波把舌头吻在莲子胸部的时候，莲子情不自禁地呻吟起来，这种感觉是莲子从未有过的，她从未想过原来亲吻也是如此地美妙。波吻遍了莲子的上半身，莲子已是全身酥麻，她有一种强烈的欲望，这种欲望让她差点想把自己身上的所有衣服都扯掉。就在这个时候，波却停止了下来，他说今天累了，睡会吧。

不久，波发出了轻微的鼾声，看来真是累了。而莲子的身体里却像有一条蛇在蠕动着，但找不到出口。莲子不明白波为何在关键时刻停了下来，如果波此时要她的身体，她会

毫不犹豫的。过了许久，在波结实的怀抱里，莲子终于也睡着了。

从此，周末的时候，莲子有时还是在波那过夜。但波对莲子除了亲吻和拥抱，仍然再没下一步的动作。难道波是为了尊重自己？莲子很想知道原因，却又羞于开口。每次，波都点燃了莲子身体里那蠢蠢欲动的火焰，那火焰想彻底燃烧起来的时候，却又被波强行掐灭了。这种感觉很矛盾，一方面，莲子很享受一开始的那种感觉和过程，另一方面，莲子却又不能完全释放自己的身体。尽管如此，抱着波入眠，莲子的心里还是很满足的。

又是忙碌的一天。莲子忙得团团转，快下班的时候，她才得以坐在办公椅上歇会。刚刚落座，电话铃声响起。

"晚上一起吃饭吧。"话筒那边传来波温柔的声音。

"嗯，好的。今天累死了，你是该好好犒劳犒劳我。"莲子整个人陷在转椅上疲惫地说。

七点，莲子准时赶到约定的餐厅。荷里活西餐厅里尽是成双成对的情侣，每张餐桌上都点着两根红蜡烛，红红的灯光映照着一对对幸福洋溢的脸。波已到了，笑吟吟地望着莲子。

餐桌上放着一个包装精美的蛋糕，莲子有点迷惑地望着波。

"你不是处女座的吗？应该不是你的生日呀。当然今天也不是我的生日。"

"嗯，我的生日还没到。今天是我女儿的生日。"

"你女儿的生日？可她不是在北京吗？"

"是的，所以，今晚你和我在这给她庆祝。"

波点了一份牛扒饭、一瓶红酒，莲子要了一份田鸡竹筒饭。然后，波又给莲子点了一份雪蛤牛奶，他说女人喝了养颜。波的细心让莲子心里很感动。

波今天好像跟酒干上了劲，酒一上来就频频一杯见底，一瓶红酒很快便喝完了，然后又叫了一瓶。莲子也就喝了两杯，其他的都被波喝光了。当第二瓶红酒见底的时候，波又让服务员拿来了五瓶金威纯生。莲子让他别再喝了，可他根本不听。

酒瓶越来越多，波的话也越来越多。

"莲子，你不知道我心里有多疼我女儿。一年了，整整一年没见她了！我真的好想她！"

"我理解的。"

"可是，我现在根本联系不上她。她妈的手机号成空号了。"

"问问其他的什么亲戚看能否知道她的新号码吧。"

"没人知道。她就是成心的，她想把我女儿独占。"

"今天，我真的想坐上飞机赶去北京给我女儿过生日。可是，茫茫人海，我去哪找她？"

"当初你怎么不把女儿要过来？"

"我想呀！我们甚至为此上了法庭。可是女儿太小，法院最终还是把她判给了她母亲。"

"那你前妻这样做的确也太过分了。不管怎样，孩子还是要见父亲的嘛。"

"别提她！人渣！来，我们喝酒。"

"祝你女儿生日快乐！我们为她干一杯，希望她快快乐乐地成长。"

桌子上、地上横七竖八地到处都是酒瓶。波招手让服务生再上酒的时候，莲子赶紧让服务生买单，然后强行拽起波，扶着他一起东摇西摆地离开了西餐厅。

一出西餐厅，波便吐得一塌糊涂，莲子手忙脚乱从包里拿出纸巾帮他擦。

好不容易把波挽回家里，莲子累得满身大汗。赶紧帮波换上睡衣，把他扶上床。波像上次喝醉时一样，抱着莲子不让她走，莲子只得和衣躺下。

迷迷糊糊不知躺了多久，半梦半醒的莲子听到波说要喝水，赶紧下床从厨房里拿出蜂蜜兑到凉开水里，听老人说过蜂蜜可以醒酒，而且还有消炎、美容、清理肠胃等功效。波喝了蜂蜜水后，人好像舒服些了。

醒过来的波话多了起来，这次，波没把莲子当成别人。

"莲子，你知道吗？她是我的初恋，我把所有的心思都放在她的身上放在那个家里。"

"初恋？挺好的。"

"但，我不是她的初恋。当初她的初恋男友去了北京后就把她甩了，她当时气得差点自杀，是我陪着她走出失恋的阴影。"

"哦，你们以前就认识？"

"我和她是同事。她还为那个男人打过几次胎呢，可是我从来没有嫌弃过她，因为我真的很爱她。自见她的第一面开始，我就无可救药地爱上了她。"

"嗯，毕竟那是她的过去。"

"后来，我们就顺理成章地结婚了。两年后，有了我可爱的女儿。其实，她是个脾气暴躁的女人，但是，我都忍了。谁让我爱她呢？有了女儿后，我对家的照顾更是无微不至。孩子换尿布、喝奶、洗澡，包括每天晚上起床冲奶等，这些活都是我干的。她为了要保持身材，不肯让女儿吃母乳。虽然当时请了保姆，但很多事情我不放心保姆去做，我累得瘦了十来斤。她在家真的是过着衣来伸手、饭来张口的生活，我像供公主一样哄着她。可是，为什么？为什么她那个初恋情人的一个电话，就把我们的家给彻底打碎了？莲子，我真的是想不明白呀！"

"波，别想那么多了，都过去了。"看着波的脸上两行泪水缓缓流下，莲子心里也酸酸的。

"我真的很爱她，很爱我们的女儿！虽然她对我不关心也不体贴，但是家里有她，我就满足了。也许她从未爱过我吧，不然，五年的夫妻感情就抵不过一个电话？"

"或许她爱的还是那个初恋吧。"

"不管怎样，我女儿总得留给我呀。听说那个男人不育，所以他老婆才跟他离了婚。而她，竟然为了他跟我打官司，非把我女儿抢走。我可怜的女儿！"

波竟然泣不成声。莲子不知道怎么安慰他，把波的头搂过来紧紧地拥抱着他。过了许久，波才缓过来。

"莲子，谢谢你。如果我的生活中没有了你，我不知道该怎么过？"

"别说傻话了。你知道，我是爱你的，从小学的时候就开始。"

波紧紧地拥着莲子，仿佛他一撒手，莲子就会逃开似的。莲子轻轻地吻了吻波的眼睛，然后把波的嘴吻住。两个人缠绵了许久，莲子的身体酥软得像一条美人鱼，这次她顾不了那么多，把身上的衣服都褪去了，然后开始扯波的睡衣。

波身上只剩下三角内裤的时候，波一翻身把莲子压在了身下。

"莲，我，今天喝多了，恐怕不行。来，我好好地亲亲你。"说完波便开始亲吻莲子的全身，当波含住莲子那小巧的乳头时，莲子浑身战栗着。波慢慢地往下吻……一种从未体验过的快感让莲子禁不住呻吟起来，随着波愈来愈深入的吻，莲子最后忍不住大声地喊出了声……

波的吻，让莲子第一次体会到了高潮。

莲子大汗淋漓，波拿出床边的纸巾爱怜地替莲子擦着身体。那一刻，莲子的眼里突然涌出了泪水。

"波，我们结婚吧。"

九

婚期定在了国庆。那段时间，莲子的心里像灌了蜜似的，每天都笑吟吟的。日子一天天靠近，莲子忙着公司的事也忙着婚礼的事，虽然很累，但是莲子仍然很快乐。只是，波却好像变得沉默了许多。

婚房布置好了，请柬发出去了，酒席订好了，新娘、新郎服买好了，婚宴的酒水也买好了，该准备的都准备得差不多了，莲子躺在那张刚买回来的两米的新床上摆成一个大字，她的心里头深深地松了一口气。

听到钥匙转动的声音，波回来了，莲子迎出去替波把包接过来。波看上去很累，莲子去厨房忙碌了好一阵子，给波做了白木耳红枣炖雪梨糖水。喝完糖水后，莲子起身告辞。这段时间莲子都住在宿舍，她要做一个真正的新娘。

"波，我妈他们明天晚上就到，我在晶都酒店开好了房，到时你过来陪陪。"莲子边换鞋边说。

"嗯，知道了。"波走过来，突然把莲子紧紧地拥在怀里，足足抱了好几分钟才放开。

第二天，莲子把父母和哥嫂、姐姐们接到酒店安顿好。本想让波过来一起陪他们吃晚饭的。波说今天有事一整天都

没来公司，家人到来后莲子就开始拨打波的手机，可是波的手机却关机了。平时波的手机几乎 24 小时都开机的，他随身都带着手机电池，莲子有了一种不好的预感。

莲子有点心不在焉地陪家人吃完晚饭，把他们送回酒店后返身来到波的住处。按家里的风俗，莲子今晚是不能见新郎的，可是，波的手机一直处于关机状态，这让莲子很不安，也顾不得那么多规矩了。

天气预报说今夜有暴风雨。天气很闷热，没有一丝风，路旁的那些树叶都无精打采地耷拉着脑袋一动也不动。莲子打开房门的时候，身上已经被汗湿透了。

洗完澡，莲子在客厅里无聊地把台换来换去，电视画面不停地闪动，莲子其实一点也看不进去。客厅的时钟指向了十二点，波仍然毫无音讯，听着那机械的一遍遍"你所拨打的用户已关机"，莲子的心情降到了冰点。

已是凌晨一点了，仍然是无奈的等待。莲子又累又困，她走进房间想靠在枕上眯一会。在床上躺了很久，莲子却无法睡着，把身子侧过去换了换姿势，突然发现右边的床头柜上摆着一张淡蓝色的信笺：

莲子：

你是个好女孩，感谢你这段时间的陪伴。

明天的婚礼，我不能参加了。我并不是在玩弄你的感情，正因为我已深深地爱上了你，所以才做出如此痛苦的决定。

其实一直有一个秘密，我不敢告诉你。自从我发现我前妻的奸情后，我就不能成为真正的男人了……

所以，虽然我现在是那么地需要你，但是，我却不能毁了你！

你看到这封信的时候，我应该在北京了，我要寻找我的女儿！

原谅我！

波

一阵狂风从半开的窗户不由分说地闯了进来，从莲子的手里抢过淡蓝色信笺，信笺在屋子里像幽灵一样飘来荡去，突然，冲向了外面漆黑的夜……

莲
子

杨 梅

一

　　杨梅坐在行李箱上，把脸深深埋进膝盖中，眼泪早已流干了，杨梅真正体会到了歌词里的那句"心痛得无法呼吸"。

　　很渴，没水。很饿，没吃的。窗外，不知什么时候下起了小雨。失魂落魄的杨梅不知该何去何从。

　　刚打开房门时，杨梅以为自己走错了地方，电视机没了，空调没了，沙发没了，茶几没了，中央挂的那只漂亮水晶灯没了，就连那淡紫色的窗帘也没了……空荡荡的客厅除了垃圾便是灰尘，一片狼藉。

　　杨梅把手里的行李扔在地上，迈着沉重的步伐往房间走去，所有的房间果然和客厅一样空空如也，甚至连厨房里的锅碗瓢盆都被洗劫一空。杨梅真有点不敢相信自己的眼睛，这就是自己才装修好不到一年的新房吗？屋里的情景却比被坏人抢劫了还难堪，去年乔迁新居时高朋满座、觥筹交错的情景难道只是一场梦？

不知在屋子里待了多久，又困又累的杨梅挣扎着站起来，拖上行李往外走。雨还在下，杨梅并没有带伞，走在雨里的杨梅显得特别地孤单。这附近不好打车，杨梅停一下走一下，可一直没有看到有的士，直到她的衣服全部打湿了，才终于等到了一部车。

　　的士在离杨梅那套房子最近的酒店停了下来。无处可去的杨梅除了来酒店还能去哪呢？刷了房卡打开房门，杨梅第一时间跑去洗头洗澡，衣服粘在身上的感觉实在是太难受了。

　　肚子空空的，但杨梅却一点胃口也没有。电视里唱着悲伤的情歌，让杨梅的情绪更是低落到极致。雨越下越大，风把窗帘吹得哗哗响，杨梅起身去关窗，望着外面漆黑的夜，在这个夜晚，杨梅特别地想念母亲。

　　不知道此时的母亲睡了没，她的腰疼有没有缓和些，已经有多少年没见母亲了，杨梅不敢去数日子。杨梅打开手机，看着哥哥春节发过来的母亲的照片，母亲老了，瘦了，杨梅的眼泪止不住地往下流。这个夜晚，要是有母亲的陪伴该有多好！杨梅自小到大都是和母亲睡，读大学回来时，仍然和母亲挤着睡，被不少人笑话，可是杨梅才不管呢，母亲也乐意陪着她。睡觉的时候，杨梅喜欢抱着母亲，感觉特别地温暖和安全。

　　原来母亲是对的，杨梅现在才深切体会到。想起自己当初的固执、任性，杨梅觉得很内疚。要是母亲知道自己的现状，她会重新接纳自己吗？其实母亲离自己住的酒店并不算

远，开车半个小时就到了，可如今，咫尺却成了天涯。

自从那次带着罗远回去被母亲赶出来后，杨梅便再没有回过娘家，因为母亲不再认她，甚至说她死了也不让杨梅回去看她。这句话让杨梅很伤心，当时就哭得稀里哗啦。倔强的母亲那天却没有流一滴泪，她把杨梅和罗远带回去的礼物全部扔了出去，把他们挡在了门外，不让他们踏进房门半步。不管杨梅怎么央求，不管哥嫂怎么帮忙求情，母亲都不为所动。很多邻居一起相劝，一样没用，更多的邻居却是来看笑话的。杨梅以为自己离婚时母亲只是一时说气话而已，没想到母亲来真的，真的不愿意再理自己。最后，杨梅和罗远只得灰溜溜地离开了娘家。本打算春节期间在娘家好好住上几天，没想到却被母亲给赶了出来。罗远的父母都在广州，老家没什么人，杨梅和罗远最后只好去住酒店。那时的杨梅同样悲痛欲绝，但旁边有罗远安慰。而今天的杨梅，却是形单影只。更讽刺的是，那年和今天住的是同一家酒店，更巧的是还是同一个房间。

杨梅很想找个人说说话，拿出手机却不知道该找谁，把通讯录翻了一遍又一遍，最后停留在"儿子"二字上。杨梅把这个号码点一下，却又不敢按通话键，如此重复了十几遍，眼睛一闭，终于把电话拨了出去，但是，电话一直响到音乐停，也始终没有人接。杨梅不死心，接着再打，仍然是没人接，直到"对不起，你拨打的电话暂时无人接听"的声音一遍又一遍传入杨梅的耳朵，杨梅才死了心。把手机重重扔在床上，杨梅眼里盈满了泪水。

二

杨梅是家里唯一的女儿，上有两个哥哥，母亲因为身体不太好，生完杨梅后，便再没生育能力。杨梅长得很漂亮，人也特别地聪明，父母都很喜欢女儿，父亲更是特别疼爱杨梅，把她视为掌上明珠。小时候，杨梅的家庭条件并不好，但父亲只要有点钱，便会给杨梅买漂亮的衣服或好东西吃。有一次，父亲早早去城里卖鸭蛋，把所有的钱换回一条裙子给杨梅，没料到杨梅却并不喜欢，父亲二话不说，甚至连一口水都没喝，马上又返回城里去给她换。这一来一回便得花费两个多小时，可是父亲却没有一句怨言。换回来的裙子终于让杨梅满意了，饿了一天的父亲才开始坐下来喝水、吃东西。

杨梅乖巧得很，那小嘴又很甜，简直人见人爱。父母什么活也不舍得让小公主干，甚至读五年级了，头发还是父亲帮她洗的，晚上睡觉杨梅也不肯一个人睡，非要挤在父母中间。那么大姑娘了，放学后还老喜欢坐在父亲的腿上，哥哥们老羞她，可她才不管那么多。

杨梅读书成绩很好，老师也特别喜欢她，父母为此很骄傲，逢人便夸自己的女儿。从小到大，杨梅一直是班上的班长，真是万千宠爱集一身。杨梅上高中了，家务事还一样不

会干，这在农村可是很少见的，农民的孩子早当家，其他同学可是啥都会做，可杨梅连衣服都没洗过，甚至内衣内裤都是母亲洗的。也曾有亲朋好友担忧杨梅什么都不会做，以后嫁了人可怎么是好。杨梅杏眼一瞪："我才不用干那些家务活，我有钱请人做便可以了呀。"众人大笑。

杨梅参加高考，果然不负众望，考上了华南师范大学，这在上世纪八十年代末可算是很了不起的一件事，一个农村女孩，居然能考上大学，别说附近的村庄几乎找不到，就是班上也没几个能考上大学的。父母高兴得合不拢嘴，在家里大摆宴席，娇滴滴的杨梅在众多羡慕的目光中、啧啧称赞中出尽了风头。

可就在杨梅大一的下半年，父亲却突然病重，到医院一检查，已是肝癌晚期，没多久便去世了。父亲的身体这几年一直不太好，但他却从来不肯去医院检查，没想到一检查却是致命的病。父亲生病的事一直瞒着杨梅，因为父亲不想让正在上学的杨梅分心和担心。弥留之际，家人才联系上杨梅，让她赶紧回家一趟。惊慌失措的杨梅听到父亲病重的消息，赶紧买好车票往家里赶。学校离家六百多公里，坐车要十几个小时，等杨梅风尘仆仆回到家时，父亲已永远地离开了。父亲一直支撑着想见心爱的女儿最后一面，最终却没有如愿，去世后的父亲眼睛睁得大大的，怎么弄也合不上。杨梅抱着身体已冰凉的父亲号啕大哭，她悲痛的泪水滴在了父亲的身上、脸上，不久，大家发现父亲的眼睛不知什么时候闭上了。

原来父亲还是要再看心爱的女儿一眼，才肯安详离去。杨梅无法接受至爱的父亲就这样离开了自己，她几次哭晕了过去。父亲下葬后，杨梅大病了一场，只好跟学校请假。杨梅足足在家里待了一个多月才回学校。

回到学校的杨梅仍然恍恍惚惚，她几乎每天晚上都会梦见父亲。陈杰就是在这个时候认识了杨梅，那是在学校刚成立的同乡会上。虽然杨梅一直心情不好，但她是学生会会长，这些活动是离不开她的。杨梅那天郁郁寡欢，可更是有一种别样的美，陈杰第一眼看到杨梅便深深被她吸引住了。漂亮的杨梅追求者一直不断，也许是因为人太多了，也许是缘分未到，杨梅对他们都一视同仁，并没有对谁有特别的感觉。当高大帅气的陈杰过来跟杨梅打招呼时，杨梅感觉到有一种特别的东西触动了自己，至于是什么感觉，她自己又说不上来。这个同乡会，留给杨梅印象最深的便是这个戴着眼镜斯斯文文的叫陈杰的男孩。

对杨梅一见钟情的陈杰，比杨梅高一届。那天聚会过后，陈杰便对杨梅展开了强烈的攻势。吃饭，陈杰帮她打饭；看书，陈杰帮她占位；洗澡，陈杰帮她提热水……杨梅对陈杰印象很不错，在她情绪低落的时候，能有个人常伴左右，让她倍感安慰。没多久，在学校的湖边，陈杰便拥有了杨梅的初吻，其实，这也是陈杰的初吻。

陈杰的细心和关爱让杨梅感觉很好，爱情的甜蜜让笼罩在丧父之痛中的杨梅心情好了不少。那年的春节，杨梅便把

陈杰带回去见了家人，母亲对陈杰的印象很不错，哥哥们也挺喜欢这个小伙子。大年初二，陈杰也迫不及待把杨梅带回老家去，美丽可爱的杨梅同样深得他家人的喜欢。大学的生活，杨梅便是在和陈杰卿卿我我中度过。

陈杰毕业后，去了深圳的一家派出所工作。晚一年毕业的杨梅，在陈杰的安排下，也去了陈杰附近的一家国企工作。本来杨梅有机会去当老师的，可她却不想去，面对学生，她觉得自己不够有耐心。这家企业虽然和杨梅专业不对口，但杨梅去了后却很适应，干得如鱼得水。一切按部就班，杨梅很快和陈杰领取了结婚证。婚后，陈杰一如既往对杨梅疼爱不已，家务全包，陈杰忙不过来时便请钟点工，杨梅一点家务活都不曾干过。结婚几个月后，杨梅怀孕了，得知喜讯的母亲自告奋勇出来帮忙照顾杨梅。杨梅怀孕后娇气得不行，就差上厕所也要陈杰抱着去了，母亲都有点看不顺眼，但陈杰却完全顺着杨梅。只要她想吃什么，哪怕是半夜也跑出去给她买。孩子快出生时，杨梅担心母亲太辛苦，又另请了一个保姆。

孩子出生后，杨梅为了保持身材不肯喂母乳，母亲觉得母乳才是最有营养的，可杨梅就是不听，弄得老人家很不开心。陈杰心里也是希望杨梅给孩子喂奶的，但他没有说杨梅半个不字，反倒跟着劝杨梅的母亲，他说会托人从香港买来最好的奶粉给儿子吃。母亲最后也没办法，只好顺着杨梅，但她却说陈杰这样会把杨梅给宠坏的。

儿子出生后，杨梅自己的生活并没有多大的改变。她不会弄孩子，不敢抱孩子，儿子的吃、喝、拉、撒都由母亲、保姆和陈杰管，孩子晚上是由母亲带着睡，杨梅的任务只是偶尔逗逗孩子玩，完全不像做母亲的。如果周末一家人出去玩，杨梅也是那个永远只背着漂亮包包轻松走路的人。陈杰对杨梅的母亲很孝顺很体贴，母亲也视陈杰为自己的儿子一样，尽管杨梅是比较任性的，但大家都比较包容她，一家人过得还算很融洽、和睦。

　　陈杰虽然对杨梅百依百顺，但杨梅对他还是不太满意的。陈杰话不多，而杨梅喜欢听甜言蜜语，所以她老觉得陈杰木讷。碰到杨梅的生日或什么节日，陈杰大不了也就是买束花，或者带她出去外面吃顿饭，从来没有所谓的惊喜，让杨梅觉得陈杰太不浪漫了。再加上陈杰干警察这一行，难免要加班加点，经常没时间陪杨梅，导致杨梅意见很大。

　　在事业上，聪明的杨梅越来越顺。从最开始的文员做起，慢慢做到了总经理助理，生完孩子后，杨梅被任命为部门经理。不知道是不是因为杨梅的长相，客户特别乐意和杨梅合作，她做起业务来总是很顺利，杨梅很会跟客户沟通，那些人家都搞不定的客户，只要杨梅一出马便能轻而易举解决。当然，有很多的客户也想占杨梅的便宜，但聪明的她总能化险为夷，而且还不会让客户难堪，大家得以继续合作下去。杨梅经常能收到客户送的礼物，有些还挺贵重的，刚开始她是拒绝的，但这样客户反而会不太高兴，后来也就盛情难却

收下了。当然，漂亮的杨梅让不少客户着迷，那些追求者几乎没间断过，但杨梅的头脑很清醒，她知道这些人都是有老婆孩子，甚至有二奶三奶的，追求自己无非是为了寻找刺激和征服感，杨梅不想给这些人机会，也不想自己陷入不堪，所以，她时刻提醒着自己。客户中形形色色的人很多，当中不乏才子，杨梅也曾和一个优秀的客户差点有了故事，还好，对方也是比较理智的人，最后彼此还是放弃了这段感情，他调到了另外一个城市工作。虽然这段感情无疾而终，但是却给杨梅留下了很深的印象，他的机智、幽默、风趣及浪漫，是杨梅特别欣赏的。如果自己是未婚，或者对方是未婚，杨梅可能会不顾一切，只是彼此都有家庭都有孩子，杨梅最终没让自己踏入那一步。

相比之下，杨梅觉得陈杰太索然无味了，除了上班忙工作，回到家里也就老老实实待着，不爱出门，每天基本两点一线。虽然陈杰对自己不错，但杨梅总感觉他并不真正理解自己，生活没有一点情趣，跟他在一起很无趣。杨梅总会不自觉拿那个自己喜欢过的客户和陈杰比较，越比较越觉得陈杰土里土气。家里的大事小事几乎也是杨梅说了算，杨梅便觉得陈杰不够男人。其实陈杰已习惯了一切听杨梅的，要是他有什么不同的意见，只会惹得杨梅不高兴，所以一切随她的意思去做。母亲有时看不惯自己女儿那种高高在上的样子，但说了她也没用，杨梅就是那样的性格和脾气。也许夫妻在一起时间长了，便会审美疲劳吧，虽然陈杰仍然对自己很好，但杨梅对他却越来越看不顺眼，日子过得好像没有什么生气。

杨梅很有经济头脑，她在公司深受老板的赏识，随着时间的积累，杨梅手上有很多客户资源，后来经过深思熟虑，她自己偷偷开了家公司，委托一个朋友帮忙打理，这家公司被杨梅弄得风生水起，生意很不错，公司规模越来越大。陈杰每月拿的是死工资，他的工资远没有杨梅多，更不用说杨梅开公司赚的那些钱了，财大气粗的杨梅在家中的地位更是高高在上了。

三

当杨梅接到通知说几个小学同学要聚会时，她心里是激动的，这些同学已有二十多年没见了，突然勾起了好多儿时的趣事。杨梅只知道有七八个同学会来，具体是谁却不知道，通知的同学笑着说要保密，这样见面时才会更加地激动。一说到小学同学，杨梅的脑海里便闪过罗远那张好像永远对自己微笑的脸。他会来吗？杨梅有点忐忑却又很期待。

罗远的老家和杨梅家隔着一条小河，小时候，大家经常一起玩。杨梅小时也调皮，喜欢跟着男孩到处跑，而罗远对杨梅特别地好，摘到果子第一时间给杨梅，钓到鱼也给杨梅，过河小心挽着杨梅，甚至家里做了什么好吃的，他也会偷偷带给杨梅吃，他像亲哥哥般保护着杨梅。杨梅也觉得跟罗远特别地投缘，她喜欢跟着他到处疯到处跑。一到周末，哪里

有杨梅的影子，罗远定会在哪里，惹得小朋友们都笑他们是
"两公婆"，气得杨梅直跺脚，罗远却哈哈一笑了事。

　　杨梅至今还清楚地记得，小学五年级时自己在河边不小
心摔了一跤，是罗远背着自己回家的，瘦小的罗远背自己背
得很吃力，但他却一直坚持着，让杨梅特别地感动。只是初
一的时候，罗远不知怎么突然就搬了家，好像说是去他爸爸
工作的地方上学。后来，罗远也曾写过几封信给杨梅，信是
寄到学校的，在最后一封信中，罗远对杨梅表达了一些爱意，
而这封信，却被老师给拆了，因为这个古板的老师见杨梅老
是有信来，有点怀疑，便私自拆了她的信，然后把她叫来办
公室训了一顿，让她小小年纪要认真读书，别胡思乱想。杨
梅那时对男女之情并没有什么概念，她只知道自己喜欢和罗
远玩，老师的训话让她觉得很委屈，当场便哭得一塌糊涂。
一气之下，杨梅为了表决心，当着老师的面给罗远回了一封
信，叫他以后不要再给自己写信了，大家都要好好努力读书。
老师对杨梅的举动很赞许，并把杨梅的这封信留下来，说会
帮她寄出去。其实杨梅晚上回到家便后悔了，但信在老师那
里，又不方便拿回来。果然，罗远从此便再没有来信，杨梅
后来曾试着按原来的地址写信给他，信却被退了回来，说是
查无此人，想必罗远可能搬家了吧。这件事对杨梅打击不小，
她没想到会这样和罗远失去了联系，每次想起来都特别后悔
自己当初写了那封绝情信。

　　因为有点塞车，而且杨梅离聚会的地方有点远，等杨梅

赶到酒店的时候，人都来齐了。望着一张张笑脸，杨梅真认不出几个同学了。但坐在角落里的罗远，杨梅却还是一眼认了出来，虽然轮廓变了不少，但他那微笑的样子跟小时候好像并没有什么不同，仍然让杨梅感觉那么地熟悉那么地亲切。罗远一见杨梅进来，便走了出来，先给杨梅一个紧紧的拥抱，惹得大家都在旁边起哄，可他才不管那么多呢。杨梅在罗远的怀抱里也没觉得不自然，两个人有点像久别重逢的情侣一样。罗远把坐在他旁边的同学赶走，非要跟杨梅坐在一起，他说要好好和杨梅叙叙旧，又惹得大家在一旁起哄。罗远说他小学时就喜欢上杨梅了，可惜自己当时还没发育，只怪家里伙食太差，不然杨梅早成他老婆了。罗远的油嘴滑舌引得大家哄堂大笑，杨梅也跟着笑个不停。

　　杨梅本来是自己开车去的，喝了点小酒，她正愁该怎么把车给弄回去，是不是找代驾什么的，罗远却自告奋勇开车送杨梅回去。杨梅见他也喝了酒，怕碰到交警查车，便说算了，可罗远非要送不可，他说没事的，跟着漂亮的杨梅运气肯定非常地好。杨梅说不过他，最后便由着他了。一路上，两个人说起了很多小时候的事，开心得不得了。罗远没有提那封信的事情，杨梅便也没提，两个人说说笑笑地很快便回到了杨梅的住处。帮杨梅停好车，罗远嘴里说着以后多联系，挥挥手转身往外走，看着罗远的身影消失在自己的视线中，杨梅才慢慢往家里走。如果是在大街上碰见罗远，杨梅肯定认不出他了，几十年不见，杨梅对他却没有一点陌生感。

杨梅

罗远长得不高，一米六五左右，也不帅，很普通的长相，从外表来说，跟陈杰是无法比的，陈杰一米八几的个头，现在四十出头了，仍然看上去很帅气。但不知怎么回事，杨梅觉得跟罗远在一起特别地开心。

回到家，杨梅跟母亲提起了罗远，没想到母亲竟然也还记得他，说他小时精瘦精瘦的，一到周末便来家里找杨梅出去玩。杨梅刚洗完澡，罗远的信息便来了，说他已回到聚会地点准备驾车回家。陈杰今晚值班，闲着没事的杨梅便在短信上和罗远聊了开来，没想到罗远是特别风趣的人，哄得杨梅心花怒放，两个人晚上一直短信不断，直到凌晨两点半才互道晚安。原来罗远也一直在深圳发展，他来深圳的时间和自己差不多，想着以后又多了一个朋友，多了一个可说话的青梅竹马，杨梅的心情是愉悦的。

第二天杨梅醒来的时候，又收到了罗远的问候短信，他的关心让杨梅倍感温暖。今天是周末，杨梅吃完早饭后，一直窝在沙发上和罗远发着短信，母亲看不下去，叫杨梅跟着她去超市买点东西走动走动，可杨梅却不愿意。

没几天，罗远专程请杨梅去吃饭，然后带她去看电影，之后还一起去洗脚按摩。罗远的嘴巴特别地甜，什么话都能说到杨梅的心坎上去，让她感觉很舒服。

接触多了，杨梅知道了罗远的一些基本情况，他有两个儿子，一个读高中，一个读初中，老婆是江西人，在一家公司当财务。而罗远一直自己做生意，前段时间因为被一个大客户骗了，现在公司刚刚倒闭，暂时还没想到做什么。罗远的遭遇让杨梅挺同情的，吃饭的时候便抢着买单，可罗远怎么也不肯，他说哪怕是借钱，这些钱都应该是男人出的。

两个人几乎每天联系，不是电话便是短信，杨梅发现自己和罗远很聊得来，跟他相处，感觉像自己家人一样，彼此之间很多的话都会跟对方说。原来罗远和妻子关系并不好，她有妇科病，几乎不肯再和罗远过夫妻生活。现在罗远公司倒闭了，她又嚷着要离婚什么的。杨梅听到他提夫妻生活时，有点不好意思，但很快便释然了，大家都四十几岁的人了，这话题想想也没什么不正常。杨梅想到自己和陈杰，不知是不是因为陈杰当上副所长后压力大了，而且比原来忙很多，经常不着家，杨梅觉得两人的夫妻生活也是越来越少，最近更是一个多月都没有亲密接触过。不都说三十如狼四十如虎吗？杨梅倒没有如虎的感觉，再说陈杰在床上也像例行公事一样，她也觉得没啥意思，但陈杰老是这么忙让她很不满。

杨梅生日那天，陈杰因为太忙没来得及买礼物，只买了个蛋糕，让杨梅心里很不爽。没想到蛋糕还没吃，陈杰又因紧急任务被召回单位，杨梅便更加生气了。儿子在读寄宿学校，周末才回来，只剩下老母亲和保姆陪着，杨梅觉得一点意思都没有。罗远正好发信息过来，杨梅便忍不住对他抱怨一通，罗远一听是杨梅的生日，马上说要过来接杨梅去外面庆祝，杨梅犹豫了一下，还是决定出去外面玩玩，不然心里堵得慌。

不到一个小时，罗远便打电话来叫杨梅下楼。一打开车门，罗远捧着一大束鲜艳欲滴的红玫瑰递过来，让杨梅惊喜又有点恍惚。然后，罗远带杨梅去了一家高级的西餐厅，红酒、美食，中途还有人专门站在杨梅的旁边为她拉小提琴，杨梅还没从小提琴的悠扬声中反应过来，侍者又推过来漂亮的蛋糕……杨梅完全沉浸在这小资小调中，有点找不到自己了。喝着昂贵的红酒，听着罗远的喃喃祝福，杨梅觉得自己有点醉了。更让杨梅没想到的是，罗远还买了精美的礼品，打开来一看，是一串漂亮的手链。杨梅住的地方离罗远住的地方相隔二十多公里。短短的时间，他要买好东西安排好一切，还要飞奔过来，杨梅真不知道罗远是如何做到这些的，她很惊喜很感动。

酒足饭饱，虽然夜已经深了，罗远还是开着车把杨梅带去了大梅沙。晚上的大梅沙人很少，海风轻轻地吹拂着，让杨梅感觉很惬意。罗远开始向杨梅表白，他说真的是从小学开始，便喜欢上了杨梅，那时最大的梦想便是长大后能娶杨梅当老婆。杨梅的那封信给了他致命的打击，他为此整整病了一个星期。他说二十多年以来，他一直不间断会梦见杨梅。这次的同学聚会，他的目的只有一个，就是想见到杨梅！他说为了找到杨梅的联系方式，他费尽了周折。罗远说娶这个老婆，只是因为她的眼睛长得像杨梅，他说他们夫妻感情不好，更重要的原因是他自己有问题，他的心里只有杨梅，所以婚姻注定不可能幸福。在每次和老婆过夫妻生活时，他的脑海里浮现的都是杨梅的影子。杨梅听到这里，脸红了一下，感觉心跳也快了许多。

听着罗远的深情表白，杨梅不知道该说什么好。以前自己太小，对罗远也只是一种好感，谈不上是真正的感情。杨梅以为罗远会拉自己的手，或者会趁机凑过来亲吻或拥抱什么的，可是罗远却没有那么做，他只是诉说着，并没有什么行动。

把杨梅送回家后，罗远说了声"再见"便走了，他甚至没有握一下杨梅的手，这让杨梅有点失落，同时又感觉罗远特别正人君子。这一夜，杨梅失眠了，罗远说的话总在她的耳边回响，让她心里乱乱的。

那天杨梅无意跟罗远抱怨，说公司的司机突然辞职，一时找不到合适的人顶替，弄得她现在快成司机了。没想到罗远一听，便自告奋勇说要当她的司机，杨梅当然觉得罗远是在开玩笑，开过公司当过老板的人，怎么可能去当司机呢。可罗远却说是真的，反正他现在没事干，当杨梅的护花使者他再高兴不过了，不是为了钱，这样一来可免了自己的无聊，又可为杨梅解决燃眉之急，等他找到事做再辞职。杨梅想了想也有道理，如果罗远能来当司机，他那么聪明能干的人，肯定会让自己省很多心。果然，罗远一来，杨梅的好多工作他便可以搞定，杨梅顿时轻松了很多。和罗远朝夕相处，杨梅发现自己开心了不少，罗远很懂女人的心，他经常能猜出杨梅心里所想。杨梅和陈杰相处，非要说出来，陈杰才会明

白。而罗远不同，他能会意，有时杨梅话还没说出口，他已明白。杨梅发现自己对罗远越来越喜欢了，那晚表白后，虽然他对杨梅的关心是无微不至的，但他并没有再多说这方面的话题。杨梅觉得自己有点摸不透罗远的心，不过这样也好，省得会有点尴尬。

罗远每天早晚都会发短信问候杨梅，和他发短信已经成为杨梅每天不可缺少的事情，动动手指头，笑一笑，时间似乎便过得很快。和罗远相处那么长时间，杨梅才知道，世界上原来还有那么懂自己的人。陈杰见杨梅一回到家便捧着手机玩个不停，心里有很大意见，却又不敢发作。母亲也老说杨梅，可她哪里听得进去，照样我行我素，儿子的功课她也从来不管，学习交给陈杰，生活上交给母亲和保姆，自己每天过得很潇洒。

罗远不再表白后，杨梅突然感觉心里有点失落。跟罗远在一起，他对杨梅的体贴跟情侣是没多大差别的，甚至在杨梅的生理期，他会把小暖水袋灌好，杨梅一上车便可用上。有时候，他会把熬好的红糖水放进保温瓶里带来，让杨梅趁热喝下去，缓解杨梅肚子的疼痛。杨梅每到生理期时，便半死不活的样子，每次罗远只要一看她的表情，便能猜到她的特殊日子又来了。杨梅的生理期每月都很准时的，罗远便把这日子也记住了，日子快到时，会提醒杨梅不要吃冷东西，要喝红糖水什么的。这种关心和体贴，陈杰是做不到的，他最多也就是说一两句"好好休息"之类的安慰话。

杨梅平时工作比较忙，自从上次在罗远的指点下和客户打过一次麻将后，杨梅便迷上了麻将，她觉得打麻将是让自己身心非常放松的一项活动。聪明的杨梅在罗远手把手的指导下，很快便上了手。一到周末，罗远便载着杨梅到处去打麻将。罗远的技术不错，在他的参谋下，杨梅赢得多输得少。而且，每次杨梅打麻将，罗远都是按他说的输了算他的，赢了算杨梅的。杨梅知道罗远现在的经济状况并不怎么样，帮杨梅开车一个月的工资也拿不了多少，罗远的这一举动让她不解又感动，她不想罗远这样做，可总是拗不过他。杨梅自从迷上麻将后，一周七天几乎都和罗远待在一起，周末基本不着家，在陈杰提出抗议后，一向被宠坏的杨梅更是懒得理他，在床上碰都不让他碰一下，以此来惩罚陈杰，陈杰真是拿她毫无办法。

　　在一次打麻将赢了不少钱后，杨梅和罗远去吃夜宵，两个人都喝了不少酒。罗远要送杨梅回家时，杨梅却不愿意，她醉眼蒙眬地说今晚只想待在这里。杨梅摇晃着身体走向隔壁的酒店，她说她还没喝够，一会还要喝酒。杨梅去开了房，她让罗远自己先回去，看她那样子，罗远怎么可能丢下她而去，只好扶着她上了楼。杨梅感觉头有点晕，先去洗手间洗了个热水澡。当只裹着浴巾的杨梅走出来时，杨梅看见罗远眼睛里的亮光和渴望。看着一脸妩媚的杨梅，罗远似乎有点不自在，他说他要下楼去买点东西。杨梅上前拦住了他，意乱情迷的杨梅用双手搂住了罗远的脖子。罗远再也控制不住，

一改往日的彬彬有礼，一下子便吻住了杨梅的樱桃小嘴。在那张一米八的大床上，罗远把杨梅侍候得如女皇般，甚至连她的每一个脚指头都亲吻了一遍……

这一夜，杨梅几乎没睡觉，她沉浸在和罗远的男欢女爱中不能自拔。

自从和罗远好上后，杨梅觉得自己越来越离不开他，便经常找借口不回家，有时说去出差，其实是和罗远一起去游玩。陈杰虽然一直纵容杨梅，但他也不是傻子，当警察的他其实很敏感，他看出了杨梅的不同寻常。纸终究是包不住火的，陈杰无意中看到了罗远发给杨梅的赤裸裸的肉麻情话，让他知道了两个人之间的关系。那条短信让陈杰气愤得差点把手机摔了。陈杰强迫自己冷静，他决定和杨梅好好谈一谈。

出乎陈杰的意料，杨梅很快便承认了她和罗远之间的关系。陈杰很受伤，他没想到杨梅竟然会和那个长得一点也不帅、现在只是做司机的男人混在一起。陈杰第一次对着杨梅大发雷霆，杨梅从来没有见过陈杰这个样子，有点吓呆了，听到动静的母亲跑了过来，很快便明白了整件事情。母亲苦苦劝着杨梅，叫杨梅回头是岸，不要因一时的糊涂毁了这个家，她说陈杰才是对杨梅最好的人，那个罗远不可相信。母亲边说边哭，让杨梅的心里很不是滋味，印象中母亲很少流泪的。在母亲的调解下，陈杰答应给杨梅一次机会，只要和罗远断了关系，他便既往不咎。杨梅一直沉默着，她没答应也没说不好，虽然在她心里罗远占更多的位置，可毕竟这边有儿子有建立了十几年的家。而罗远本身也是有家庭的，要跟他在一起目前也不太现实。母亲让杨梅炒掉罗远另找一个司机，杨梅却不同意，她说罗远在工作上很帮得了自己，私事不能和公事混在一起。

罗远知道情况后，也觉得自己还是辞职比较好，可是杨梅却不舍得。杨梅虽然嘴上答应了母亲和陈杰会与罗远断绝男女关系，但她觉得自己已离不开罗远，不管是在工作上还是生活上。杨梅考虑了很久，决定把罗远放到自己的公司里去做，接触这么久，她深知罗远的才能，便让他当部门经理。

陈杰平时从来不过问杨梅公司的事，杨梅偷偷把罗远安插到那里，他自然不会知道。杨梅暂时安静了一段时间后，又开始经常不回家。为了能经常和罗远在一起，她偷偷买了套房子，二百多平方米，两个人经常厮守在新房里，罗远会变着花样给杨梅做各种美食。杨梅没想到罗远的厨艺也是一流，让她又多了一种理由喜欢罗远。

世上总是有很多的巧合，没想到陈杰的朋友竟然也买了这边的房子，而且还正好是杨梅的邻居。那天陈杰兴冲冲带着礼物过来庆祝朋友乔迁之喜，却意外撞见了刚买好菜从外面回来的杨梅和罗远，十指紧扣的两人出了电梯看见陈杰的那一刹那，大家都傻了眼。

四

　　杨梅最终还是和陈杰离了婚。离婚是杨梅主动提出来的，杨梅的这一举动伤透了母亲的心。母亲扬言若她真和陈杰离婚，自己便不再认杨梅这个女儿，可杨梅不为所动，还是态度坚决把打印好的离婚协议扔给陈杰。陈杰见一切已不可挽回，有骨气的他只要求要住着的那套房子和儿子，其他财产他都不要。儿子也不愿意跟妈妈，之前他见过杨梅和罗远在一起，他心里恨杨梅。

　　杨梅的儿子是母亲一手带大的，母亲很舍不得这个孩子，孩子判给了陈杰，母亲便只好回乡下的老家。虽然陈杰一再挽留老人家，说可以像原来一样住在家里，可母亲已觉得没有颜面再住下去。

　　见杨梅离了婚，罗远便主动张罗着要和老婆离婚。跟罗远在一起好长时间了，杨梅很少见他老婆打电话给他，罗远解释说是两人早已没了感情，离婚是迟早的事情。罗远说他和老婆早已没夫妻之实，偶尔一起吃饭而已，那都是做给孩子看的，他说他一直爱的是杨梅。

　　经过一段时间谈判后，罗远说老婆已同意离婚，两个孩子归她，每月付生活费四千元，另外补偿她青春损失费三十万，罗远净身出户。这个条件不算苛刻，但罗远说他没钱，以前的积蓄都在老婆那儿。看着罗远垂头丧气的样子，杨梅说钱没问题，全部由她来支付。罗远嘴上说这样不好，杨梅说大家都在一起了，还分什么你我。杨梅付了钱后，罗远很快便拿到了离婚证。

几个月后，杨梅便和罗远去领取了结婚证。罗远头脑灵活，在公司里干得很不错，慢慢地，杨梅便把很多权力都转给了罗远。婚后，罗远对杨梅也是百依百顺，而且经常制造浪漫，让杨梅觉得嫁给这个男人真是太对了，她庆幸自己没看错人。

四十多岁的杨梅本来想再给罗远生个孩子，可罗远却不愿意，他说担心杨梅生孩子受苦，他说他会爱杨梅一辈子，在他心目中，杨梅才是最重要的人！没有小孩，他才有更多的时间来照顾杨梅。杨梅被他的话感动得差点落泪。

在夫妻共同的努力下，公司发展得越来越好。罗远已开上了大奔，一副成功人士的模样。这种甜蜜的生活一直延续了六七年，在这段时间，虽然母亲不认杨梅，儿子也很少见杨梅，但有了罗远无微不至的关心和照顾，杨梅还是觉得自己很幸福。杨梅认为母亲总有想开的那一天，儿子也会理解自己的。陈杰在离婚两年后，找了个老师做老婆，那个年轻的老师又给他生了个女儿，他的生活过得也挺不错。

叶落归根，离退休前一年，杨梅决定在老家县城买套房子。这个决定罗远并不太赞同，他觉得没多大意义，就算老了以后也是待在深圳。罗远说最近他有个大项目需要不少资金周转，但杨梅坚决要买，罗远最后也只好同意了。乔迁新居的那一天，杨梅请了许多亲朋好友大摆宴席。

　　杨梅正式退休了，她本想在公司好好跟罗远搭档，可他却说不想老婆那么辛苦。罗远说他负责赚钱，杨梅负责花钱负责玩便可。杨梅想想也是，自己那么辛苦干吗，该是时候享受了。杨梅把公司全盘交给罗远管理，她不再管理公司的任何事情，家里的钱也是罗远管，杨梅不喜欢费神，用钱跟他要便是。至于罗远拿钱去投资还是炒股或买理财产品什么的，杨梅统统不过问。杨梅在网上认识了一大帮驴友，在罗远的鼓励下，经常和她们天南地北到处走。

　　被罗远宠爱得无忧无虑的杨梅开始发福，甚至体重达到了一百三十多斤，杨梅嘴上嚷着要减肥，但却照吃不误。而罗远却说不管杨梅胖还是瘦，他都一样喜欢，杨梅永远是他的女神，把杨梅哄得眉开眼笑。退休后的日子过得很滋润，杨梅以为自己会一直这样幸福下去。

　　杨梅这次出国花了二十多天，在国外玩得挺开心的，但就是饮食上不太习惯。当飞机降落在深圳机场的那一瞬间，杨梅的心情好了起来，回去又可以吃到罗远做的可口的菜了，她很期待。拖着行李箱，杨梅却没有看到罗远的影子，奇怪，一般他都会提前到来接自己的。杨梅赶紧打电话给罗远，响了很久却没人接，一直打，还是没人接。杨梅恼了，不停拨打着罗远的电话，但电话始终没人接，后来又变成无法接通。杨梅特别生气，自己坐了十几个小时的飞机，人累得不得了，而说好来接自己的罗远却联系不上了。没办法，杨梅最后只好打部的士回家。

杨梅这次出去买了不少纪念品和食品，光是罗远喜欢吃的巧克力便买了半箱。拖着那么多的行李回到家，杨梅累得够呛。娇气的杨梅哪有试过没人接机的，所以她窝了一肚子的火。回到家一看，一直整洁的家看上去脏兮兮的，茶几上蒙了一层灰尘，好像有一段时间没住人似的，杨梅有点不祥的预感。天黑了，罗远仍然没有回家，电话还是打不通。杨梅只好叫了份快餐来填饱肚子，可没吃几口又被杨梅扔了，饭菜太难吃了，跟罗远做的简直没法比。直到晚上十二点多，罗远才回来，杨梅一见他便开始大吼大叫，奇怪的是罗远没有一句解释的话，只说自己好累，顾自先跑去洗澡了，把杨梅气得够呛。按以往惯例，罗远肯定得拼命解释，使尽一切办法先哄好杨梅，然后跟杨梅鱼水之欢。今天的罗远，怎么变得如此反常？杨梅觉得很奇怪。

　　当洗完澡后的罗远告诉杨梅公司已破产，他今天忙于处理这些事，所以忘记接机时，杨梅惊呆了，她无法相信罗远的话，之前并没有一点征兆，自己不管公司才一年多，怎么可能会突然破产呢？她觉得肯定是罗远在开玩笑。杨梅质问罗远为何不早告诉她，罗远回答说是不想打扰杨梅的幸福退休生活。罗远说完这几句话后便扔下杨梅跑书房睡觉去了，而且反锁了门，任杨梅怎么敲门都不开。

　　杨梅感觉罗远完全变了个人似的，让她半天摸不着头脑。这一夜，杨梅失眠了！公司破产，这对她是致命的打击，这个公司花了她太多的心血，怎么可能说没就没了呢？第二天

上午十点多了，罗远仍然睡在房间没有出来，杨梅决定自己先去公司看看。车钥匙在罗远的身上，杨梅在楼下买了块蛋糕和一瓶牛奶，拦了部的士直奔公司。杨梅赶到公司时，发现已是灰尘满天，连一个人影都没有，大部分资料已是不翼而飞。倒是物业管理员看见她，追着要她付租金，说是已三个月没给钱了。杨梅怎么也不相信好好的公司突然会弄得破产，她觉得这里面肯定有问题，而且罗远之前从来没有提过公司经营不好的问题。一肚子气的杨梅回到家，发现还是冷锅冷灶，罗远顾自在平板电脑上看着电影。饿着肚子的杨梅很烦躁，为公司的事情质疑罗远，不耐烦的罗远却和杨梅吵了起来，他说破产是谁也不想看到的结果，那项大投资被人给骗了，他把全副身家押上去，没想到人家跑了。只怪自己看错人，所以才落得如此下场。罗远说他心里比杨梅还烦躁，叫杨梅最好不要招惹他。杨梅从来没有见过罗远这个样子，结婚那么多年，两个人几乎没红过脸，罗远更是从不敢在杨梅面前大声说话。更让杨梅没想到的是，罗远后来竟然说如果杨梅不相信他，大家离婚好了，他说他在杨梅面前装了那么多年的孙子，早就累了。

杨梅看着眼前的这个男人，觉得特别地陌生。罗远的最后一句话惹恼了杨梅，杨梅上前"啪"地给了他一巴掌。让杨梅吃惊的是，罗远马上一脚把杨梅踹到地下，杨梅痛得站不起来。罗远看着躺在地上的杨梅不管不顾，拂袖而去。

过了好久，杨梅才慢慢爬起来。杨梅泪流满面窝在沙发上，不知道一切究竟怎么了，自己出了一趟国，难道世界就突然变了？往日那个温文尔雅、机智幽默的男人怎么完全变了一副模样？难道他在外面有女人了？怎么感觉好像自己是他的仇人一样。这个往日里口口声声说爱自己，叫自己宝贝的男人竟然敢打自己，竟然要和自己离婚？杨梅真的无法接受。

更让杨梅没预料到的是，罗远那天离开后便不再回家，杨梅想跟他好好谈一谈，但他却不愿意，说公司被他经营破产了，他觉得对不起杨梅，所以只有离婚这条路可走。不久，罗远托人送了份离婚协议书过来，里面提到深圳的房子和老家的房子归杨梅，车归他。杨梅记得原来家里的存款也有一百多万，罗远却说早已贴到公司和亏空股票了。杨梅一直不相信公司会这样突然破产，虽然她不管钱，但她知道公司资产值千万，这里面肯定有什么猫腻。

杨梅赶紧去找律师帮忙调查，可狡猾的罗远把一切做得滴水不漏，账面上根本查不出什么马脚。突然人财两空，让杨梅从天堂跌入了地狱，她一时无法承受，在短短的时间内，暴瘦十几斤。杨梅无法相信一直恩爱的夫妻怎么突然变成这样，难道是罗远这么多年来一直在演戏给自己看？难道他从来没有爱过自己，只是为了贪图那些钱财？

杨梅一直想找些什么证据，但是却找不到。只能说罗远太聪明了，一开始便处心积虑。杨梅又哪里找得到什么证据呢。想想罗远也够厉害，他可以在杨梅的面前演戏演那么久，

而且演得让杨梅一点都感觉不出来。

后来才知道，罗远在广州开了家公司，而且和妻子已复婚。听到这些消息，杨梅已经没有泪水了。她还能说什么，原来一切只是圈套，而且这个圈套还是罗远夫妻一起下的，当时走投无路的罗远抓住杨梅这根救命稻草，养活了家人，还了欠债，最终把杨梅的公司占为己有，只怪自己当初瞎了眼睛。只是她万没想到罗远竟然连老家房子里的东西都不放过，非要把那些不值钱的东西也一起卷走，真是贪得无厌。

都说在深圳不能随便轻信人，在这待了二十多年，杨梅一直对外人很防备，没想到的是，自己最终却栽在"青梅竹马"的手中。为了罗远，自己连亲情都没了，母亲不认，儿子不认，这么多年以来，杨梅的世界只有罗远，而这个世界，却在杨梅毫无心理准备中轰然倒塌。这种刺骨的痛让杨梅怎么接受？杨梅有几次差点自杀。

五

拖了一年多，杨梅最终在离婚协议上签了字。这一年多以来，杨梅感觉自己过得人不人鬼不鬼的，罗远对她的伤害让她几乎崩溃。这一场离婚大战，让杨梅憔悴得不成样子，瘦了几十斤，身材恢复到做姑娘时的样子。

在同意签字离婚的那一刻，杨梅想通了，钱财乃身外之物，她要找回自己。大家都说罗远这样欺骗杨梅，以后肯定会有报应的。而杨梅对罗远，却连恨都恨不起来了。杨梅打算把深圳这套房子租出去，把老家那套房子东西添置齐全搬回去住，深圳留给杨梅太多的伤害，她不想一个人孤零零住在那个伤心地。杨梅现在每个月有几千块钱的退休金，再加上租金，这些钱应该够自己折腾的了。她有空便和朋友到处去旅游，杨梅发誓要让自己跟往常一样潇洒起来。

杨梅觉得自己以后都不会再相信男人了，虽然她才五十多岁，但她已打算这辈子不再找男人，就这样一个人清清静静过，平时请钟点工打扫卫生和做饭。杨梅给自己制定了两个目标：一是尽快取得母亲的原谅，在她老人家的有生之年尽一份孝心；二是好好努力和儿子沟通，希望得到儿子的谅解，听说他已有女朋友，说不定不久就能抱孙子了。杨梅知道自己以前确实太愧对儿子了，以后一定要好好补偿。

有了这些目标，杨梅感觉生活有了生机和希望。一切都会好起来的，杨梅告诉自己。

杨
梅

秀　儿

一

手机响了，睡得正香的秀儿很不情愿地睁开眼睛，迷迷糊糊看了一下，陌生的号码，本想挂断的，可又担心是自己不太熟悉的客户打来的，她强打精神，按下了通话键。

"你好！请问是哪位？"

"是——我。"

那熟悉而又陌生的声音，一下子让秀儿睡意全无。多少年了，有多少年没听过她的声音了？秀儿一时有点愣住了，半天没再说出一句话来。两个女人，各自握着电话，沉默了很久很久。

"你还好吗？"对方终于沉不住气，低声地问了一句。

"我很好。"秀儿的语气有点生硬。

"妈的身体还好吗？"对方又怯怯地问。

"你自己不会打电话去问呀。"秀儿开始有点冲。

"我，我怕惹她老人家生气。"对方很小声地说。

"生气？你还会怕她生气？你没把她气死就不错了。"秀儿提高了声调。

"秀，别这样，我知道你恨我，我知道妈也恨我，是我错了！"对方的声音开始有点哽咽。

"现在说这些有意义吗？"秀儿恨恨地说。

"我真的错了！秀儿，我对不起你。"电话里传来了"呜呜"的哭泣声。

对方哭了很久，秀儿听着心里也酸酸的。秀儿原以为这辈子再也见不到这个人了，没想到她会在这时候出现。这个人不是别人，她是秀儿失踪了六年的亲姐姐，她是抢了秀儿丈夫的红姐。秀儿突然想到了婷婷，那苦命的孩子，不知道现在长什么样，有多高了。秀儿已经整整六年没有见过婷婷了，婷婷是秀儿的大女儿。

"婷婷还好吗？"一说到女儿，秀儿的声音开始有点哽咽。

"婷婷挺好的，她现在读初二了，个头跟我差不多高哪，越大越像你，很漂亮！"一提到婷婷，红姐停止了哭泣，心情好像马上好了许多。

"你们在哪里？"秀儿继续问。

"我们在江西，一直在江西。"红姐回答。

"你们过得不错吧？"知道了女儿的下落，秀儿的口气明显缓了很多。

"我，过得并不好。秀儿，我后悔当初没听你的话。他，

他现在又有了外遇了。"红姐在电话里又哭了起来。

"这种男人，狗改不了吃屎！我早跟你说过，跟着他你这辈子不会幸福的！"一提到前夫，秀儿便怒不可遏。

"秀儿，我后悔呀！我真的错了！请你和妈妈能原谅我。现在，现在我都不知道该怎么办才好？"红姐很无助。

"你确定他有了别的女人？你有跟他谈过吗？"秀儿叹了口气。

两个女人叽叽喳喳在电话里一直谈了很久很久，毕竟是自己的亲姐姐，尽管当初她曾把自己伤得那么重，尽管她曾把自己的家都给毁了，可一听到她现在过得并不好，而且事情毕竟已经过去了那么多年，秀儿突然发现对她的怨恨好像并没有自己想象中那么深。

挂完电话，看看表，离上班的时间只有半个钟头了。隔壁房里，黑白颠倒的老公还在响着鼻鼾，秀儿把他的房门轻轻关上。秀儿来不及做饭，匆匆往嘴巴里塞了几块面包，骑上那辆破旧的自行车，汇入了车流中。一想到红姐在电话里答应等孩子放假时会把她带回来让自己见一见，秀儿觉得这么多年来一直压在心头的那块大石头总算是放了下来，她觉得自己更有力量了，蹬车的速度快了很多。

那辆嘎嘎作响的自行车载着秀儿在马路上呻吟了二十几分钟，来到了坑梓的一个休闲健身会所。看看手机离上班还有五分钟时间，还好没有迟到，不然又得扣钱，秀儿边擦汗边松了口气。这是一家新开的会所，主要经营瑜伽、肚皮舞、健身操、美容等。秀儿和另一个小姑娘上班，那小姑娘只负责接待，而秀儿还要拉业务的，成功拉人入会，提成还不错，这样算下来工资会高不少。一坐到前台，秀儿便打开厚厚的电话簿开始打电话，向客人讲解会所的种种设施和新开张的优惠政策，鼓动客人购买会员卡。尽管秀儿说得口若悬河，却还是很难打动那些挑剔的客人，有些人甚至没等秀儿说上两句话便挂断了电话。一个钟头下来，秀儿口干舌燥，却一无所获。秀儿索性站起身来走出柜台，她活动了一下酸酸的手臂，在门口转悠着。会所的地址有点偏僻，又加上刚开张，虽然这里环境幽美，设施也一流，可却见不到几个人。秀儿在门口转了好久，一个人影都没有。现在只有一个班在上课，是肚皮舞班，不过也只有几个人在跟着老师跳，那几个人还是老板娘的亲戚朋友什么的，免费来上课。肚皮舞对秀儿来说也挺陌生，偶尔在电视上看过别人的表演。她好奇地凑在门缝里看老师示范，那腰那臀，扭得可真美呀，秀儿的身体有点蠢蠢欲动。隔着一道门，秀儿也学着老师的样子在那扭动着自己的腰肢。

终于下班了，已是晚上十一点多，秀儿把门窗锁好，骑上自行车往家赶。秀儿住的是八楼，楼梯很陡，爬到八楼便累得够呛。没办法，八楼的房租相对便宜些，为了省点钱，秀儿想着也就当是锻炼身体吧。

女儿已经睡了，胖乎乎的脸上出了不少汗，秀儿拿毛巾轻轻帮她擦干汗，亲了亲女儿可爱的脸蛋，给女儿的小肚子

盖好毛巾被。一身大汗的秀儿赶紧冲进卫生间去冲洗满身的臭汗。

秀儿用干毛巾一边擦着刚洗过的湿漉漉的头发，一边往丈夫房间里走。还未进门，秀儿便被满屋子的烟味熏得呛了起来。屋内，风扇已开到最大档，这把从旧货市场买回来的老风扇"吱吱呀呀"地在大声抗议着。打着赤膊、穿着大短裤的丈夫思念正汗流浃背地敲打着键盘，他敲一下键盘，吸上两口烟，然后把烟放在烟灰盅上，双手拼命在键盘上又是一阵猛敲，敲一会又吸上几口烟。思念写作的时候一直重复着这些动作。

"你就不能少抽点呀，吸烟有害健康。"

"亲爱的老婆回来了。"

"你最好把烟给我戒了，你说你这烟钱，都快赶上我们家的伙食费了。"

"老婆，别，没烟我没创作灵感的。"

"你天天抽烟，也没见你有什么灵感。"

"谁说的？我那篇稿子通过终审了，一万多字，有一千多块钱了，嘿嘿。"

"两个多月了，你终于发出了一篇稿子，虽说稿费不算多，老公好好加油哦。"

"老婆，放心吧，我肯定会越写越好，现在写的这篇武侠小说要是通过了，那就有一万多块钱呢。亲爱的老婆，稿费会越来越多的，面包会有的！一切都会有的。"

"嗯，相信老公，来，来，来，亲一下，奖励奖励。"

秀儿蜻蜓点水般吻了吻思念凑过来的带着浓浓烟味的嘴唇。没想到丈夫却一把搂过秀儿，嘴巴紧紧粘在秀儿的樱唇上，双手开始在秀儿的身体上游离。秀儿被老公的热情感染着，她手中握着的干毛巾掉到了地下，紫色的拖鞋、大短裤、红色的内衣、白色的三角裤凌乱地散落一地……两个互相纠缠的肉体倒在了硬硬的水泥地板上。

事后，秀儿捡起地下散落的衣服，和老公手牵手走向卫生间。两个人轮流帮对方洗澡，一会是老公细心地帮秀儿搓洗，一会又是秀儿帮他搓背，两人嬉闹着玩一会洗一会，弄得整个卫生间到处都是泡泡。这种时候，秀儿总觉得自己年轻了十几岁。

闹完了洗完了，细心的老公帮秀儿吹干头发，便又一头扎进电脑里继续写他的武侠小说。秀儿心满意足地躺在女儿的身边轻轻抱着女儿。秀儿白天要上班，而老公晚上才有灵感，所以两个人经常是分房而睡，这样才能保证对方足够的睡眠。老公除了不会赚钱，其他方面都挺好的，对秀儿体贴，对女儿照顾得也很好。老公比秀儿整整小十岁，秀儿觉得跟他在一起自己也年轻了很多，他身上的那股朝气那股猛劲，让三十如狼四十如虎年龄的秀儿在床笫方面特别地满足。就像刚才，两个人居然在房间地板上做爱，这是秀儿和前夫不可能做的事情。这种感觉够刺激，秀儿偷偷地傻笑着。

秀
儿

二

　　一想起前夫，秀儿的心里就有一股莫名的烦躁，秀儿恨
这个男人，秀儿觉得自己这辈子都不会再原谅这个男人。这
个自己跟了十多年的男人，留给自己太多的痛。秀儿突然不
明白自己当初怎么会看上这样的男人，满身的大男子主义，
家里的事情从来不管，想想他身上唯一的优点，就是会赚钱
吧！那时候的秀儿是个全职的家庭主妇，家里的一切经济都
是靠他。现在的丈夫各方面都还不错，可只是个穷酸文人，
大学毕业后找不到合适的工作，一直做自由撰稿人，赚不了
多少钱，赚钱养家的事情几乎都是落在秀儿的身上。这两个
男人是完全不同类型的男人，也许这就是自己的命吧。

　　秀儿认识前夫的时候，才十八岁。清纯的秀儿让前夫眼
前一亮，那时的他生意做得不错，有些小钱，他马上对秀儿
展开了强烈的攻势。刚出校门未谈过恋爱的秀儿哪见过这种
架势，穷苦出身的她，在糖衣炮弹的攻击下很快便投入了对
方的怀抱。那时的前夫说话幽默、风趣，出手大方，满嘴的
甜言蜜语，这让农村出身的秀儿觉得自己很幸运——那么快
就找到了自己的幸福。认识不到一年，秀儿便搬进了前夫刚
装修好的新房里，不久两个人举行了隆重的婚礼。

　　结婚时秀儿还不够年龄领取结婚证，母亲一开始并不太
愿意小女儿这么早就出嫁，但看这个男人出手大方，人长得
也算高大、英俊，家里经济状况不错，也就答应了。在农村

有没有领取结婚证并不重要，摆了喜酒才算是真正结婚。结婚的时候，前夫甚至还借了部汽车体体面面开到秀儿的山区小村去接新娘子，这让秀儿全家都特别有面子，大家都很羡慕秀儿的好福气。

结婚后，丈夫不让秀儿再出去干活，他说赚钱是男人的事，秀儿只要把家照顾好就行了。秀儿便专心侍弄着这个小家，丈夫除了做生意，回到家里几乎是饭来张口衣来伸手。秀儿自幼喜欢烹饪，现在有那么多的时间，她更是认真钻研，每天变着花样给丈夫弄好吃的，把丈夫一下子吃胖了不少。秀儿的手艺让丈夫后来都不太愿意出去吃饭了，经常还把朋友、客人带到家里来吃饭，客人个个吃得满意，丈夫的生意也越做越顺。两个人开开心心地过了好几年的二人世界，那段日子，是秀儿最幸福的时光。

秀儿二十六岁那年才生下女儿婷婷。怀孕后期，秀儿特别能吃，母亲也出城里来照顾女儿，老人总强调说孩子在肚子里补得好，以后孩子出生后身体才好，秀儿深信不疑，胃口也越撑越大，到快生的时候，她的体重一下子飙升到一百五十几斤。身材一向苗条的秀儿生完女儿后，体重仍然有一百三十多斤，比生之前重了四十多斤。生完孩子的秀儿也没去考虑什么身材不身材的，每天也是想尽办法多吃下奶的东西，因为奶水足，把女儿是喂养得白白胖胖的，特别可爱，简直人见人爱。那时候的丈夫很忙，也不可能把客人带到家里来了，他几乎天天在外面应酬，在家吃饭的时间越来

越少。偶尔回到家，基本也就是抱着女儿逗逗孩子玩，对秀儿的关心远远不如以前了。秀儿出月子后，母亲便回去了，她得回去接送哥哥的孩子，而且她也放不下家里的农活。秀儿一个人要照顾孩子，又要做家务忙着买菜做饭等，每天忙得焦头烂额，她更加没时间管丈夫了，这时秀儿把大部分心思也放在了女儿的身上。

女儿婷婷三岁的时候，秀儿又怀孕了。怀孕后期，当时秀儿的母亲身体不太好，便让一直在家务农未嫁的姐姐红姐过来帮忙照顾。红姐比秀儿大两岁，长得不如秀儿好看，但是她对男人却好像很挑剔，虽然有很多人给她介绍了男人，她却一个也看不上眼，家里人都急死了。红姐是属于活泼型的，整天叽叽喳喳，虽说五官不如秀儿好看，但现在的秀儿自从生完女儿后体重一直没下来过，身材臃肿，怀孕后更不用说了，身材完全变了形。相比之下，没谈过恋爱没生过孩子的红姐显得更年轻有朝气。大大咧咧的红姐似乎跟妹夫很谈得来，丈夫在家的时候，他跟红姐说的话更多些，两个人好像很有共同点，说起什么来滔滔不绝，跟大着肚子的秀儿反而没有了话题。

不久，秀儿剖腹生下个男孩，足足有九斤重，丈夫高兴得不得了。红姐一个人忙不过来，女儿婷婷被送进了幼儿园。那段时间，丈夫便暂时放下生意帮忙照顾。想着以后自己一个人也顾不过来，秀儿建议丈夫每月给红姐发工资，这样一来红姐会更安心，自己也不会老觉得亏欠姐姐，而且秀儿觉得红姐待在城里会比较有机会找到合适的另一半。丈夫爽快地答应了秀儿的要求。

一个星期拆完线后，秀儿带着儿子回到了家。坐月子嘛，秀儿大部分的时间都待在床上，伤口也还在隐隐作痛，家里的什么事都得依靠红姐。红姐的手艺也不错，饭菜很合女儿和丈夫的胃口。有时候红姐忙不过来，会叫妹夫到厨房去帮忙，丈夫居然也愿意。真是有点不可思议！以前，秀儿可是从来叫不动丈夫做家务的。红姐把秀儿照顾得很周到，女儿、儿子也让她照顾得很好，秀儿庆幸自己有姐姐的帮忙，找个外人的话，她怎放得下心，只有自己人才会真正为这个家考虑，才能真正做到位。可是有时候，秀儿一个人孤零零躺在房间，听着客厅里丈夫和红姐哄孩子的嬉闹声和欢笑声，她好像又有点不是滋味，好像自己倒成了这个家的局外人。

秀儿的伤口慢慢愈合，出月子后，她开始帮忙干点轻活。只是秀儿的体重仍然下不去，比生完女儿时更胖，她胃口仍然很好，一大碗肉她一个人都吃得下去。儿子四十天去打预防针时，秀儿称了一下，体重竟然有一百四十斤。丈夫为此经常取笑她，什么肥婆，什么游泳圈呀，弄得秀儿心里很不舒服，可美食一上桌，她又控制不了自己。

秀儿感觉红姐和丈夫之间好像越来越默契。儿子出生后，秀儿的精力便几乎全倾注到儿子身上了，女儿难免有失落感。可能红姐也比较会哄孩子，女儿婷婷跟她的关系也比跟自己好，这让秀儿的心里或多或少地不舒服。

丈夫和姐姐之间好像越来越亲昵，有一次，秀儿甚至看见丈夫竟然帮红姐买卫生巾回来。

儿子出生后，刚开始是红姐陪着婷婷睡，丈夫和秀儿母子俩挤一张床。儿子两个月了，丈夫又开始忙生意了，他提出一个人睡书房，他说怕回来太晚吵到秀儿母子俩，丈夫有时喝醉了会闹，秀儿觉得他说的有点道理也就没说什么。累了一天，晚上总是睡得很死，丈夫什么时候回来秀儿经常都不知道。

儿子半岁后，丈夫偶尔会半夜溜进秀儿的房间，匆匆忙忙完成丈夫的责任，有时是一个月来一次，甚至两个多月才来一次。夫妻生活的质量大不如从前。尽管秀儿觉得委屈，想着也许有了孩子的夫妻大都如此吧，况且自己已有了两个孩子，体型早已变得面目全非。

红姐一晃就在秀儿家里住了三年多。女儿上小学一年级了，中午也必须接送，这个家似乎更离不开红姐了。也许因为一直是红姐带着女儿，女儿和大姨的关系明显比妈妈还要好。红姐在这三年里也见了不少男人，可她始终没有看中一个，让秀儿心里挺烦躁，不知道姐姐究竟心里在想什么，都这把年龄了，她怎么会一点都不着急呢。虽然秀儿总觉得红姐和丈夫之间有点暧昧，感觉他们俩互相对视的眼神都不一样了，可她也没真正抓到什么把柄。或许是自己多疑吧？兔子还不吃窝边草呢，况且那人是自己的亲姐姐，丈夫怎么可能做那种事呢？姐姐更不能那样对自己吧？秀儿唯有安慰自己。

可是有一天，秀儿所有的猜疑得到了证实。

那次，秀儿独自带着儿子回娘家，本来说好住上一星期的，因儿子不习惯而提前回到城里。秀儿并没有把自己要回来的消息告诉老公和红姐，那晚回到家里看到的情形秀儿已经不想再去回忆，她只清晰地记得自己冲上去狠狠地扇了光着身子的丈夫一记耳光。等她想再去打红姐的时候，被丈夫死死按住了。

那一晚，秀儿砸烂了家里好多东西，女儿和儿子也被她折腾醒了，哭闹声一片，家里一片狼藉。丈夫坐在客厅里一支接一支地抽烟，红姐把自己锁在屋子里不肯出来，秀儿像疯了似的。一直折腾到凌晨四点多，秀儿的情绪才有所缓解。

丈夫的脚下是一地的烟头烟末，他还在继续抽烟。把孩子安顿好的秀儿红肿着双眼坐到了丈夫的对面。

"你爱她？"

"嗯。"

"为什么？"

"爱是没有理由的。而且，她把第一次给了我。"

"我的第一次难道不是给了你？"

"是。可是，我发现跟她在一起更快乐，更容易沟通。"

"你以前跟我在一起不快乐？"

"曾经快乐过。可自从有了孩子，你没发觉我们之间越来越没话可说？"

"我得照顾两个孩子，我不可能把心思都只放在你身上。"

"我知道。你不觉得你变了很多吗？变得邋邋遢遢的，不再注意自己的形象，身材也变得完全走了样。"

"你嫌弃我？我不都是为了孩子为了这个家吗？"

"我承认，你都是为了这个家，你付出了很多。可是，我对你的感觉的确越来越陌生了。"

"因为她？"

"不仅仅是因为她。如果没有她，也许我也会跟别的女人。"

"是她勾引你的？"

"不是，是我主动的。"

"你们经常在一起？"

"偶尔。"

"在我睡着的时候？"

"是。"

"你跟她在一起很快乐？你把老婆的姐姐睡了很快乐？"

……

"你不想要这个家了？"

"没认真考虑这个问题。"

"你想怎么样？"

"不知道。"

秀儿不再说话，返回房间躺下，听着旁边两个儿女均匀的呼吸声，秀儿一直默默流泪到天亮。

第二天下午，等女儿上学、儿子熟睡后，红姐来到秀儿的房间。秀儿冷冷地盯着她一言不发，两个女人在沉默中对峙了很久很久。

"我们谈谈吧。"红姐首先打破了沉默。

"没什么好谈的。"

"我知道你心里难受，我心里也不好受。"

"你有什么不好受的？连妹夫都要抢的女人，够狠毒！够不要脸！"

"秀儿，我也不想的。可是，我情不自禁。"

"情不自禁？你就可以不要道德？不要亲情？你不怕被别人的唾液淹死呀？"

"我……我是真的爱他。"

"爱？什么是爱？你这种人也配说爱？"

"我都三十好几了，这是我的第一次爱，我是真诚的。"

"真诚？你是第三者，你是个不要脸的女人！"

"随你怎么说吧，妹妹，是我对不起你。"

"别叫我妹妹，我没你这样的姐姐！"

"我并不想破坏你的家庭，可是，我真的控制不住自己。"

"你已经破坏了我的家庭。是人都可以控制自己，除非是畜生。"

"你骂吧，你狠狠骂我吧，如果这样能让你心情好一点。"

"你走吧，我不想再见到你。"

"我走了你怎么办？婷婷谁接送？你哪忙得过来？"

"不用你管，我有钱，我不会请保姆呀。我请个老太婆来当保姆，我看他是不是连老太婆也不放过！"

"别说气话，请外人毕竟不放心。你冷静一点，大家都冷静冷静吧。我去弄菜了。"

红姐说完便起身，扔下泪流满面的秀儿。

后来，心烦意乱的秀儿忍不住拨通了母亲的电话，一听到母亲的声音，秀儿便哭得说不出话来，把母亲吓得不轻。秀儿在电话里一直哭一直哭，哭得母亲六神无主。情绪稳定些后，秀儿把事情告诉了妈妈，母亲听完后嘴里一个劲说"造孽呀造孽"！

母亲当晚就和哥哥来到秀儿的家里。晚上见到丈夫时，哥哥差点动手打人。那一晚的谈判没有什么作用和结果，让秀儿很是伤心，第二天便病倒了！老家离不开哥，哥哥第二天便先回去了，母亲留了下来。母亲后来改变策略，她牵着红姐的手，低言细语地跟她说着道理，说到动情处，老泪纵横，坐在旁边的秀儿也哭成了泪人。母亲一生都很要强，姐妹俩很少见她哭过，也许是母亲的眼泪感动了红姐，她最终答应离开妹夫、离开这个家去外面找工作。

一星期后，红姐终于找到了一份在超市的工作，她搬了出去。事情有了转机，一直放心不下家里的母亲便回去了。临走时母亲叫秀儿想开点，既然红姐都走了，就当没事发生过，姐妹毕竟还是姐妹。秀儿为了安慰母亲，点了点头没说什么。可要把这事忘记谈何容易！如果红姐真的能跟丈夫断了，自己也许真不该再多计较。男人有几个不花心的？认命吧。

丈夫仍然早出晚归，家里暂时恢复了平静。红姐走了，母亲走了，家里一下子冷清了许多，秀儿还真有点不习惯。秀儿一个人忙两个小孩、忙这个家，每天忙得团团转。

这段时间秀儿没怎么见到丈夫。他晚上回来的时候，秀儿早已睡了。早上秀儿送女儿上学时，他还在睡觉。等秀儿送完女儿匆匆忙忙赶回家，丈夫已经走了。

这天晚上不到九点，秀儿正训斥女儿做作业马虎，女儿委屈地坐在书桌旁掉眼泪，老公开门进来了。婷婷见到爸爸像见到了救星，抱着爸爸一个劲投诉妈妈。一般男人都重男轻女喜欢儿子，秀儿却搞不懂为何丈夫好像对儿子没多大感情，对女儿却是疼爱有加。丈夫帮女儿擦着脸上的泪水，轻轻地哄着女儿。女儿后来越说越过分，居然说不要秀儿这个妈妈，要大姨做她的妈妈，秀儿气得浑身发抖，狠狠打了女儿一巴掌。夫妻俩因此大吵一顿。秀儿越吵越凶，当着孩子的面说了很多难听的话和脏话，秀儿的话彻底激怒了丈夫，忍无可忍的丈夫一拳挥过去，秀儿马上扯住丈夫的衣服，手乱捶脚乱踢，还在丈夫的手上狠狠咬了一大口，两个人厮打在一起，孩子们吓得大哭，场面一片混乱。

事后，秀儿痛恨自己的不理智。而那天后，丈夫甚至有时晚上也不回来住。秀儿以为红姐离开了，一切又可以重新开始，可是，她发现现在丈夫对自己更冷漠了。秀儿试着发

短信跟丈夫沟通，可是他却一个字也不愿意回。有时家里有啥事需要跟他说，他也就三言两语便挂了电话。难道他跟红姐又联系上了？他们在外面租了房子一起住？或者还是丈夫另外有了女人？秀儿每天都活在猜疑中。

一个人带着两个孩子，秀儿觉得自己每天都忙得心力交瘁，丈夫也如同虚设，秀儿心灰意冷。这种日子什么时候才是个头呀？丈夫好像真的不要这个家了，家里如同旅馆一样，想回来就回来，不想回来有时几天也不见人影。他唯一对这个家还尽责的是，他会每月将一笔钱放在客厅里当家里的生活费。

一段时间后，丈夫开始不回家了。他给秀儿发了条"我们离婚吧"的信息后便失踪了。秀儿打他电话，他不接，发短信，也不回。他甚至连每月必须给的生活费也没送回来，丈夫通过这种方式逼秀儿离婚。秀儿恼了！她去丈夫原来的公司找他，可已是人去楼空。家里的钱都是丈夫掌管，秀儿手上并没有什么钱，每月生活费是固定的，根本没多少节余。撑几个月还勉强，再撑下去秀儿就无能为力了。没办法，本不想让母亲为自己操心的秀儿拨通了母亲的电话，问红姐上班的地址和电话。去到商场一问，红姐早已辞职了，红姐的电话也一直是关机状态。

不管秀儿怎么打丈夫的手机，他就是不接。后来，秀儿想了一个办法，她买了一张新的电话卡。把卡装到手机上，秀儿迫不及待拨通了丈夫的电话。电话很快便接通了，秀儿听到丈夫懒洋洋的一声"喂"时，她真想马上臭骂他一顿，终于还是忍住了。

"是我。"秀儿强压住怒火。

"你有什么事？"丈夫听到秀儿的声音语气马上变得生硬。

"什么事？你让我们都喝西北风吗？你是不是想让我带着你的儿女去街边讨饭吃？"

"离婚吧。只要你答应离婚，我会每月付生活费。"

"如果不离呢？"

"不离那你自己想办法，我不管。"

"你就那么狠心？"

"你觉得你我之间还能过下去吗？"

"为何过不下去？只要你离开她，我可以不计较一切。"

"这不是我离不离开她的问题，你我之间已不存在感情了。"

"孩子你也不要了是吧？就为了那样的一个女人，你什么都不要了？"

"女儿跟我吧，我绝不会亏待我们的女儿的。儿子还小，你自己带着比较放心。"

"你真的要毁了这个家？"

"家里的房子归你，儿子的生活费我会每月都打到你账上。房子归你，现在生意也不是很好做，我再一次性给你十万元。"丈夫没有正面回答秀儿，他在安排着离婚事宜。

听着丈夫冷冷的声音，秀儿心如刀割，她挂断了电话。

后来，秀儿不管用什么号码打给丈夫，丈夫都不再接听。钱用完了，秀儿只好厚着脸皮跟要好的同学借钱，还好同学很爽快地答应了。同学知道情况后，劝秀儿放手，她说，守着这样的男人过日子有什么意思呢？连妻子姐姐都不放过的男人还有可信度吗？就算他肯暂时回头，你就能担保他日后不再犯错？你就敢保证自己的心里一点疙瘩都没有当没事发生过？秀儿说，如果离婚了，孩子太可怜！而且，自己该怎么办？一直都是在家当家庭主妇，秀儿不知道自己还能否找到工作，还能否适应外面的世界。同学说，你读书时成绩就很不错，人又聪明，还怕找不到事情做吗？不离婚对孩子的成长未必就会好，不和谐的家庭对孩子的伤害更大！

勉强又熬过了几个月，丈夫仍然无影无踪没有一点消息。秀儿心灰意冷，她终于想通了，离就离吧，就不信自己离开他就活不下去。晚上，等儿女们都睡着后，秀儿发了条信息给丈夫："我同意离婚，我们谈谈。"

秀儿发完信息后，便开始拨打丈夫的电话，这次，丈夫接了电话。秀儿要丈夫答应自己两个条件才同意离婚：一是孩子都跟着自己，二是丈夫不能和红姐结婚。丈夫刚开始并不同意女儿也归秀儿，后来妥协了。考虑到秀儿以后再婚问题，丈夫建议在判决书上让女儿归自己，女儿的户口跟着他，两个人再另订一个私自协议，说清楚女儿由秀儿带，他也答应保证不和红姐结婚。

秀儿想想也有道理，两个人很快便离了婚，当拿到离婚证书的那一刻，秀儿突然感到整个人轻松了很多，看来有些事情并不如自己想象般痛苦。虽然事后秀儿还是忍不住痛哭了一场。

拿着丈夫写的另外一张协议书，秀儿心里好像才踏实了一些。可是后来才想到，怎么没写清楚如果对方违反了协议要受到什么处罚呢，自己真是够蠢的！丈夫真的会离开红姐吗？秀儿并不知道。不管怎么样，起码两个孩子都跟在自己的身边。离婚后，秀儿才把这事告诉了母亲，母亲一个劲地责怪着秀儿。

拖着两个孩子，要找工作可不是那么容易的事情，自己又没有分身法。丈夫给了十万块钱，秀儿想着还是开个小店做点小本生意吧，现在丈夫每月给儿女们的生活费也基本够开销，等慢慢找到合适的店再说。

离婚一个月后，有一天秀儿照例去接女儿时，女儿却被丈夫给接走了。秀儿拨打丈夫的电话，可一直关机。到了晚上，电话仍然是关机。她觉得不太对劲了，打红姐的电话同样是关机，秀儿这下慌了。这两个狗男女肯定是住在一起的，那张协议只是拿来骗自己而已！可不知道他们住在哪里，他们究竟想干什么呀？这一晚，秀儿一夜未眠。

第二天一大早，秀儿把儿子送到幼儿园后，便来到女儿的校门口眼巴巴等着，可是一直到上课铃响，始终见不到女

儿的影子。秀儿迈着沉重的步子往回走，她真想报警，可是不知道警察受不受理。秀儿给班主任打了电话，简单说了一下情况，如果女儿回来上课，让老师务必给她打个电话。直到下午放学时间，秀儿仍然没有接到老师的电话。秀儿的心情坏到了极点，她知道此事没那么简单了。

晚上，秀儿根本吃不下饭。早早把儿子哄睡，秀儿一个人在客厅里走来走去。半夜十二点，手机突然响了一下，有信息。信息是前夫发来的："我把女儿带走了，对不起！不用找我们，我会把女儿带得很好的。你也要把儿子带好，并希望你早日找到自己的幸福！"

秀儿赶紧拨打前夫的电话，可发完信息他马上又关机了。看来前夫说要把女儿户口跟着他是有预谋的，他估计是带着红姐和女儿离开了这个城市。秀儿又是一夜未眠！

第二天，秀儿再拨打前夫和红姐的电话时，传来的却是："你拨打的号码是空号！"秀儿咨询了有关人员，想跟前夫打官司，可对方说法律上女儿是判给爸爸的，秀儿没有多少胜算。秀儿说我们有另外一张协议书，可是人家说那协议书并没有去公证，没有多大作用。更要命的是，现在根本找不到丈夫。

女儿就这样失踪了，前夫就这样失踪了，红姐也就这样失踪了。没有任何人知道他们的下落。

秀儿情绪很低落，虽然体重没有减多少，但人却憔悴得不成样子。没有女儿的消息，秀儿觉得比离婚还让人无法接受。那段时间的秀儿做事丢三落四的，好几次忘记带钥匙，家里的门锁都不知换了多少次。有一次出门还忘记关煤气，幸好回来得还算及时，才没酿成火灾。

世事总是难以预料，更大的灾难来了！女儿失踪的第三个月，儿子出事了。那是个炎热的傍晚，秀儿带着儿子出去遛弯，经过十字路口时，母子俩被一辆失控的大货车撞倒了，秀儿只是擦破了点皮，可儿子却被卷到了车轮底下，抱起来的时候，已是昏迷不醒。吓坏了的司机赶紧报警，听口音不是本地人。秀儿看着躺在血泊中的儿子傻掉了，反应过来时她疯了似的捶打司机。急救车很快来了，儿子被送到了人民医院。司机在交了第一笔住院押金两万多元后便消失了，那辆货车并没有牌照，警察查实司机的身份证竟然是假的。儿子送进医院后经过抢救仍然昏迷不醒，一直躺在重症监护室，而重症监护室的费用高得吓人，一天就要八千多元。前夫给的那十万块钱很快就花完了，儿子仍然未醒。秀儿低价把房子卖了出去，房款花光了，儿子仍然没醒。秀儿把能借到的钱都花光了，儿子却再也没能醒过来，他在那个雷雨交加的夜晚，彻底离开了这个世界。

三

人财两空，秀儿差点疯了。一时想不开的秀儿试图割腕自杀，被救醒后看着死死守在自己床前一夜白发的老母亲，

秀儿惭愧不已，母女俩抱头痛哭！秀儿答应母亲自己不会再做傻事，她答应母亲自己一定要坚强活下去。如此沉重的打击，让秀儿的体重在短短两个月从一百四十多斤回到了一百斤左右。身材恢复苗条的秀儿漂亮了很多，也变得自信很多，在鬼门关前走了一回的她脱胎换骨。

身体恢复后，秀儿决定离开这个伤心之地，她独自来到了深圳。秀儿开始到处找工作，开始拼命想着赚钱。第一份工作是在一家餐厅做服务员，她白天当服务员，而到了晚上去另外的酒楼兼职卖酒。秀儿的酒量锻炼得越来越好，生意也越来越好。面对那些男人，秀儿不再胆怯和害怕，经历过那么多磨难的秀儿想开了，为了赚钱，偶尔让那些臭男人占占小便宜她也觉得是正常的，她在男人面前如鱼得水，把他们哄得服服帖帖，一个个乖乖买她的酒。当秀儿发现自己的胃越来越不好时，便辞掉了这份工作。

这么多年，除了做服务员和卖酒，秀儿在深圳还干过很多工作，流水线工人、咨客、快递员、文员、收银员、论坛美食版版主，等等。赚了点钱的秀儿买了部手提电脑，她学会了上网打发无聊的时间。

后来，秀儿在网上认识了现在的老公，他的网名叫思念。两个人很聊得来，写得一手好诗的老公很讨秀儿的欢心，文人的细腻和浪漫让秀儿如初恋少女般欢欣。秀儿把自己所有的故事都告诉了他，思念说他要给苦难的秀儿一辈子的幸福。交往几个月，两个人见了面，都说网恋见光死，可两个人的感觉却是相见恨晚。让秀儿没想到的是思念如此年轻，他在网上一直说他比秀儿大一岁。秀儿问他为何要隐瞒年龄骗自己，思念说他怕秀儿知道他真实的年龄会不愿意见他，会不相信他。他说秀儿看上去很年轻，他说年龄不是问题，只要彼此有爱，他说他要跟秀儿永远在一起。

交往一段时间后，秀儿和他住在了一起。他对秀儿真的很好，照顾得无微不至。尽管他没什么钱，有时一个月也发不了一篇稿子，但他只要赚到了稿费，钱几乎都花在秀儿的身上。虽然思念比自己年轻十岁，可秀儿已不会在乎别人的眼光了，只要自己过得好，管别人说什么呢，万一以后思念对自己不好，大不了离婚嘛，再大的苦难都撑过来了，还有什么可怕呢，只要现在觉得幸福就好。

一年后，秀儿正式嫁给了思念。又过了一年多，秀儿生下了女儿胖妞。虽然和思念的日子过得清贫，可却过得挺快乐。虽然秀儿经常换工作，到处东奔西跑，可为了这个家她毫无怨言。

胖妞已经三岁了，在附近的私立幼儿园上学。胖妞很可爱很能吃，是家里的开心果。秀儿最大的心愿就是能在深圳买套房子，给胖妞一个真正的家，然后把胖妞的户口弄到深圳来，成为真正的深圳人。秀儿不知道这些愿望什么时候能实现，但她在一天天为实现愿望而努力着。

四

　　自从通了第一次电话后，红姐隔三岔五便打电话过来，红姐现在好像把秀儿当成了闺蜜，什么事都跟她说。红姐告诉秀儿，这么多年她打了好几次胎，把身体都搞垮了，医生说她再也怀不上孩子了。

　　今天上早班。秀儿刚吃完早餐，手机响了，一看又是红姐的电话。

　　"他已正式跟我摊牌了，他要跟我离婚。"

　　"那你怎么办？"

　　"我不想离，我这么老了，又无法生育，离了谁还会要我？"

　　"你们买了房子吗？"

　　"没有，一直是租房。"

　　"没钱？"

　　"也不是，他说这里始终不是他的家。"

　　"你有私房钱吗？"

　　"不多，两万多块钱，你知道他一直是自己管钱的。"

　　"唉。如果真的离婚了，你是什么都没有呀。"

　　"我不会那么轻易放过他的。"

　　"又能如何？"

　　"拖着，我就是不离。"

　　"有用吗？"

"不知道，走一步算一步。"

"自酿的苦果呀！"

"悔！"

电话突然中断了，不知是红姐挂断了还是出了故障。

悔？可这个世界没有后悔药！秀儿听着红姐的哭泣声，心里百般滋味。不管怎样，生活还得继续。

那个健身房开张不到半年便倒闭了，秀儿又失业了。

一时找不到合适的工作，秀儿决定临时去摆档卖烧烤，工具是到旧货市场淘回来的，很便宜。虽然干这个得随时被城管赶，但利润还真不错。白天买好菜洗好切好一串串弄好，到了晚上推到外面去边烤边卖。秀儿隔一段时间便换一下场地，有时下午也推到各个学校门口去卖，现在学生都有点钱，生意挺不错的，不过也常常被学校的保安赶。现在的秀儿早锻炼得脸皮厚得很，被赶时还照样笑容满面说着好话套着近乎，有时候保安在她灿烂的笑容中都不好意思再赶她走，偶尔就睁只眼闭只眼了。被城管抓到的时候，秀儿碰到好说话的会低言细语求情，碰到凶点的她就会摆出泼妇的那一套，在工作人员面前撒泼打滚，这一招很灵的，那些工作人员都怕了她。为了钱，有时不得不豁出去。没办法，在深圳生存，你必须坚强！

早上不到六点，换衣，出门。秀儿骑上那嘎嘎作响的单车，迎着晨风，向着市场出发。

芳　菲

一

"你好！"

"你好！请问你是？"这是一个陌生的电话，芳菲不知道对方是谁，声音很有磁性，好像似曾相识。

"猜猜。"

"猜？怎么猜？是同学？"

"恭喜你答对了。"

"同学？初中？高中？还是大学？"

"想想。"

"高中？"

"恭喜你又答对了！"

谁呢？他？莫非是他？这声音好像越来越熟悉，芳菲突然觉得自己心跳加速。

"是你吗？"芳菲深呼了几口气，缓缓地问。

"是的，是我。"

"真的是你？"

"真的是我！"

空气仿佛凝固了。

握着手机的芳菲一时有点不知所措，眼泪，突如其来。

手机那边，也顿时没有了声音，只听到一阵阵急促的呼吸声。

二

整整二十五个年头了！这个一直深埋在自己心中的人，就这么横空而降！突然得让芳菲无所适从，突然得让芳菲恍惚不安。记忆穿过时间的隧道，芳菲的思绪回到了那纯真的岁月。

芳菲五官长得很甜美，一笑露出两个深深的酒窝。那时的芳菲喜欢扎着两条小辫子，辫子上扎两个粉色的蝴蝶结，走起路来两只蝴蝶跟着芳菲的身体飞上飞下，那两个可爱的小酒窝和这两只蝴蝶深深地吸引住了不少情窦初开的男同学。放学回到家，书包里总会莫名多出些纸条。芳菲第一次收到纸条时，里面错别字连篇的肉麻话让她看得满脸通红，这个男生是芳菲最讨厌的人，芳菲后来索性把剩下的纸条看也不看便全部扔进了垃圾桶。

时间一长，有一个折叠得很漂亮的纸条吸引住了芳菲的目光。这纸条与众不同，它是用淡紫色的纸折成的，折成漂

亮的蝴蝶结。紫色是芳菲最喜欢的颜色，而蝴蝶结也折得特别地漂亮，倒像是女孩子的手艺。扔了几次后，芳菲的好奇心让她把这纸条留了下来。这些漂亮的纸条整整齐齐被芳菲锁在一个抽屉里。

一个细雨飘飘的周末，家人都出去了，家里极其安静。刚偷偷看完琼瑶小说的芳菲躺在床上，脑子里一直浮现着男女主角那浪漫的爱情故事。芳菲突然想到那折叠得很漂亮的纸条，会是谁写的呢？如此有心机的男生是自己认识的吗？她拿出钥匙打开抽屉，把一本淡蓝色的笔记本拿出来，这笔记本里有芳菲摘录的诗句、抄下来的歌曲和芳菲的日记，那些纸条也被芳菲夹在了里面，笔记本被夹得鼓鼓囊囊的。蝴蝶结折叠得太漂亮了，芳菲有点不忍心把它拆开。芳菲小心翼翼一点点拆开，里面的字竟然是用毛笔写的，字写得圆浑流畅，很漂亮的毛笔字！文笔很好，像是一篇散文又像是一首唯美的诗。一看落笔签名，竟然是学校的团支书志强。志强是学校公认的帅哥，周围经常都围着一大群的女同学。其实，芳菲心里也暗暗喜欢他，但他是隔壁班的，两个人几乎没有交往过。芳菲弄不明白在隔壁班的他为何会有把情书天天放在自己书包里的本事，也许是他收买了自己班上的哪位同学吧。芳菲的脸上已像搽了胭脂般绯红。芳菲把一个个纸条小心拆开，这一封封的情书看得她心跳加速，她沉浸在那优美的文字里，忘记了周围的一切。直到父母回来，在客厅大声地喊她吃饭，芳菲才像刚做了美梦般回到现实。

第二天上学的路上，手上捧着书的芳菲低着头匆匆往前走，一不留意撞到一个人的身上，定睛一看，竟然是志强，芳菲的脸一下子"刷"地红了！书散落一地。两个人蹲下来捡书，志强把书递给芳菲的时候，他的手不经意碰到了芳菲的手，两个人都像触了电般马上缩了回去，书又重新滚落地下……

很快，两个人便秘密恋爱了。那段时间，芳菲觉得自己是世界上最幸福的人！这时候的芳菲正读高二，沉浸在恋爱中的她几乎把所有注意力都转移到了志强的身上，成绩一直优异的她开始慢慢退步。志强的成绩也有所退步，但是没有芳菲那么明显。这场轰轰烈烈的爱情，最终的结果就是志强勉强考上了一所普通大学，而芳菲却名落孙山。

芳菲的家人最终还是知道了芳菲和志强的恋情。性格冲动、脾气暴躁的母亲在傍晚时分拖着芳菲冲到志强的家里大闹，说是志强毁了自己的女儿。志强不在家，只有他妈妈在家。志强的父亲是个小官，母亲是街道妇女主任，势利的她骨子里就瞧不起家里卖包子的芳菲，说了一大堆尖酸刻薄的话语。芳菲捂着脸冲出了志强的家，泪流满面在大街上狂奔。那一晚，芳菲没回家，她漫无目的地一直走着，走着走着，走到了学校门口。放假了，学校里一片漆黑，只有门口门卫室透着微弱的光。芳菲不知道自己该去哪，脑子里一直都是志强母亲的声音，她那种高高在上的样子，让芳菲心里很难受。芳菲的脚步很沉重，她慢慢挪到学校后面的山坡上，在

一棵高高的梧桐树下停住了脚步，坐在树下的一个大石头上。这个地方，是芳菲和志强第一次接吻的地方。触景生情，芳菲泣不成声。

夜越来越深。虽是夏天，芳菲开始感觉到了寒意。嘴巴又干又渴，肚子也饿得"咕咕"直响，但芳菲却不想动，她不想回家。她觉得母亲的举动让自己很丢脸，此时的她恨母亲。又困又累的芳菲双手紧紧抱着双臂靠在树干上迷迷糊糊睡着了，露水打湿了她的头发，几只蚊子围着她，不时地叮她一口。突然，芳菲觉得有人在轻抚自己的头发，睁眼一看，志强正蹲在自己面前。芳菲一把紧紧抱住志强，眼泪拼命往外流。

"我就知道你在这里。"志强不停帮芳菲擦着眼泪。

"你怎么会知道？"

"心有灵犀。"

"你怎么知道我不在家？"

"因为你妈晚上又来我家了。"

"啊？她又去？"

"她说你没回家，来我家向我妈要人了。"

"气死我了！"

"对不起，我妈肯定是说了一些很难听的话，让你受委屈了！"

芳菲没再说话，她只是把志强搂得更紧了，志强轻轻地吻着芳菲的泪，吻她的眼睛，吻她的嘴……

这一晚，芳菲把自己的身体献给了志强。两个人都特别激动，山盟海誓，承诺永远不分开。

芳菲决定复读，她希望通过自己的努力，和志强考到同一所学校，或者是同一个城市。快开学了，志强踏上了开往另一个城市的列车。芳菲没敢去送志强，她不想再见到志强的母亲，那一天，芳菲把自己锁在房间里整整哭了一天。

那时通讯不发达，两个远隔千里的恋人只能靠书信联系。芳菲不敢让志强把信寄到家里或学校，而是寄到一个女同学家里。那个女同学也没考上大学，被老爸安排到了劳动局去上班。

芳菲最终却并没有把书读完。复读了三个多月，出事了！芳菲发现自己怀孕了！第一、二个月没来例假的时候，芳菲还没什么感觉，因为她的例假一直不准，有时一月来两次，有时几个月才来几次。虽然怀了孕并没有一点其他反应，比如恶心呕吐什么的，但第三个月的时候，芳菲隐隐觉得不妥，她总觉得自己肚子里面好像长了个什么肿块，有块硬硬的东西，肚子也慢慢隆起来。芳菲不知道自己究竟是怎么了，突然联想到几个月没来例假了，芳菲心一惊，莫非是那一晚的结果？

芳菲用化名去医院检查，她的心情很紧张，拿化验单的时候手都在发抖。怎么才算怀孕？芳菲看不懂那化验单，忐忑不安地把化验单递给那个面无表情的女医生。

医生匆匆扫了一眼，冷冷地说："你怀孕了！"

芳菲

"怀孕？"芳菲无法相信，就那么一次自己就真的怀孕了？

"是呀，不来例假你不知道呀？结婚没？"医生望了一眼芳菲。

"结……结了。"不习惯说谎话的芳菲结结巴巴地说。

"结了？我看你年纪很小呢。"医生冷冷扫了一眼。

"我刚结的婚。"

"那你去全面检查、化验一下。切记，这段时间不要同房。"医生边开化验单边嘱咐芳菲。

芳菲的脸马上红了，她接过化验单飞也似的逃离妇科室。

芳菲当然没去做进一步化验。怀孕了？她的脑袋一团糟！该怎么办？把孩子生下来？那是绝对不可能的事情！可是要去打胎也得有结婚证明才行呀。芳菲不知所措，她不知道自己该如何去面对这突如其来的事故，她想跟志强商量一下，可是写信的话得一个多星期他才能收到，等他回信的话又得十来天，这种事写信怎么说得清楚呢？志强那边又没有电话，芳菲很是苦恼！她真想啥也不管，买张车票，直接去志强的学校找他算了。可是，自己哪来钱买票呢？省吃俭用把一分钱看得铜板一样大的妈妈连零花钱都很少给芳菲。

这几天，芳菲都吃不下睡不着的，上课老走神，被老师点名批评了好几次。又是周末，这天吃午饭的时候，芳菲只是夹了几片青菜叶子放在嘴里嚼了嚼，饭也没扒两口，整个人恍恍惚惚的。

"你怎么回事？身体不舒服？"妈妈问道。

"没有呀。"芳菲有点慌乱。

"不对！我觉得你这几天都不太对劲。"妈妈抬头望了一眼芳菲。

"没，没什么了。可能有点感冒吧。"芳菲撒了个谎。

"不舒服得去看病！对了，我差点忘记了，我锅里还有煎好的鱼没拿出来呢。"妈妈起身冲向厨房。

香煎鱼？这可是芳菲平时最爱吃的菜。芳菲有点期待，希望自己一会胃口能稍好一些，免得妈妈怀疑。妈妈把重新热好的香喷喷的鱼端上来，性急的弟弟早已迫不及待把筷子伸进盘里。芳菲也夹了一块鱼肉，正准备放进嘴巴时，那种鱼味突然让她感觉很恶心，只觉得一股酸味从喉咙涌了出来。芳菲慌忙站起身，捂着嘴巴往厕所奔去，对着洗手盆一阵呕吐。芳菲感觉胆汁都要吐出来了，她拧开水龙头，用水擦了擦嘴。芳菲转过身，吓了一跳，妈妈正一脸严肃站在门边直直盯着自己。不容芳菲说一句话，妈妈一把扯过芳菲的手，直奔芳菲的房间，把门关上，把芳菲按在床沿上坐下。

"你说说，到底怎么回事？"妈妈很严厉地问。

"什么怎么回事？"芳菲回答得很小声。

"这几天我就觉得你有问题，脸色不好，人也憔悴，整个人心不在焉的，肯定有事瞒着我！"

"真的没什么事。"芳菲说得有点心虚。

"刚才看你呕吐那样子，我觉得你不是没事，而是出大

事了！”

经验丰富的妈妈一眼看穿了芳菲的问题，在她的拷问下，此时极其脆弱、毫无主张的芳菲把一切都告诉了妈妈。妈妈听完后，愣了半天，然后一巴掌打在芳菲的脸上，芳菲捂着火辣辣的脸泪如泉涌。妈妈也满脸是泪，母女俩抱头痛哭。

妈妈拉着女儿的手马上要去志强家，芳菲死活不肯，后来妈妈只好一个人独自走了。很晚了，妈妈才回来，她气呼呼地把几张一百块钱放在芳菲的书桌上，把手中杯子里的水"咕咕咕"一口气喝完。

"气死我了！简直气死我了！"喝完水的妈妈嚷道。

"我都让你别去，你又不听。"芳菲小心翼翼地说。

"不去？难道让他家儿子白糟蹋你呀！"妈妈生气地说。

芳菲无语。

"志强他妈还主任呢，一点素质没有！居然说是我女儿不自爱，她说她儿子一直规规矩矩的，如果不是你主动勾引他，就不至于出事。她甚至还说肚子里那孩子还不知道是不是她家志强的呢。气得我差点跟她打起来了！太可恶了！我跟她拿了钱，到时你打胎要钱，然后补身体也要钱，我们不能那么便宜他家！自己做了坏事就得承担责任，拍拍屁股走人？门都没有！"妈妈边说边捶打了一下桌子。

妈妈的话让芳菲听了心里特别难受，她扑在被子上大哭起来。

结果，妈妈带着芳菲找了个熟人偷偷在一个偏远的医院把孩子打掉了。做人流的那种痛，让芳菲永生难忘。那些冰冷的钳子在她肚子里捣鼓的时候，痛得快要晕过去的芳菲在心里发誓再也不碰男人了，那一刻，她甚至恨志强。术后，芳菲大出血，昏迷了过去，医生赶紧给她输血，芳菲在医院里住了好久才出院。妈妈又一次跑去志强家里闹，弄得鸡犬不宁，最后志强爸爸给了芳菲妈妈一千多块钱营养费。

手术后，身体极其虚弱的芳菲在家里休养了好一段时间。后来，她不肯再去上学，家人只好同意了。好一段时间，芳菲没再给志强写信，人流后，芳菲觉得自己整个人都变了，身体的痛和心灵的伤让她心烦意乱、无所适从。志强后来还是知道了此事，估计是他妈妈跟他说的，他写了封长长的信，字里行间充满了内疚和思念，他说他以后会好好补偿芳菲，他说这辈子一定对芳菲好。不知怎的，芳菲看着这封深情款款、信誓旦旦的信，心里却极其平静，没有一丝的激动。

妈妈到处托人找关系，最终把芳菲送进了纺织厂。三班一倒的生活很枯燥、乏味、无聊，芳菲对新生活没有兴奋和好奇，她觉得自己好悲哀。难道一辈子就这样过下去？吃饭、睡觉、上班、回家？她不寒而栗！

芳菲仍旧和志强保持着联系，只是，她的信写得没以前那么长那么勤了。她也不知道为何自己的心态突然就变了。也许是学业忙，志强的信渐渐少了，内容也短了。

临近暑假，志强说他一放假就会回来。又可以见到日思夜想的人了，芳菲心里还是挺激动的！虽然手术后自己的

情绪不太对，但是志强仍然占满芳菲整颗少女心，经常会梦见他。

那天上完夜班，芳菲推着自行车走出厂门，一抬起头，志强正笑盈盈地望着自己。那一刻，芳菲愣住了。也不管旁边有没有人，芳菲把自行车一扔，"咣当"一声，路人纷纷侧过身子往这边望，自行车委屈地摔倒在水泥地上。芳菲不管不顾，一头扎进志强的怀里，在志强的怀里不停抽泣着。

志强用自行车载着芳菲，不由自主来到母校门口，望着这个熟悉而又有点陌生的地方，芳菲百感交集。两个人把车放好，慢慢往那昔日的老地方走。还是那棵梧桐树，还是那个大大的石头，可是芳菲却有一种物是人非的感觉。上了半年大学的志强变得更帅气了，发型和衣服也时髦不少，望着这张英俊的脸，芳菲突然有了种陌生感。两个人并排坐在石头上，芳菲的头轻轻靠在志强的肩上，志强轻轻抚着芳菲的头发。志强的呼吸越来越急促，他捧起芳菲的脸，嘴巴慢慢贴上芳菲的唇。当志强那湿润的舌头伸进芳菲的嘴里时，芳菲的脑海里闪过的是手术台上那冰冷的手术钳，那种无法形容的疼痛顿时在芳菲的身上漫延。芳菲猛地把志强一推站了起来。志强满脸疑惑望着芳菲，尴尬的他一时无语。

"饿了吗？"良久，志强轻轻问。

芳菲点了点头。

"那我们去吃饭吧？"

"嗯。"

志强搂着芳菲的肩膀，两个人默默走下小山坡。

吃饭的时候，志强询问了一下芳菲手术的事情。而芳菲却不知怎么的，不想谈论这个话题，每每志强一提起，她就觉得浑身难受，一种恐惧感便迅速袭来。这一顿饭，吃得有点沉闷。

整个暑假，芳菲见了志强几次。不在一起的时候想念，可是真正在一起，芳菲又觉得两人之间好像隔着一层什么。有一次，志强把芳菲带到一个男同学家，男同学父母回了老家，男同学借故有事离开了。空荡荡的房间，只剩下志强和芳菲。志强不由分说上前拥吻芳菲，芳菲这次不像上次在学校后山那样躲开了，她也尽量配合志强。志强的呼吸越来越急促，他的吻越来越激烈，他把芳菲抱到那张窄窄的单人床上，开始脱芳菲身上的衣服。可就在最后那一刻，芳菲突然全身发抖，用力推开志强，毫无防备的志强滚落到了地下，赤裸着身子的志强尴尬地从地下爬起来。

"你怎么了？"志强问道。

"我也不知道。你一靠近我，我的脑子里浮现的全是手术室里发生的一切。"芳菲满脸是泪。

"对不起，都是我的错，让你受苦了！"志强轻轻搂着芳菲。

芳菲号啕大哭。

芳
菲

三

自从那天通过电话后，芳菲的心彻底乱了。以前很少玩手机的她，现在一有空就拿着手机和志强互发短信。志强现在在另一个城市的国税局上班，工作很轻松。芳菲早上一醒来，便能准时收到志强问候的信息。虽然丈夫从来不看芳菲的手机，但是芳菲还是把手机调成了静音，早上起来假装是在看时间，其实是对着志强的信息偷偷乐。后来志强建议芳菲不如聊 QQ 吧，以前对用手机玩 QQ 一点不感兴趣甚至有点反感的芳菲，马上请教单位的年轻人，帮自己下载 QQ，申请上网等。同事很是奇怪，搞不懂已入不惑之年的老大姐怎么突然要跟上时代了。他笑着说："芳姐，不如换部手机吧，你这手机太落后了，屏幕那么小，功能那么少。"说者无意，听者有心。第二天，一向节俭的芳菲马上热血奔腾去买了部三星顶级手机，让同事大跌眼镜。

买了新手机后，芳菲那几天都沉迷于研究手机，反复看说明书，不懂的上网查、问儿子、问同事。那股劲，比考大学还认真。老实巴交的丈夫有点看不过眼，嘟囔了芳菲几句，芳菲竟然和他大吵一架。

一时之间，手机 QQ、飞信、微信、微博，芳菲掌握得如鱼得水，她甚至下载了很多游戏，闲的时候沉迷于正流行的一款游戏中。芳菲的改变太突然了，突然得让人无所适从。每天晚上，芳菲和儿子都有聊不完的话题，有关手机，有关微博、微信，等等，听得丈夫一愣一愣的，根本插不上话。

对突然变成"手机控"的老婆，丈夫百思不得其解。更让丈夫吃惊的是，芳菲竟然提出要分房而睡。

"为什么？"丈夫问。

"最近睡眠不好，我怕影响你。"芳菲淡淡地说。

"为何突然睡眠不好？想什么呢？"丈夫疑惑地问。

"也许更年期吧。这个理由够不够充分？"芳菲白了丈夫一眼。

丈夫哑然。

电脑放在夫妻睡的房间，本来芳菲想让丈夫到书房去睡，丈夫几乎不用电脑的，而自己聊Q一直用手机的话有时打字会打得很累，远不如电脑轻松。可分房是自己提出来的，芳菲只好自己搬进了小书房里。

分房的这一夜，丈夫辗转难眠。而躺在书房的芳菲，一直和志强聊到凌晨四点才睡觉。志强说两年前他就和妻子分房而睡了，罗列了一大堆夫妻分房睡的理由和好处。换在以前，芳菲会不以为然，现在却觉得志强说得非常有道理。

几十年过去了，对手术台上的那种恐惧似乎已经消失。芳菲和志强一点一滴回忆着纯真年代，怀念当时的你情我意。说不完的话，聊不完的话题，这种感觉让芳菲如初恋般激动和兴奋。

聊了一段时间，芳菲和志强便如进入热恋般，一早醒来，互问声好，晚上还得"吻别"。"亲爱的""宝贝"等肉麻的

芳菲

字眼，此时的芳菲是如此受用。芳菲觉得自己仿佛一下子年轻了十几岁，浑身充满活力，脸上皮肤光滑了很多，走起路来脚步都变得特别轻快，实在是太神奇了！莫非这真的是爱的力量？

四

要开学了，志强和芳菲道别。两个人重回学校的后山，仍然是那棵大树下，仍然是那块大石头。志强拥吻着瑟瑟发抖的芳菲，两个人都泪流满面。

要分别了，望着一步一回头的志强，芳菲哭得跟泪人一般。狠狠心挥挥手，芳菲转身逃离。

回到学校的志强很快便给芳菲来了信，芳菲也马上回了信。芳菲的情绪慢慢恢复，那段时间，两个人的情信又开始频繁。到传达室拿志强的信，是芳菲每天最盼望的事情。没信，难免有点沮丧。有信，欣喜若狂。

可是，志强的情信开始慢慢减少，字里行间明显感觉到了敷衍和冷淡。凭第六感，芳菲觉得肯定是出了什么问题。问志强，他不承认。到了最后，一个月连一封信也收不到。

芳菲心里很难过，她真想马上冲到志强的学校去问个究竟。她情绪低落，除了上班就是把自己关在房间里。父母看在眼里，急在心上，问芳菲却什么都不说。芳菲妈妈说一定又是和志强有关，她恨志强把自己女儿害成这样，也不管三七二十一，冲到志强家里又闹了一通。

芳菲开始失眠，整夜整夜地失眠。没多长时间，芳菲瘦得连风都能吹走，人憔悴得不成样子。发工资的那天，芳菲握着装着工资的信封，心里突然有了一个决定。

坐在开往志强城市的火车上，芳菲仍然情绪低落。也许此时家里炸开了锅吧？妈妈看到自己的留言肯定气得跳起来，而志强呢，见到自己又会是什么表情？芳菲的脑子很乱。

女人的第六感觉一般都很准。当她来到志强宿舍下面，看见志强搂着那个女孩的肩膀有说有笑走过来时，那一刻，她觉得自己的心像被谁用一把尖刀生生地挖掉，她就那样木然地望着眼前两个甜甜蜜蜜的恋人，然后"轰"的一声，芳菲整个人往后倒了下去……。

芳菲至今仍然不愿意多回忆在志强学校的那一段经历。芳菲匆匆逃离志强的那个城市，在火车上，她不吃不喝，像个死人般躺着，眼睛里早已没有了泪。

回到家的芳菲大病了一场。看着失魂落魄的女儿，芳菲妈妈一肚子的火终没敢发作出来。志强的信如雪片般飞来，但是芳菲一封也没拆，撕烂后马上烧了。

跟单位请了假，身体极其虚弱的芳菲每天躺在床上门也不出，妈妈特意为她炖的营养品她也咽不进去，象征性喝上几口便怎么也不愿意再喝。看着瘦弱得只剩下一把骨头的女儿，妈妈偷偷抹眼泪。

一个月过去了，单位不可能让芳菲这么一直请假，说

再不去上班就得开除了。但此时的芳菲神情恍惚，哪上得了班？妈妈托人找关系送礼物给领导，去医院出病假证明，好歹又多请了一个月假。

两个月一到，妈妈催促芳菲去上班。此时的芳菲身体在慢慢恢复，但她却怎么也不愿意再去上班。她说她要辞职，她要去深圳，她要离开这个城市！家人极力反对！好不容易帮芳菲找到的工作，还花了不少钱呢，现在工资还没领多少就嚷着要辞职，这怎么让人接受得了呢？

不管家人怎样反对，芳菲终于还是不辞而别，怀揣着一个同学的地址，踏上了开往深圳的列车，从此，在深圳扎根下来。

通过同学的介绍，芳菲进了一家公司做出纳，后来自己通过学习去考了会计证，然后一步步，考了初级会计师、中级会计师、高级会计师。这家公司是合资企业，老板人挺不错，芳菲便一直在这个公司待着，没跳过槽。

芳菲二十五岁的时候，家人一直催促她赶紧找个男朋友，妈妈说再晚些就只能挑到歪瓜裂枣了。在这几年里，芳菲从未动过要谈恋爱的念头，志强给她带来的那种痛让她对男人没了兴趣。芳菲恨志强，但却仍然会经常想到他，梦里经常有志强的影子。老大不小了，也许是该找个人嫁了吧。后来，经人介绍，芳菲认识了现在的丈夫。丈夫是一家事业单位的小职员，丈夫对芳菲一见钟情，芳菲对长得还算高大、五官端正的丈夫也没什么意见，但是就算在恋爱的时候，她也没有心跳的感觉。两个人谈了几个月的恋爱，第一次谈恋爱的丈夫甚至还没有亲吻过芳菲，两个人就把婚事定了下来。

新婚之夜，丈夫颤抖着双手脱去芳菲的衣服。就在丈夫的身体贴上来时，芳菲的恐惧感又来了，她像突然失控了般一把推开丈夫，双手抱着头痛哭不已。看着浑身发抖的芳菲，丈夫吓得不知所措。

后来，丈夫跑到外面的沙发上过夜。新婚之夜，就在尴尬中度过了。

过了很久，芳菲才勉强接纳丈夫的身体。丈夫虽然觉得芳菲的行为很是反常，但是他什么也没问。而芳菲，什么都没有告诉丈夫，一是她不想再去回忆，二来她也怕伤害丈夫。丈夫的沉默让芳菲很是感动，所以和丈夫第一次同房的那一晚，是芳菲主动的。只是，当丈夫压在自己身上时，芳菲脑海里浮现的竟然是志强。芳菲尽量克制自己的恐惧感，闭上眼睛，牙齿紧紧咬着下嘴唇，一动不动地任由丈夫摆布，除了疼痛，她真的没有感受到一点夫妻生活的乐趣。

日子就这样一天又一天过去，除了在夫妻生活方面，芳菲还是令丈夫满意的，每天几乎都是三点一线，尽心尽职做好妻子的角色。丈夫认为芳菲是得了性冷淡，劝她去医院看看，被芳菲一口回绝。丈夫需要的时候，芳菲也配合，虽然她的配合像个木头人般一动也不动，让丈夫觉得很无趣。丈夫人很老实，但没什么上进心，工作了几十年，仍然是普通的职员。但他也没什么不良嗜好，芳菲跟他的感情说不上有

芳
菲

多么好，但也认命了。

后来便有了儿子。从知道怀上儿子的那一刻起，芳菲便不准丈夫再碰她一下，整整十个月都不允许，芳菲说不想丈夫伤害到胎儿，她觉得在怀孕时过夫妻生活，那是对孩子的不尊重。丈夫很无奈。

孩子出生后，芳菲也是借口多多，尽量躲避着丈夫的热情。丈夫很郁闷，但他对芳菲毫无办法，只能默默忍受。

到了现在这个年龄，夫妻生活更是一月也没有一次，有时甚至几个月芳菲才勉强让丈夫碰自己。丈夫有时难免抱怨一下，芳菲说，根据调查，现在大把四十岁的夫妻根本无夫妻生活。丈夫哑然。

五

自从和志强联系上以后，芳菲觉得自己变了。看到志强情意绵绵的短信，她觉得自己的身体竟然躁动不安。志强问芳菲当初为何那么狠心一封信也不回给他，当他得知芳菲竟然一封都没看时，懊恼不已。他说那个女孩子是同班同学，是她主动追求他的，有点空虚的他便一时糊涂了，他说芳菲来学校后，对他触动很大，想着芳菲为他付出那么多，他觉得自己很内疚，很对不起芳菲，他马上跟那女孩断绝了关系。他一封信一封信忏悔，一封信一封信表达着对芳菲的爱，可最终却没有一点芳菲的消息。等他放假回到家里，芳菲已离开了家乡。志强说他曾厚着脸皮硬着头皮去芳菲家里打听她的下落，被芳菲妈妈用扫把赶了出来。

听着志强一点点的诉说，芳菲很后悔当初没看他的信。如果看了，也许结局就不一样了。芳菲不得不承认，志强一直在自己的心里，从来不曾离开过。

晚上十点半，芳菲刚躺下，志强的信息便来了："下个月出差到深圳。"

"真的？"

"真的。"

"什么时候？"

"月头。你敢不敢见我？"

"你觉得呢？"

"我不知道。"

"我知道。"

"你想见我吗？"

"你说呢？"

虽然芳菲一直没正面回答志强，但她知道自己一定会去的。这个消息让芳菲很是激动，一晚上辗转难眠。

第二天一照镜子，一对熊猫眼！洗漱完，芳菲打开衣柜找衣服穿，翻来翻去的竟然没有一件自己满意的衣服。整个衣柜除了黑就是蓝和白，而且休闲服居多。以前芳菲对衣着不怎么在意，总觉得穿着舒服便好，丈夫对芳菲的穿衣从来也没有什么意见，倒是儿子老批评老妈穿得太随便，像个没

芳菲

文化的保姆似的，芳菲却并不在意，一笑了之。可今天看着那些衣服，她突然一件都不喜欢，勉强挑了件白色套装穿上。

下班了，芳菲突然不想回家，她决定去商场买衣服！打了个电话给丈夫，骗他说今晚和同事吃饭，让他自己弄晚餐。打个车，芳菲直冲天虹商场。多久没逛街了？怕有一年了吧。还是去年陪丈夫买衣服时逛过天虹，记得那天只是帮丈夫和儿子买了衣服，自己啥也没买。芳菲突然觉得太亏待自己了。

商场的衣服琳琅满目，让人眼花缭乱。芳菲随便看了看，价格贵得吓人。转了一圈，芳菲决定先去看打折的衣服。今天可能是芳菲有史以来试衣服最多的一次，试得她满头大汗，好不容易挑了一套，打了折还要五百多。芳菲对穿着一点也不讲究，以前买的衣服都是一百块钱左右的，超过两百块钱她都很难接受，所以经常买的都是街边货或小店的衣服，很少在大商场买。今天听着服务员不停的赞美声，自己看着镜子里的自己，仿佛一下子变了个人似的，真像年轻了十多岁，芳菲咬咬牙把衣服买了下来。

一直逛到晚上十点半，芳菲才提着大包小包从商场出来，这时才觉得肚子"咕咕"地叫，从六点多逛到现在，竟然不觉得累也不觉得饿，真是奇迹。楼下正好有一间小食店，芳菲把东西放到桌子上，几乎占据了整个桌子。她要了一份快餐一杯冻豆浆，一口气把豆浆喝完，然后狼吞虎咽把快餐搞定。

打个车回到家，正在客厅看电视的丈夫看到开门进来的芳菲时，嘴巴张得大大的。

"你发达了？中彩票了？"

"我就不能给自己买点衣服买点漂亮的鞋呀？"芳菲白了丈夫一眼。

"反常哦。"

"不给自己买衣服的女人才反常！"

"又说和同事吃饭？"

"吃完了不可以逛街呀？"

芳菲不再理丈夫，把大包小包拿回自己的房间。

洗完澡，芳菲把衣服一件件拿出来试。今天的芳菲简直就是购物狂。买了两双高跟鞋，买了两套名牌内衣，这内衣打了折还要三百多元一套呢，买的时候芳菲可是真心疼呀，可是穿上去身材完全不同，胸一下子高耸起来，原来好的内衣有这么大的作用，这是芳菲没想到的。以前也曾听有些同事说买内衣一定要买名牌，芳菲当时听了不以为然。鬼使神差，芳菲买了一套后又买了套豹纹的，那内裤还是透明的呢，特别的性感。芳菲从来没穿过那样的内裤，自己看着都有点脸红，在服务员的极力推荐下，芳菲最终买了下来。只穿着内衣的芳菲在镜子前审视着自己，腹部赘肉不少，当年的小蛮腰变成水桶腰了，这身材真是完全变形了！那内裤实在是太透明了，芳菲的脸有点发烫。芳菲还买了条性感吊带睡裙，真丝的，很顺滑，摸上去很舒服，黑色的吊带裙让芳菲多了

一层妩媚。试完这些，又试买回来的衣服和鞋，芳菲在镜子前足足折腾了半个多小时。

　　芳菲这次购物都是刷卡，刚才一件件算了下，竟然花掉了三千多块钱，让芳菲吓了一跳，以前芳菲在自己身上两年也花不了这么多钱。虽然有点心疼，但芳菲更多的还是兴奋。自己的生日快到了，就当是给自己的生日礼物吧。

　　"亲爱的，你的生日快到了吧？"芳菲刚躺下，志强的信息来了。

　　"你还记得呀？"芳菲很是感动。

　　"当然！一直都记得。"

　　"谢谢！"

　　"生日愿望是什么？"

　　"没什么愿望，我的生日都没怎么过的。"

　　"那可不行！现在不有我了吗？把你单位的地址发给我。"

　　"要地址干吗？"

　　"你别管，我有用。"

　　这天晚上，芳菲做了个美梦，梦见志强在她生日的那一天，给她送了九百九十九朵玫瑰。老实木讷的丈夫从来没有送过花给芳菲呢，虽然只是个梦，芳菲醒来仍然心花怒放。

　　虽然是周末，芳菲早早起床了。芳菲一大早把新买的衣服都过了下水，全部拿到阳台上去晾。做好早餐的丈夫看到那些花花绿绿的衣服，像不认识芳菲似的，两只眼睛死死盯着她。

"不认识？还是我脸上贴了花？有那么好看吗？"芳菲没好气地说。

"还真是不认识你了。这些衣服就是你昨晚买的？这些衣服适合你吗？你敢穿吗？你看那内裤，还不如不穿呢。文胸还是豹纹的，你想穿给谁看呢？"

"我穿给自己看不行呀？嫁给你十几年了，我什么时候穿过像样的衣服？我太委屈自己了！"

"你不正常！你绝对不正常！"丈夫摇摇头，转身进了屋。

生日那天，芳菲刚上班，便收到了一大束鲜艳欲滴的红玫瑰，虽然不是梦中的九百九十九朵，但芳菲已是开心得不得了。不用猜也知道，这肯定是志强寄来的。今天的芳菲穿上了漂亮的新裙子、高跟鞋、黑丝袜，完全换了一种风格。同事们看着手捧玫瑰满脸幸福状的芳菲，都有点回不过神来。

"芳姐，你今天太漂亮了！"同事小丽说。

"芳姐，你今天一下子年轻了十几岁。"同事阿晖说。

"芳姐，这玫瑰花可真漂亮！男朋友送的？"同事强子打趣到。

"阿芳，我看呀，你的第二春来了！"同事罗大姐说。

"谢谢夸奖！"捧着玫瑰花的芳菲挺直腰板，踩着新高跟鞋"噔噔噔"优雅地走进自己的办公室。深深地闻了一下玫瑰，一股沁人的花香扑鼻而来，芳菲醉了。

更大的惊喜还在后面哪！过了一个多小时，芳菲又收到

了一个快件，打开一看，里面竟然是一条白金项链，吊坠是心形的，芳菲爱不释手。刚把项链戴上脖子，罗大姐闯了进来，看到项链大呼小叫的。

"哇！阿芳，谁送的呀？这项链太漂亮了！我周末刚在珠宝城看过，一模一样的，很想买下来，可是不舍得呀，这得一万三千多块钱呢。"

"是吗？你也喜欢？"

"喜欢得不得了！可我那死老头子不同意。真是太巧了，就是我喜欢的那款！老公送的？"

"不，不是了，一个朋友送的。"

"朋友？你怎么有出手那么大方的朋友呀？羡慕死我了。"

"老朋友了。也许这项链是仿的吧。"芳菲说完脸红红的。

"我知道了，肯定是男的朋友送的！你看，又是玫瑰又是项链的。芳呀，你这红杏可得把持住了，别出墙了！哈哈。"罗大姐边说边往外走，芳菲作势要去打她。

天哪！随便一出手就一万多块钱，看来志强现在真是混得不错。想想自己的丈夫，好像没送过什么礼物给自己，谈恋爱的时候也就送过布娃娃，结婚后便再没收到过他的礼物了，木讷的他对什么节日都不看重，生日、结婚纪念日、情人节什么的，他都是统统忘记得一干二净，芳菲后来也习惯了，什么节都不过。

正在胡思乱想中，志强的电话来了，芳菲握着手机，感动得都不知说什么好了，眼睛也湿湿的。

那么一大束漂亮的玫瑰花，芳菲终究还是不敢带回家去。利用中午休息时间，芳菲特地去商场花了一百多元买了个漂亮的白色大花瓶，把花插好放在办公桌上。红色的玫瑰，红色的裙子，红色的高跟鞋，芳菲觉得自己今天真有点新娘的味道。新娘？这个突然跳出来的词让芳菲的脸发烫。

　　吃晚饭的时候，看到芳菲吃一口饭玩一下手机时，忍无可忍的丈夫终于爆发了，他把放在汤碗里的瓷勺子"叭"的一声摔在地下，碎片满天飞，芳菲吓得手一抖，手机差点掉在了地下。

　　"你发什么神经？！"芳菲看着气呼呼的丈夫大声问道。

　　"我发神经？我看是你发神经了！天天只顾着玩手机！以前把家里搞得干干净净的，你看看现在的家脏成啥样？你有多久没搞卫生了？"

　　"你不会搞卫生呀！我又不是你的保姆！我也有自己的工作。"

　　"整天穿得花里胡哨的，你看你今天穿的什么袜子？网状的！这不是发廊妹才穿的吗？这不是那些小姐才穿的吗？你穿给谁看呢？"

　　丈夫的话激怒了芳菲，她把手里的碗扔向丈夫，丈夫的头一偏，碗飞向他身后柜子上放着的一个陶瓷工艺品上，碗碎了，工艺品也碎了。

　　儿子从来没有见过这种状况，吓得一句话也不敢说。

　　芳菲扯过一张纸巾狠狠擦了一下嘴巴，把挂在门后的包

包扯下来，换鞋，摔门而出。

漫无目的，芳菲在街上游荡了两个多小时。其间家里的座机打来了好几次电话，不知道是儿子打的还是丈夫打的，芳菲都没接。还能去哪呢？芳菲一咬牙，在附近的小超市里买了洗漱用品和一次性内裤，在紫园宾馆开了个房。

刚洗完澡，芳菲的手机开始不停地响，一会是家里电话，一会是丈夫的电话。芳菲烦了，索性关了手机。手里握着电视遥控器，躺在床上的芳菲不停换着台，却一点也看不进去。

芳菲把手机打开，听到很多信息的声音，心想着肯定是丈夫发来的道歉短信，没想到全是志强发来的，还有两个未接电话提醒，也是志强的。正打算回信息给他，电话就来了。

"你在哪？你怎么了？信息不回，电话也接不通的？"志强很着急地问。

"我在酒店。不好意思，刚才我关机了。"

"在酒店？为什么？"

"没什么，跟他拌了几句嘴，我不想回家。"

两个人情意绵绵地回忆着过去，这一聊就是三个小时，直聊到芳菲的手机没电自动关机了，她又没带备用电池，芳菲这才准备睡觉。

第二天一整天，丈夫都没给芳菲打电话。下了班，芳菲犹豫了一下，还是决定买菜回家。刚煲上饭，正在给手机充电的芳菲听到了丈夫进门的声音。丈夫像没看到芳菲似的，一屁股坐在客厅沙发上看电视。芳菲也没理他，跑进厨房忙碌着。

两个人冷战了一个多星期。后来因为儿子开家长会的事，这才算是说了话，但是两个人之间话不多，似乎隔着一层什么似的，很是别扭。那天发生的事情，谁也没再多问一句或者解释什么。

六

为了不让丈夫怀疑，芳菲没把那条项链拿出来戴，尽管她是那么地喜欢。日子似乎过得很慢，又似乎过得很快，志强来深圳的日子在一天天地靠近，芳菲的心有点乱。她很期待，但是她又似乎在害怕什么，这种感觉折磨着她，让她有点吃不好睡不香，体重明显减少了好几斤，不过芳菲的状态不错。

这一天终于来临了！志强开会的地方离芳菲二十几公里，芳菲最好的女友小芬也在那个地方。芳菲跟单位请了假，骗丈夫说小芬身体不太舒服，自己过去陪她一两天。丈夫认识小芬，以前芳菲和她一年起码有好几次聚会，一起住上三两天的，所以丈夫并没有说什么。

穿上那套"新娘"装，芳菲带了另一套紫色的长裙，还带上那性感的吊带睡裙和内衣，挎着新买的红色小包，一吃完早餐，芳菲便急匆匆出门。在车上，芳菲从包里拿出项链戴上，今天的芳菲还特地化了点淡妆，抹上了粉色的口红，

照了照镜子，自我感觉不错。

找到了那家五星级酒店，按照志强的吩咐，芳菲到服务台拿到了房卡，"888"这房号够靓，估计这间房价格不菲。

开门，进去，锁门。志强说他开会得开到十二点，他不参加午宴，然后直接过来酒店和芳菲会合，到时再一起共进午餐。

芳菲看了看表，现在才九点钟，芳菲打开电视开始等待，她一会坐在床上看，一会又坐到沙发上看，一会起来整整衣服，一会在房间里走来走去。芳菲不停地看着表，时间是如此地漫长，才过了五分钟，十分钟，半个钟头……

终于熬到了十一点半。芳菲的心开始"咚咚咚"乱跳，她不停地深呼吸。芳菲来到卫生间，给自己的脸蛋补了补粉，口红重新抹了一遍，把头发重新梳理一下，昨天刚买来的香水轻轻喷在身上，一股清香在房间顿时弥漫开来。

十二点整，门外果然响起了"笃笃笃"的轻轻敲门声。芳菲赶紧整理了一下裙子，轻轻拧开了门。

一个大腹便便、头发秃顶的中年男子站在门口，芳菲愣了一下，正想跟他说是不是认错门时，那男人左脸上那颗黑色的痣让芳菲明白，他就是志强，志强就是他！

志强也愣住了！眼前这个看上去起码有一百三十几斤的中年女人就是自己曾经日思夜想的人吗？皮肤粗糙、脸色青白、身材臃肿的女人真的就是芳菲？志强眼睛里的光慢慢黯淡下去。

想象中的拥抱没有，两个人甚至连手都没有握。坐在沙发上，喝着芳菲泡好的茶，两个人有一句没一句地聊着天，这些聊天的内容跟这段时间的短信和电话好像一点关系都没有，都是礼貌性的问候。

聊了一会，两个人似乎都不知再说什么好，房间很安静，气氛一下子变得有点尴尬。正在这时候，芳菲的电话响了，芳菲像遇到救兵，赶紧从包里把电话拿出来。

"你在哪里？"电话是丈夫打来的。

"我在小芬家呀。"

"小芬现在我们家！"丈夫大吼了一声，然后便挂断了电话。

芳菲握着电话半天回不过神来。

"芳菲，是这样的，我马上还得赶回去开会，等开完会我再回来和你吃晚餐，午餐你就自己解决吧。"志强说完没等芳菲反应过来，匆匆推门而出。

芳菲倚在门口，进退两难。

彩　霞

一

　　彩霞总觉得这段时间黑子怪怪的，眼神总飘浮不定，有时跟他讲话他根本没听进去，问半天都没反应。就像刚才，彩霞絮絮叨叨跟他说了半天女儿的问题，女儿跟黑子亲，让他这个当爸的有空多打电话跟女儿好好沟通沟通。可等彩霞说完后，黑子却一言不发，顾自坐在小塑料凳子上吸着那劣质香烟。这让累了一天的彩霞气得不行，指着黑子的鼻子大骂了一通。黑子也不还嘴，依旧在那腾云驾雾……

　　"砰"的一声，彩霞气得拿上小钱包摔门而出。外面凉风习习，空气清新多了，让彩霞愤怒的心得到了些许的安慰。这附近路灯少，总让人感觉不安全，彩霞不由得加快脚步往前走，快步走到灯火通明的街道，彩霞这才松了口气。回头望了望，没有黑子的身影，彩霞更气了，这家伙越来越不在意自己了。以前要是碰到这种情况，他早屁颠屁颠跟在自己后面追上来。

今天上班和同事发生口角，让彩霞心里本来就不舒服，没想到回到出租屋，黑子对自己又是那个态度，让彩霞更是郁闷得不行。自己一个人晚上跑出来又能去哪呢？前面便是天虹商场，这种场所彩霞平时几乎很少来逛，今晚就逛天虹吧。一进门，是琳琅满目的化妆品，望着一个个服务员满脸的微笑，彩霞赶紧低下头匆匆走过。彩霞平时哪有用过化妆品，只在冬天的时候抹一下几块钱的面霜，这些高档的东西她连看都不敢多看一眼。穿过化妆品柜台，便是鞋的天下。那一双双精致、时尚的鞋看得彩霞眼花缭乱，穿着布鞋的彩霞并不敢踏进里面去看，她站在柜台外面张望，看着那些漂亮或不漂亮、年轻或并不年轻的女人在优雅地试着一双双鞋。商场正搞周年促销活动，每个柜台的顾客都很多，感觉好像买东西不要钱似的，收银台更是排着长龙。真有那么便宜吗？彩霞偷看了下价格，那些鞋大部分标的都是一千多元到两千多元，这样打折下来起码也得五六百块钱一双呢，好贵呀！彩霞吐了吐舌头。全部柜台转下来，其实彩霞也看中了一双鞋，那双鞋是白色的，旁边还镶有漂亮的白色小水晶，感觉就像童话故事里的那双水晶鞋，彩霞并不想知道这双鞋的价格，她知道这双鞋肯定很贵，自己只要这样远远望着便满足了，这双鞋不可能属于自己。

　　逛完一楼，彩霞踏上自动扶梯上二楼。二楼卖的是女装，这里仍然是人山人海。彩霞在二楼转得晕晕乎乎的，最后被一个特别热情的营业员不自觉推进试衣间去试了一件上衣，

彩
霞

站在试衣镜前，彩霞都有点认不出自己了，这件衣服好像是特意为自己定做似的，是那么地合体漂亮，让身材苗条的彩霞好像一下年轻了七八岁。营业员口中不停地称赞着，彩霞被她说得有点飘飘然，一问价格，说是原价六百多，这件是特价一百九十八元。彩霞说太贵了，自己平时也就买几十块甚至十几块钱的地摊货，哪穿过如此贵的衣服。最后，彩霞在营业员小姐什么赚钱就是为了花钱、女人要对自己好等等甜言蜜语中，晕头晕脑便付了账。今天正好发了全勤奖，不然平时彩霞的小钱包里最多也就带一百多块钱，付钱的那一刻，彩霞还是挺心疼的，但还是咬咬牙把二百块钱递了过去。彩霞平时是并不受人左右的，与其说今天是营业员哄着她买了单，不如说她是在报复黑子，拎着这刚买的衣服，还别说，彩霞感觉心里的气消了不少呢。以前听一些朋友说心情不好时可通过购物来发泄，彩霞当时还觉得可笑，没想到这一招还是有点用的。

回到住处，黑灯瞎火的，难道黑子也跑出去了？拉亮灯，却发现他正侧着身子面对墙壁躺在床上睡觉呢，彩霞的怒火又"蹭"地上来了。彩霞打开电视，把声音调得挺大，然后开始洗澡、洗衣服，弄得到处砰砰响，可不管彩霞怎么折腾，黑子依旧躺着一动不动的。

上床睡觉时，彩霞一把扯过盖在黑子身上的被子，把枕头拿到另一头，气呼呼地躺了下来。黑子仍然没出声，冷静地下了床，从柜子里拿出另一床被子，悄无声息地躺下来继续睡觉。

这一晚，彩霞很久都没有睡着，她弄不懂黑子这是突然怎么了，跟以前好像是判若两人。当初看上黑子，就是看上他老实和对自己好，结婚十几年了，黑子一直对自己疼爱有加，所以跟着他再苦再累，彩霞也没有半点怨言。可最近，他对自己话越来越少，倒是那烟抽得更厉害了，下班后老往外走，问他去哪，他便不耐烦地说随便走走，有时醉醺醺地回来。难道，他在外面有了人？不能吧，黑子可不是这种人！在胡思乱想中，不知过了多久，彩霞才昏昏睡去。

彩霞第二天醒来的时候，黑子已上班去了。如果在家做早餐，时间已来不及了，彩霞赶紧洗漱好，穿上昨天刚买回来的那件外套，匆匆在街边买了两个包子一杯豆浆赶去上班。

彩霞的新衣服得到了不少同事的啧啧称赞，让彩霞感觉特别地自信和开心。只是，彩霞很快便后悔自己穿这件衣服来上班了。她在超市负责肉档，别看彩霞瘦瘦弱弱的样子，但她在老家时曾卖过猪肉，那一大块的猪肉一经她手，排骨、扇骨、大骨、猪脚、五花肉等便毫不费劲一块块分得漂漂亮亮的，让男同事也自叹不如。哪位顾客要多少斤的肉，彩霞一刀割下去，那斤两几乎分毫不差的，让人不得不佩服她。彩霞上班时虽然系着围裙，但难免还会溅到衣服上去，这让彩霞挺心疼的。想想自己真是傻，这种衣服哪适合穿来上班呢？朋友或亲戚聚会时穿一下应该很体面，但自己有多少这种场合要参加呢？想到这里，彩霞便有点后悔昨晚的冲动。

两百多块钱，那可是好几天的伙食费呢。彩霞边用干净的小毛巾擦着自己袖子上的污渍，边自责着。

今天附近又一个小超市开张，为了争生意，彩霞所在的超市好多东西都打特价，肉类中排骨和五花肉特价，所以早早挤满了买肉的顾客，彩霞都有点忙不过来了。就在彩霞手忙脚乱斩排骨时，一不小心，一丝骨头渣和血水射到了一个胖胖的妇人脸上。那个胖妇人用手抹了一下脸，便对着彩霞破口大骂。其实彩霞一直跟顾客交代不要靠太近，可哪有人听她的话，个个伸长脖子等着拿自己要的排骨。彩霞赶紧擦干净手，从旁边扯了一些纸巾递给那胖妇人，嘴里也赶紧道着歉，可那妇人硬说彩霞是故意的。彩霞一再辩解自己真不是故意的，那妇人就是不依不饶，嘴巴里仍然说着脏话。中国人都喜欢热闹，肉档围的人越来越多，彩霞被她骂得脸上红一阵白一阵的，最后终于忍不住大声跟那妇人吵了起来。这下麻烦了，那胖妇人干脆冲进里面，扯住彩霞的衣服拉扯起来，场面顿时一片混乱……

经过人事经理调解，彩霞当面向顾客道歉，商场免费送那胖妇人三斤排骨（钱在彩霞工资里扣除），并扣除彩霞当月的奖金，那个胖妇人才勉强答应。彩霞不知道自己错在哪里，却要去承受这样的无理结果，但她知道这个结果是无法改变的，后来她索性也不再说话了。垂头丧气从人事部走出来，彩霞心里憋屈得很。真想不干了，可是自己这个年纪又能干什么呢？这个超市起码离自己住处近，而且是附近超市中比较大型的，工资也略高一些，还给员工买了社保，那些小超市都没这些福利的。

气呼呼回到岗位，却发现口袋的线也被那妇人扯松了，半个口袋都耷拉了下来，彩霞找同事要了个别针把口袋别好，一刀刀狠狠剁着那些大骨头。

这一天好像过得很漫长，终于下班了，彩霞拎着自己抢来的那些特价菜回家。以前彩霞回来二十分钟内，黑子常常便会到家，但是今天，饭菜都摆了十多分钟了，仍然不见黑子的身影。眼看饭菜都要凉了，彩霞决定不再等他，埋头吃了起来。彩霞尽管心里气黑子，但还是把比较有肉的排骨都留给了黑子，这是夫妻俩一直以来的习惯，总把比较好的菜留给对方吃。喝下最后一口西红柿鸡蛋汤，刚把碗放下，黑子回来了。黑子回来也不说话，先把电视打开，手也不洗，便端起碗开始边看电视边吃饭，彩霞气不打一处来，抢过遥控器，把黑子喜欢看的电视剧硬是换了个台，尽管这个电视剧彩霞平时也不喜欢看，但她就是不想给黑子看。黑子仍然一句话也不说，埋头吃饭。吃完饭，黑子把碗一丢，又坐在小板凳上开始抽烟。黑子不会做饭，平时收拾碗筷、洗碗是他主动要干的活，彩霞做饭时也会主动打打下手，现在倒好，那么晚回来没一个解释，连碗也不收拾了，彩霞本来心情就很不好，终于忍不下去了。

"你想干吗？"

"不想干吗。"

彩
霞

149

"洗碗去。"

"不想洗。"

"那你要干吗？"

"抽烟。"

"把自己抽死去吧。"

"好。"

彩霞不想再跟他说话，返身回到房间，气得直挺挺躺在床上。为何黑子突然像变了个人似的？难道他工作得不如意？可他在那家公司做保安已经好几年了，应该不会有什么事能让他把性格都改变了。难道真的是有了女人？嫁给黑子那么多年，黑子可从来没在这方面犯过什么错呢，再说，他长得又不帅，看上去就是个糟老头，他一个穷保安，谁看得上呢？彩霞左思右想，也想不出个所以然。

电话突然响了起来，一看电话号码，彩霞的心便紧了起来，赶紧坐直身体接电话。母亲在电话里说昨晚女儿一夜没回来，母亲说你的女儿我可是管不了的，这可怎么办才好呀？母亲在电话里边说边哭，彩霞在电话里安慰着母亲，自己却也是六神无主。

就在彩霞挂断电话的那一刻，她听到了关门的声音。彩霞跳下床，拖鞋也顾不上穿，跑出客厅一看，黑子果真跑出去了。彩霞匆匆穿上鞋，决定偷偷跟着黑子去看个究竟。

黑子走得并不快，他边走边吸着烟，彩霞躲躲闪闪跟在他身后。一直跟到公园门口，黑子也没发现彩霞。可等黑子进了公园后，彩霞却蒙了。一进公园，有三条岔道，彩霞不知道黑子究竟走的是哪一条，公园来锻炼的人又多，哪里还有黑子的身影。彩霞沿着公园转了个遍，仍然没看到黑子的身影。最后，彩霞只得一个人悻悻地回家。

回到住处，彩霞开始收拾碗筷、洗碗，彩霞想不明白远在老家原来一直乖巧的女儿怎么突然就变了？黑子今晚去公园干什么？约会吗？想着黑子想着女儿，彩霞的泪水突然就流了下来，后来竟忍不住号啕大哭起来。

彩霞不知道黑子是几点回来的，只觉得夜晚是如此地漫长。黑子一进房间，彩霞远远便闻到了他身上浓浓的酒味。彩霞很想痛骂他一顿，却突然没了那种冲动，她闭上眼睛装睡。

这一夜，黑子睡得也不好，夫妻俩各怀心思辗转难眠，却都没说一句话。

彩霞最终决定回家一趟，第二天一上班，她便去跟领导请假，人事主管正捧着一束刚收到的鲜花，估计是男朋友送的，心情好得不得了，她马上便批了彩霞的假。

彩霞嫁给黑子的时候，家婆已不在了。彩霞生下女儿后，孩子便只好交给自己的母亲。后来生下儿子，还是让母亲带。只是父亲在儿子出生的那一年也因脑溢血突然走了。两个孩子便由母亲一个人照看着，幸好母亲的身体算不错，彩霞夫妇才得以安心在外面打工。

"我明天回家，这段时间你更可以乱来了，但有一点，你不许把那些乱七八糟的女人带回我的家，不然，我会跟你拼命！"彩霞冷冷地对着黑子说。

"神经病！"黑子说完那三个字，便又出门了。

黑子竟然连自己回家干吗也不问一下，回多久也不打听，彩霞的心凉透了。第二天，彩霞自己扛着行李去坐车，幸好车站离住的地方不算远。

彩霞是粤西人，坐大巴八个多钟头到了县城，但她的家在偏僻的深山里，从县城到家，还得坐一个多小时的中巴，再坐一个多小时的摩托车。村里有钱的人大多都搬到县城住了，只剩下几家人还守在这里。家里的交通不方便，彩霞其实也很想搬到县城去住，可她哪有那么多钱买房子呢？所以彩霞平时省吃俭用，就是希望尽快能在县城买上房子，把父母和孩子接到城里来住。女儿今年读六年级，儿子读四年级，学校在镇上附近，他们到学校读书走路得四十多分钟，那还是得抄近道才行，如果照着大些的路走，起码得一个半小时。现在山里的孩子越来越少，不少学校都合并了，彩霞家附近那个学校早已弃之不用。幸好他们姐弟俩相互有个照应，但山路崎岖不平，常常让彩霞担心孩子们的安全。

彩霞下车后找到一个超市，买了一大堆老人和孩子喜欢吃的东西，然后马不停蹄继续坐车赶路，当她坐着摩托车风尘仆仆回到家时，天已经黑了。母亲他们正在吃饭，儿子见到彩霞兴奋得马上扑了过来，女儿却一副漠然的样子，低声喊了声"妈",便继续低头吃饭。这次回来,彩霞并没有提前告诉母亲,母亲见到彩霞,很是吃惊,赶紧张罗着去炒点鸡蛋,又拿出过年做的腊肉和自家种的蒜苗爆炒。彩霞其实没有什么胃口,她对母亲说随便对付吃几口便行了,可母亲哪里肯呀,她埋怨女儿不提前告诉她,她好多准备些菜。

吃完晚饭,两个孩子进房做作业去了,彩霞帮着母亲收拾碗筷、洗碗。彩霞仔细问起那晚女儿彻夜不归的事,母亲说那天不正好是周末嘛,女儿下午说去找附近村的同学玩,到那个同学家走路也就半个小时,母亲本来不同意她去的,但女儿答应会在天黑前回家,她也只好由着她了。可是没想到女儿却一直没有回来,母亲本想半夜摸黑去找的,可不知道同学的名字怎么找?而且还有个孩子在家,她也不敢把他丢下不管。母亲说那晚她一刻都没有合眼,她真担心孩子出了什么事,这样她可怎么向彩霞交代!第二天上午九点多,女儿才回到家,母亲把女儿痛骂了一顿,警告她以后再不许去别人家过夜,女儿却和她顶嘴,说不用外婆管,她说她不喜欢待在这个家,她就喜欢和同学玩。母亲被气得差点揍她,可这么大的孩子了,身高已经一米五几,现在要打她都不容易。母亲说女儿这几个月以来,完全变了个人,学习不自觉不主动,老师说她成绩掉得很厉害,手里整天捧着从同学那借来的书,看那些图片好像都是情呀爱的,怎么说也不听,母亲说她气得差点把书给撕了,想着撕了也要赔给人家呢。女儿要不就是一个人发呆,好像魂都不知飘哪去了。母亲说要不找个神婆来问一下，是不是女儿遇到什么邪东西了，如果是，要给她做做法或招魂才好。彩霞觉得母亲说得好像有点道理，不过都说孩子到了这时候是叛逆期，先观察一下再定吧，反正自己请了十天的假呢。

女儿果然跟母亲说的一样，整天有点魂不守舍，在彩霞面前，女儿仍然会偷偷看小说，而那些作业，彩霞总觉得女儿是对付做的。这一天女儿放学回来后，神情特别地愉悦，彩霞总觉得女儿的神情不太对劲，她发现女儿书包鼓鼓的，便非要打开来检查，打开一看，里面放着崭新的几本书，彩霞随便翻了一下，内容果真是讲述那些少男少女的情情爱爱，彩霞刚想发火，但还是控制自己把声音压低。她问女儿这些书是谁的，女儿说借同学的。彩霞又问女儿看这些书有什么意义，女儿说故事很吸引人，她说班上的同学都爱看，而且多看这些对自己写作文也有帮助。彩霞听了一时无语了。彩霞本来想跟女儿说很多的大道理，甚至想骂女儿不准再看这些书，但她还是忍住了，她知道"物极必反"的道理。

彩霞在家，女儿还是稍微收敛了一点，不敢一天到晚捧着那些书看。但有一晚，彩霞无意发现女儿竟然躲在被窝里打着手电筒偷偷看书，这下把彩霞气得够呛，这样不仅影响了女儿的睡眠，而且对她眼睛也不好，彩霞这次再也忍不住了，把女儿痛骂了一顿，并把那些书没收了。彩霞以为女儿会哭着喊着让她把书还给她，可是女儿却一声不哼，倒让彩霞纳闷了。

彩霞这天要去镇上买点东西，想着回时顺便拐到学校去接孩子们。从药店给母亲买药出来时，前面晃过一个男人的背影，这个男人好像有点熟悉，等彩霞想看清楚时，那男子侧着脸拐到一个巷子里了。再看看那侧脸，彩霞的心突地一沉。也许是自己眼花吧，彩霞安慰着自己。

　　这个十几年没见过的身影让彩霞后来有点心神不定。彩霞在镇上唯一一家面包店买了些面包，还给女儿买了几只漂亮的发夹，看看时间差不多了，匆匆往学校那边赶。

　　在学校门口，彩霞先是看见儿子，儿子见到妈妈开心得飞跑过来，彩霞把手上的面包递给儿子，儿子立刻狼吞虎咽啃了起来。因为路途太远，女儿和儿子中午都在学校吃，偶尔自己带饭，在学校旁边的小店买吃的比较多，小店的饭菜不贵，但以青菜为主，而且味道做得很差，孩子们每天回来都抱怨肚子饿。等了很久，仍然不见女儿出来，彩霞叫儿子去教室看看，儿子气呼呼地跑回来说姐姐还在搞卫生，两个人在校门外又等了十多分钟，才看见女儿慢吞吞地往外走，边走还跟一个男同学边说着笑。看见妈妈，女儿愣了一下，挥手跟那个男同学告别。男同学倒长得眉清目秀的，他很有礼貌地对着彩霞点头微笑，便转身走了。女儿拿过彩霞递过来的面包，同样是狼吞虎咽起来，她边吃边抱怨中午吃饭时发现了菜里有蟑螂，害得她把饭菜都倒了，还差点把吃进去的饭也吐了出来。女儿今天一反常态，一路上叽叽喳喳和彩霞说着话，和弟弟斗着嘴，看着女儿蹦蹦跳跳的样子，彩霞觉得以前的女儿又回来了。家乡的空气很清新，彩霞和孩子们走在鸟语花香的路上，心情顿时也舒畅了许多。

吃完晚饭，彩霞收拾碗筷时发现女儿坐过的凳子上有血迹，彩霞的心一紧，赶紧用抹布抹干净，把正在和弟弟一起趴在桌子上做作业的女儿叫进了房间，并关上了门。果然，女儿的裤子上有血迹，女儿来例假了！女儿知道情况后却并不惊慌，她说学校的老师早就跟她们上过生理课了，而且班上的好多女同学都来了例假呢。幸好彩霞也快来例假了，回时便在包包里备了些卫生巾，彩霞递了一包卫生巾给女儿，嘱咐了一些该注意的事项，比如例假时不要洗头，不能洗冷水澡，不能吃冰冻的东西，等等。彩霞想起自己第一次来例假时，吓掉半条命，以为自己得了什么病，而女儿的脸上，反而有一种兴奋，一种长大的兴奋。

第二天，彩霞杀了一只不大的鸡。女儿来了例假，说明长大了，这边的风俗就是要给她炖一只鸡，放点红枣、杞子等药材。女儿放学后，美滋滋地端着那味道鲜美的鸡一阵乱啃，吃得眉开眼笑，馋得儿子口水直流，直嚷着也要吃。彩霞说得等到你十六岁才有这种鸡吃，表示你长大了。后来彩霞给儿子煮了几个鸡蛋，好歹哄了下儿子的胃。时间过得真快，女儿转眼成了大姑娘，看着美美吃着鸡腿的女儿，彩霞心里很感慨。

今晚的月亮真圆，彩霞趁着夜色，把一家人的衣服拿到村口的小溪边洗。快洗完时，彩霞隐约看见水里有条水蛇向她游过来，把她吓了一跳，一直怕蛇的彩霞差点把手里正洗着的女儿的裤子丢下水里。幸好，那条像蛇的东西拐了个弯，慢慢游走了。望着突然又平静了的水面，彩霞有点恍惚，她的记忆却变得不平静起来。

二

那时的彩霞，刚上初一，跟女儿现在的年纪差不多，可能也就大那么一两岁吧。彩霞的父亲身体一直不太好，所以家里是比较困难的，彩霞记得自己小时候连饭都吃不太饱，小学时连裙子都没穿过，彩霞穿的都是姐姐们的旧衣服。

同村的勇哥家是比较富裕的，那时的勇哥在镇上的供销社上班，每天一回到家，便把家里的音响打开，用大喇叭一遍遍放着《万水千山总是情》《上海滩》等港台歌曲，勇哥总是把音响声音开得很大，全村人甚至隔壁村的人都能听见，而彩霞更是听得如痴如醉。勇哥是村里长得最帅的男孩，嘴巴特别甜，深受村里人喜欢。勇哥的父亲是有工作的，印象中他母亲喜欢抽烟，嘴里经常叼着烟，这让彩霞觉得他母亲特别地另类。那时村里有电视的没几家，而勇哥家却有一部很大的香港亲戚送的电视，一到晚上，他家便被挤得水泄不通，家里所有的板凳搬出来还不够坐，而经常挤在最后一排使劲踮着脚的人群里便有彩霞。勇哥对彩霞挺照顾的，他有时会叫彩霞过去跟他一起挤着坐，或者是变戏法般拿出一张小板凳悄悄递给彩霞，让彩霞心里暖暖的。彩霞的父母亲感情很不好，三天一大吵，每天一小吵的，对小孩是根本谈不上什么关心，少女那种朦胧懵懂的情怀无处安放，彩霞的注意力很快便被吸引到了勇哥身上。彩霞每天放学回来，最盼望的是能听到勇哥家传出来的港台歌曲。勇哥的家是新建不久的房子，房子建在村子右侧的坡上，旁边的那条路是全村人出外必经的路，彩霞每次经过勇哥家，脚步便变得缓慢起来，虽然勇哥家的大门经常是关着的，但彩霞经过时总忍不住一次次往里张望。如果一直没听到有歌声，彩霞便会很失落，这意味着勇哥晚上可能没有回来。勇哥在供销社有宿舍，所以他并不是每天都回。听不到歌曲的彩霞却并不会死心，她经常会装作若无其事向一起玩的伙伴小山打听勇哥的去向。小山是勇哥的堂弟，他的消息是很准确的，偶尔听到勇哥刚回到家的消息，彩霞会高兴万分。彩霞并不知道自己的这种牵挂是什么，她只是希望每天都能看到勇哥那张英俊的脸。有一次看电视，勇哥叫彩霞和他挤在一张凳子上看，因人太多，彩霞和勇哥靠得很近，彩霞能闻到勇哥身上散发出来的淡淡的香皂味，这种味道很好闻，勇哥低下头跟彩霞说话时，彩霞甚至能闻到他嘴里那清新的牙膏味，当勇哥的手不知有意还是无意触碰到彩霞的胳膊时，彩霞只觉得全身麻麻的，有一种晕乎乎的感觉。

　　有一天夜晚，并没有听到港台歌曲也没听到小山说勇哥会回来，做完作业的彩霞去小山家玩，却意外看见了勇哥。

虽然也不小了，但彩霞和小山他们仍然喜欢玩捉迷藏。勇哥却把脚架在那条能通过两个人的窄窄巷子里故意挡住了彩霞和几个小伙伴的路，矮小些的便从他脚底下钻过去，惹得大家都一起嘲笑那人从此长不高了。而彩霞，勇哥是用双手把她抱过去的。勇哥把彩霞抱起来时，他那强劲的双手触碰到了彩霞那刚发育的胸，彩霞顿时羞得满脸通红，而勇哥却若无其事地笑着抱另外一个小伙伴。还有一次，彩霞和小山坐在床沿上玩小绳子，就是用一根绳子在手上变出花样来，一会变只碗，一会变架飞机，一会变个降落伞等。正玩得高兴，勇哥突然好像从天而降，让彩霞特别地惊喜。勇哥突然把手伸过来胳肢彩霞和小山，彩霞和小山被勇哥弄得倒在床上"咯咯"笑个不停，勇哥却把他那一米七几的身体压上去继续胳肢他们。彩霞在勇哥的身底下不停扭动着身子大笑，彩霞突然觉得勇哥压在自己身上时，竟然是那么地舒服。

勇哥出现在彩霞梦里的频率越来越高，彩霞甚至有一次梦见自己和勇哥结婚。上课的时候，勇哥的影子也经常钻进彩霞脑子里。彩霞那时也开始喜欢看小说，比如，琼瑶的《窗外》，她起码看了五六遍。彩霞有时冷不丁会想，难道勇哥就是自己想要的白马王子？可是这怎么可能？他那么英俊潇洒，工作好，家庭条件也好，而自己只是一个穷孩子，长得也并不漂亮。脑子里想这些的时候，彩霞有时会难为情，自己才多大的一个孩子，怎么会去想这些？就在每天乱想的时候，彩霞那天放学后，突然发现裤子上沾满血迹，彩霞刚开

始搞不懂是怎么回事，赶紧偷偷把裤子换了洗干净。可是，过了不久，那刚换上的裤子又沾满血迹，这下她慌了，吓得她差点哭了。后来冷静下来一想，难道是来那个了？虽然母亲和姐姐们从来没跟彩霞说过这方面的生理知识，但妈妈和姐姐每个月把月经带藏在衣服里面拿到外面晒，彩霞是知道的。彩霞偷偷去那个专门放月经带的抽屉里找月经带，彩霞挑了条最新的拿出来。彩霞知道要在带子上垫纸巾，但却不知道那带子怎么用，只好胡乱地缠上。母亲最后还是知道了彩霞来例假的事，她把彩霞叫进房间，关上门，手把手教彩霞怎么用月经带，彩霞当时红着脸，一句话也没说。来例假最高兴的事，于是母亲专门给彩霞炖了只鸡，让彩霞吃得津津有味的，而姐妹们便只有眼红的份。

勇哥不仅深得长辈喜欢，小孩子也都喜欢他。他会经常变戏法般变出一些如糖果、鸡仔饼等东西给小伙伴们吃，在那个物质非常缺乏的年代，能吃上这些零食是多么幸福的事。而勇哥，对彩霞更是特别照顾，总会偷偷塞多一点给她。彩霞觉得自己对勇哥越来越依赖，一天见不到他，便失了魂似的，做什么都没心思。

那个夜晚，彩霞记得是夏天，正好是周末。母亲和父亲在那个夜晚不仅大吵大闹，而且还动起了手，把家里好多东西都砸烂了，孩子们都吓坏了，彩霞也吓得赶紧跑了出去。

外面，好多小伙伴都在乘凉玩耍，大家又玩起了捉迷藏的游戏，彩霞加入了捉迷藏的队伍。那天下午没听到勇哥家的港台歌曲，小山也说勇哥应该没有回来。可捉迷藏的时候，彩霞还是不自觉往勇哥家那边跑，后面有几个小伙伴跟着，彩霞跑得飞快，很快把他们甩到了后面。彩霞本想藏在勇哥家旁边那个瓜园里，可她刚要经过勇哥家的后门时，门却突然打开了，勇哥奇迹般出现在门口，也许是他听到了孩子们的喊叫声和跑步声。彩霞愣住了，脚步也不自觉地停了下来。勇哥几步跨上来，一把把彩霞拉进他家里，彩霞傻傻地跟在他身后，勇哥把彩霞拉到了他的房间并轻轻关上了门。

"躲这吧，他们保证找不到你。"勇哥笑着说。

"嗯。"好半天，脸红心跳的彩霞才含含糊糊答应了一声。

"嘘！"透过外面射进来的一点光，彩霞看见勇哥调皮地把食指放在唇间，并示意彩霞躲到门角后面。不久，彩霞听到了一阵拖鞋的踢踏声。

"阿勇，在哪？不出来看电视了？"

听着勇哥母亲的叫唤声，彩霞心里有点紧张。勇哥的房间最靠近后门，而电视是放在前门进来的那个大厅，中间隔着长长的走廊和一道屏风。

"妈，我就来。"勇哥摸了摸彩霞的头发，若无其事地答应着母亲，然后出去了，并随手带上了门。

彩霞站在门后一动也不敢动，偶尔能听到不知谁的脚步声都让她紧张万分。也不知过了多久，彩霞听到了很多人的讲话声，彩霞知道，那些来勇哥家看电视的人散场了。彩霞听着关前门的声音，听着勇哥一家人的讲话声、走路声，她仍然紧紧贴着墙角不敢动，紧张得直冒汗。偶尔，彩霞还能听到小伙伴在外面叫自己的名字。

彩霞突然听到了口哨声。勇哥的口哨吹得很好，他走路时爱吹口哨，彩霞很喜欢。勇哥今天吹的是《万水千山总是情》，彩霞听得入了迷。等外面一切恢复平静，勇哥才走了进来。勇哥没开灯，他房间的窗户很大，月光淡淡地笼罩着这个屋子。勇哥轻轻拉着彩霞的手往房间里面走，彩霞就那样默默地跟在他的身后，勇哥拉着彩霞在床沿上坐了下来。彩霞不知是激动还是紧张或者是害怕，她浑身有点发抖。

勇哥没有说话，他俯身轻轻把彩霞压在了身子底下，彩霞并没有反抗，在她闭上眼睛的那一刻，勇哥的嘴粘在了彩霞的小嘴上，彩霞只觉得一阵昏眩。彩霞在迷迷糊糊中被勇哥褪下了裤子，彩霞突然感觉一阵刺痛！有一个硬物进入了自己的身体……勇哥在整个过程中自始至终没有说一句话，彩霞在疼痛的那一刻，差点叫了出来，但是她怕勇哥的家人听到，只好紧紧咬住了嘴唇。

后来，穿好裤子的勇哥帮彩霞把裤子套上，他轻轻下了床，并把彩霞拉了起来。勇哥不知塞了什么东西到彩霞的口袋里，然后牵着她的手往外走，打开房门，他示意彩霞先停下来，他蹑手蹑脚把外面的后门打开，然后走回来牵着彩霞往门外走。彩霞刚把脚迈出门外，勇哥便对彩霞挥了挥手，然后轻轻关上了门。

外面，夜色如水。也不知是几点了，彩霞的头脑一片空白，她慢慢往回走，只感觉下身火辣辣地疼，而且感觉滑滑的，好像是有什么东西，让她很不舒服。夜晚的村子很安静，彩霞一个人走在夜色中却并没有害怕感。

彩霞并没有直接回家，她来到小溪边，蹲下身，把裤子褪到脚踝，然后用水洗了洗私处，水撞击到身体，彩霞只觉得更疼痛了。彩霞慢慢用手清洗着，只感觉那里滑腻腻的，也不知是什么东西，让彩霞感觉有点恶心。彩霞洗得很认真，洗了一遍又一遍，直洗到看见有一条水蛇左弯右摆地向她游了过来，彩霞这才站起身慌忙穿上裤子走开。

在推开奶奶房间门的那一刻，彩霞的脑子还是一片空白。她轻轻在奶奶身边躺了下来，干活累了一天的奶奶嘟囔了一句"我以为你今天跟你姐睡呢"，便侧过身子又响起了呼噜声。彩霞想，如果自己今晚不回家睡也不会有人知道吧？曾经最喜欢自己的爷爷已经去了天堂，奶奶喜欢的是弟弟，父亲最喜欢的是大姐，而母亲最喜欢的是二姐，现在的自己哪会有人关心？彩霞性格比较拧，兄弟姐妹们都不太喜欢她，她不会说什么好话哄大人开心，整天忙着干活忙着吵架的父母亲哪有闲心管彩霞。在这个家里，彩霞是最孤独的，她常常怀疑自己不是父母亲生的孩子。

这一晚，彩霞的感觉就是紧张、激动和疼痛，至于什么童贞，失身，这些东西彩霞都没去想，也没这个概念。她并不知道自己失去了作为女孩最珍贵的东西。

这一晚，彩霞一夜未睡，但却不知道自己在想些什么。

今天晚上发生的一切，彩霞决定不告诉任何人，她要把这个秘密独自一个人守着。

第二天，彩霞翻出口袋，发现原来勇哥给自己塞的是钱，两元钱。彩霞记得过年时，父母给的红包里面也就几毛钱，而这钱过完年后还得还给父母。彩霞的身上，从来没有零用钱，握着那崭新的两元钱，彩霞说不出是什么感受。

再次见到勇哥时，勇哥像没事发生过似的，如往日般笑呵呵和小伙伴们打着招呼，他把手中的水果糖发给大家，在大家的欢呼声中和小伙伴们开着玩笑，他照例偷偷多给彩霞两颗水果糖。彩霞接过勇哥的糖塞到裤兜里，神情有点不太自然。

那段时间，彩霞一直闹着要买一条裙子，这个从小学三年级开始想要实现的愿望，在彩霞的不停闹腾下，妈妈最终帮她实现了。

那天放学回来的彩霞，听到了勇哥家放的《乡间小路》歌曲，勇哥随着歌曲吹的口哨，也从大喇叭里传了出来。彩霞在那欢快的音乐中，高兴地去井边挑水、去田间摘菜、回房间做作业，然后早早洗澡，穿上了那条漂亮的黄色纯棉的裙子。

晚饭后，正在禾坪上乘凉的彩霞看见勇哥向这边走了过来。

"霞妹妹，今天可真漂亮！"勇哥大声地笑着说，彩霞害羞地低下了头。

就在勇哥经过彩霞的身边时，他把一张纸条塞给了彩霞。然后，他又乐呵呵地跑到大人堆里说话去了。

彩霞心里忐忑不安，她赶紧飞快往家里跑。彩霞跑到房间角落偷偷打开字条："今晚十点半祠堂中堂见！"

勇哥的字写得很漂亮，握着这张字条，彩霞紧张得手心都出了汗。

祠堂就在老屋的中间，平时彩霞晚上是不敢去这地方的。可现在有勇哥，彩霞没有了恐惧。在外面乘凉的人们，一般在十点前都各自回家休息了。彩霞在九点半便乖乖回了家，洗了把脸，用水冲了下玩脏了的脚丫，跟母亲说睡觉去了，便回到奶奶的屋子里关上了门。奶奶今天回了娘家，晚上彩霞一个人睡，这样就不用彩霞费心思找借口出去了。

彩霞悄悄来到祠堂中堂时，勇哥已等在了那里。勇哥过来抱住彩霞，嘴巴便凑了过来，胡乱亲了几口，然后，勇哥坐在了石墩上。不久，勇哥掀开彩霞的裙子，彩霞顿时感觉一阵刺痛，但却没有上次那样痛了。整个过程，勇哥仍旧没有说一句话。

事后，各分东西，各回各家。

彩霞不知道自己和勇哥这种不明不白的关系是什么，恋爱？不可能，彩霞觉得自己哪配得上勇哥，勇哥怎么会爱自己呢？在他面前自己只是个小孩子而已。可是，他为什么要对自己做这些呢？彩霞想不明白，可她却深陷其中。

在那个祠堂或勇哥的房间，彩霞前前后后十几次和勇哥

有着"深刻"的肌肤之情，勇哥在身体接触的过程中始终没有说过一句话，也从来没有说过喜欢彩霞。有一次在祠堂，还差点被人发现了，两个人都吓出了一身汗。

这种关系在勇哥堂而皇之带回一个樱桃小嘴的女朋友沿着整个村庄逛了一圈后，便彻底结束了。正挑着水的彩霞看见搂着女朋友肩膀的勇哥时，愣住了！而勇哥，像没看见她似的，当彩霞如空气，他搂着女朋友的手从肩膀滑到了女朋友的腰际，两个人说说笑笑继续往前走。彩霞跟跄了一下，桶里的水洒出了不少……

那天，彩霞偷偷哭了一整夜。第二天，彩霞开始发高烧，整整病了十多天，身体才慢慢缓过来。

后来，彩霞便很少看见勇哥了，听说他的那个女朋友是城里人。再后来，勇哥结婚了，他搬到了城里，住在他老婆的家里。结婚一年多，听说勇哥生活不检点，被他老婆当场抓住他和隔壁开店的有夫之妇滚在床上，他老婆一气之下和他离了婚。然后，勇哥出门打工去了。

从此，彩霞再没见过勇哥。几年后，听村里人说勇哥又结婚了，娶了个外省人。自从彩霞见到勇哥带着女朋友回来的那一天起，她对勇哥便充满了恨。直至今日，彩霞仍然对这个夺取了自己初吻初夜的男人恨之入骨。因为自己的懵懂无知和孤独，才让勇哥得了手，彩霞现在才知道，当年勇哥的行为算是强奸幼女，有人知情举报的话，他是要判刑的。

这个秘密，一直藏在彩霞的内心深处，从来没有向谁诉说过。勇哥的事，让彩霞对男人有一种本能的反感，以致在她去深圳打工很多年后，仍然不愿意找男朋友。在彩霞进入剩女行列时，认识了现在的老公，这个老实、本分、木讷的男人，用他的真诚打动了彩霞，两个人交往一年后，领取了结婚证。

婚后，每当黑子靠近自己，她的脑子里总浮现出勇哥搂着他女朋友从自己身边走过时那张漠然的脸，以及勇哥压在自己身上的情景……彩霞便突然很反胃，有很想吐的感觉。黑子压在彩霞身上时，彩霞会忍不住浑身发抖，有时她恨不得马上逃离，但她又觉得自己太自私，便咬着嘴唇忍着。这么多年了，彩霞的这种感觉一直没停过，她知道自己在这方面对不起黑子，她总是拒绝着黑子，偶尔才履行一下妻子的义务。而黑子对几乎说得上是性冷淡的彩霞却没有半句怨言，也从来没问过她为什么，这一点让彩霞既感动又内疚。在这十几年的婚姻中，夫妻两人相敬如宾，虽然过得辛苦，没多少钱，但生活还算是不错的。

三

那一段一直不愿意回忆的往事在这个夜晚，像一部旧电影一样，一幕幕浮了上来。回到家，晾衣服的彩霞仍然有点恍惚。

彩霞觉得自己的青春是混乱的，她不希望女儿的青春

也变得混乱，她希望女儿能考上大学，自己再苦再累也供她读书。她害怕女儿会早恋，害怕女儿会被哪个男孩子给"害"了。

第二天便要回深圳了，彩霞打算去附近的杂货店再买些日用品回来。经过勇哥原来的家时，她还是不自觉望了一下，却发现门是半开的。勇哥的父母早几年便随大儿子住在城里了，听母亲说这房子已好几年没人住，怎么会开着门呢？正当彩霞纳闷的时候，从里面走出了一个人，正是那天彩霞在镇里看见的那个人。两个人面对面，都愣住了。岁月真是不饶人呀，这张曾经那么英俊的脸，现在已苍老得差点让彩霞认不出来了。

"霞，霞妹，你，好久不见了！你还好吗？"勇哥也许是因为紧张，说话有点结巴。

彩霞没有回答他，转过脸继续往前走。

"霞妹，我知道，我，我对不起你……"

彩霞仍然没有说话，她越走越快，头也不回地逃离。听到勇哥说对不起时，彩霞的眼泪像决了堤般涌了出来，泪水过后，彩霞觉得自己的身心顿时轻松了很多。等彩霞买完东西回来，勇哥家又门窗紧闭了，彩霞这才松了口气。

回到家后，彩霞装作无意地向母亲打听起勇哥，母亲说他又离婚了，独自带着儿子，在镇上买了房子，开了个杂货店，偶尔会回村里来看看。彩霞"哦"了一声，便沉默了。

住了那么多天，女儿对自己的态度明显亲热了很多。这个青春期的少女，也许得到的关爱太少了，彩霞心里觉得挺对不起女儿的。可自己马上又要走了，女儿以后又会怎样呢？彩霞心里真是难受。

"把女儿、儿子带到深圳去读书吧！"彩霞的脑海里突然有了这个念头，这个念头把她吓了一跳，却也让她激动。彩霞把这个想法告诉了母亲，母亲很意外，再三让她考虑清楚，在外面又要打工又要照看小孩，可不是那么容易的事情。彩霞决定问问孩子们的意见，没想到两个孩子顿时欢呼雀跃，高兴得不得了，看着孩子们那兴奋的脸，彩霞打定了主意。

彩霞租房的附近有民办学校，孩子要去读书不难，就是要花点学费。彩霞马上打电话给黑子，跟他说了自己想把孩子带去深圳读书的想法，没想到黑子马上也开心地连说好。彩霞决定到了深圳把学校都联系好后，便回来接孩子们。

这一夜，女儿主动提出要和彩霞睡。

"妈，以后我一定会好好读书，认真听你的话。"

"嗯。"

"上次带回来的那几本书是我们班小兵的，就是你上次在校门口见到的男同学。"

"哦。"

"他家很有钱的，他知道我喜欢看那些书，就偷偷跑去买了送给我，但我没答应，只是说跟他借。"

"是吗？"

"妈，我明天就把书还给他。"

"好。"

"妈，他说他喜欢我，给我写了纸条。但是，我还那么小，我才不想理他呢。"

"孩子，你现在是学习的时候，你要考虑的是学习问题。"

"嗯，妈妈，我知道了。你和爸爸不在，我就觉得孤独，我喜欢一家人待在一起。"

"我会尽快把你和弟弟接过去……"

母女俩嘀嘀咕咕说着悄悄话，一直说了半夜。

回到深圳的彩霞马不停蹄去找学校，那段时间她也懒得管黑子，黑子仍然会经常外出，但跟彩霞的话明显多了起来。因为是中途插班，所以彩霞费了点功夫，花了一些钱，学校终于答应接收两个孩子。

从学校出来，彩霞买了不少菜，回去张罗了一大桌子，让下班回来的黑子眼睛瞪得铜铃般大。

"你今天中奖了？"

"是，中奖了。"彩霞笑呵呵地回答着，倒了两杯葡萄酒，一杯递给黑子。

黑子知道孩子们读书的问题已经解决，心里也特别地高兴。这一晚，夫妇俩都喝了不少的酒，特别是黑子，喝得脸红脖子粗的，喝到最后，黑子吐了真言。原来这段时间他那么反常，真的是有外遇了，是他公司里的一个同事。这个同事去年死了丈夫，儿子才四岁。黑子以前和她就比较谈得来，看她孤儿寡母的很不容易，黑子很同情她，有什么重活主动帮她干，她也经常会做些好吃的带给黑子。一来二去的，两个人的关系越来越亲密。那次过去帮她弄水管，同事留他吃晚饭，她做了不少的好菜，黑子那晚也喝了不少酒。后来，在她儿子睡着后，半醉的黑子在女人的主动下，和她发生了关系。

"老婆，我，我知道对不起你。但是，我还是要告诉你，她才是真的女人，她才让我感觉真的像个男人！"

听完黑子的坦白，彩霞并没有生气，这也是她意料中的事，她知道自己不能全怪黑子，十几年了，黑子能一直容忍自己已很不容易。

但是，彩霞流泪了。彩霞给自己倒了满满一杯酒，喝了酒的彩霞只感觉体内有火在燃烧。彩霞一把抱住黑子，坐得不稳的黑子一下子倒在了地板上，彩霞也跟着倒在了地上。

这一次，在地板上，彩霞第一次感受到了做女人的乐趣，彩霞爬上黑子的身体，脑子里不再有勇哥的阴影。而黑子，也从来没有过这样的激情。

"老婆，明天开始我就跟那个女人断了。"

"嗯。"

"老婆，我们一家人好好地生活。"

"嗯。"

翠 红

一

山子昨晚又是彻夜未归。

翠红早上起来的时候，发现山子的房门是开着的，屋子里空无一人，翠红倚在门口，发了好一阵子的呆。

把速冻包子蒸好后，翠红叫儿子起床，叫了老半天，儿子哼都不哼一声。翠红看看时钟，急了，一把掀开了儿子的被子。只穿着内裤的儿子骂了句"神经病"，粗暴地从翠红的手上抢回被子裹在身上。

在翠红的不停催促下，儿子终于磨磨蹭蹭地起床了。眼看便要迟到了，翠红怕儿子太急，吃包子会烫到嘴，叫他把包子带到学校或在路上去吃，他却不肯，让翠红给他十块钱，他要去楼下的面包店买牛奶面包。看翠红犹犹豫豫的样子，儿子摔门而去。担心孩子饿着的翠红赶紧追了下去，把十块钱塞给了儿子，不忘嘱咐儿子要认真听课，放学早点回家。儿子没应她，风一般跑下楼去了。

站在阳台上看着儿子的身影渐行渐远，翠红深深地叹了口气。

吃完早餐，翠红把多出的包子放在饭盒里，又装上一大瓶的凉开水，把昨晚晾在阳台上的毛巾取下来，把这些东西都放到写着"沃尔玛"的购物袋里，匆匆出门上班去了。

来到单位，离上班还有半个小时，同事们还没来。翠红把东西挂在杂货间，便卷起袖子开始干活。对于翠红的这种勤奋，很多同事都说她傻，也有人说她爱表现，翠红也不想为自己辩解，她并不觉得自己比别人多干半小时的活就是吃亏，翠红不愿意把一切弄得紧紧张张的，活就是那么多，她喜欢提前有条有理把活干好，看着单位的领导、工作人员一上班便坐在干净的办公室里，翠红感觉心里特别地舒服。

等翠红搞好两个办公室的卫生，另外两个同事才到。翠红和他们都是同一个物业公司的，物业公司承包了这家单位的全部卫生。翠红在这个单位已经干了五年，在这五年里，同事换了一个又一个，只有翠红是一直没有换岗位的，因为她的任劳任怨，单位里的人不舍得放她走。翠红在这里也做习惯了，她是个念旧的人，哪怕其他单位的福利会更好些，她也还是留了下来。

翠红提着拖把去冲洗时，正好碰上领导走出电梯。翠红赶紧赔着笑跟领导打了声招呼，但他只是面无表情地随便点了一下头。这个新上任的领导好严肃，翠红不自觉地吐了一下舌头。以前的那个领导很随和，每次翠红和他打招呼，他都很热情的，还要说声"辛苦了"等等，让人听了心里暖暖的。

中午翠红没去饭堂吃饭，早上儿子没吃的包子便成了翠红的午餐。单位的午餐自己只要出五块钱便可，看着翠红躲在杂物房里啃着已冷冰冰、干巴巴的包子，同事娥姐很看不惯，硬要拉她去吃饭，并说这餐她请翠红，可翠红不肯，她说不能浪费。

吃完午饭，翠红本想给山子打个电话，拨了几次号码，最后还是放弃了。

一下班，翠红便急急忙忙赶去超市买菜。这个超市虽然不太顺路，但是每到这个点，好多菜都打折，精打细算的翠红是不会错过这些机会的，虽然超市的肉没那么好吃，但却可以省不少的钱。

一回到家便开始忙乎晚饭，翠红把最后一盘青菜端上桌，儿子才气喘吁吁地跑回来，把书包往沙发上一扔，一口气"咕噜噜"喝了一大杯的凉开水，手也不洗，顺手便把翠红做好的鸡翅膀抓一只放在嘴里嚼了起来，免不了又挨翠红的一顿说。

山子还没回来，正常下班的话，他应该在半小时前就回到家。翠红让儿子打电话给他爸爸，催促他早点回来吃饭，可儿子却不干，他说："要打你自己打，我才懒得管他呢。"看着儿子满不在乎的样子，翠红的心里很不是滋味。

犹豫片刻，翠红还是拨通了山子的电话。

"我不回来吃饭！"还未等翠红说一句话，山子便不耐烦地丢下一句话挂断了电话。

翠红握着手机，愣了好一会。

吃饭的时候，儿子跟翠红要三十元钱，说是学校要买资料用的。又要钱？翠红记得上个星期才交了二十元。怎么现在免了学费，这费那费的却是不停要交呢？翠红忍不住嘟囔几句，但还是从贴身的裤兜里数出三张十块的交给儿子。

两碗饭很快便进了儿子的肚，儿子吃完后便把翠红放在桌子上的手机拿来玩，玩了一会便不玩了，抱怨老妈的手机太落后了，没微信也没什么游戏好玩，儿子说她该买部新手机了，这种土八路手机，只有乡下的老年人才用的。

翠红望了儿子一眼，没说话，埋下头继续吃饭。

翠红叫儿子赶紧去做作业，儿子却说今天作业很少，他在学校里已做完了。儿子如此勤快？翠红不太相信。现在学校已取消校迅通了，翠红收不到老师发的作业，所以她也不知道儿子是不是在骗自己。听儿子说班上老师弄了个 QQ 群，有什么重要的通知会在群里公布。可是翠红哪里会上网上 Q 呢，她对高科技的东西一窍不通，她甚至连短信也是只会看不怎么会发，手机对她而言，基本上就只有通话的功能。

儿子从翠红要换手机说到要买电脑，他说没有同学家里是没有电脑的，他们现在都有电脑课程，没有电脑就跟不上课程跟不上时代。买电脑？翠红从来没有想过。她原来听娥姐说过她儿子整天喜欢玩电脑玩游戏，娥姐说千万别让孩子

迷上电脑，否则他根本没心思读书。虽说现在电脑也不算太贵，翠红也不是买不起，但想起娥姐的忠告，翠红把头摇得跟拨浪鼓一样。

儿子不高兴了，一个劲跟翠红磨嘴皮，诉说有电脑的诸多好处，他说不然连老师发了什么通知什么信息也不知道。儿子说她太落后了，现在学校和家长联系基本都靠上网，而且现在好多作业也要从网上查资料呢。儿子说不买电脑也行，那买部好一点的手机给他，他手机上网也可以收到老师的作业，也可以查资料。

买手机？翠红更加不愿意了，这样一来哪还有心思读书？看着儿子那劲，翠红只好推说等开家长会跟老师沟通后再决定。儿子很不满意翠红的回答，把门"砰"地一关，不高兴地跑进房间去了。

二

接到老师电话的时候，翠红正在卖力拖单位外面大厅的地。翠红是比较内向的人，儿子读初二了，她一直很少跟老师联系，每次开家长会听完就走人，虽然有时也想和老师沟通沟通，但是看到那么多的家长围着老师，翠红哪好意思挤过去，只好作罢。

放下电话，翠红的泪差点落下来。她没想到儿子竟然敢经常不做作业，而且现在发展到逃课，老师说有同学看到他去网吧玩。原来这段时间一会要这钱一会要那钱的，儿子并不是学校要求买什么资料，而是把这钱拿去上网玩了。

整个下午，翠红的心都是乱的。山子这段时间经常不回家吃饭，甚至不回来睡，已经够让翠红难受了。翠红觉得自己的一切希望都在儿子的身上，他怎么突然就变了呢？儿子读小学的时候，还算是很乖的，虽然成绩不算很优秀，但一直居于中上水平，学习算很自觉，基本不用翠红怎么操心。

下班后，翠红买了不少的菜，都是儿子爱吃的，翠红还买了一大瓶儿子爱喝的可乐，她决定要和儿子好好谈一谈。

正择着青菜，山子回来了。这星期以来，他这是第一次准时回家。山子回来也没跟翠红打招呼，把包包一丢，便坐在沙发上看电视。

翠红本来很想和他说说儿子的事，可是看他那个样子，心里又气不过，也不想主动和他说话，家里的气氛很沉闷。

不久，儿子回来了。今天儿子也算是回得早的，或许被老师批评了吧。翠红本来很想马上质问儿子，想了想，还是忍住了。

全部菜端上桌，色香味俱全，惹得儿子口水直流，忙问今天是什么好日子。翠红没有回答，给两个玻璃杯倒满了可乐。山子自顾自倒了一杯白酒。

看着儿子吃得高兴的样子，翠红却有点想哭。本来翠红打算边吃边问儿子的，她告诫自己一定不能急，要慢慢跟儿子沟通。可是，没想到山子突然回来吃饭，说还是不说呢？

翠红有点犯难了。山子的性子急躁，翠红很担心他知道儿子的这些不良行为后会怒发冲冠，说不定还会揍人呢。

虽然饭菜很丰盛，但翠红却吃得不多，她心里很着急，根本没什么胃口。洗碗的时候，喝得有点醉的山子被楼下的老王叫去打麻将了。翠红碗也不洗了，湿漉漉的手在衣服上随便擦了一下，便赶紧冲进儿子的房间。

儿子正戴着耳机在摇头晃脑地哼着歌，作业本上一个字也没写。翠红拍了拍儿子的肩膀，儿子把耳机拿了下来，看着端坐在一旁变得很严肃的老妈，儿子的眼神开始有点躲闪，不怎么敢正视翠红。

翠红眼睛直直盯着儿子，盯着这个已经长得比自己高出一头的儿子，话未出口，眼泪便涌了出来。儿子看到妈妈的泪，一时慌了，赶紧扯下一截纸巾递给妈妈。

翠红调整好情绪后，开始苦口婆心和儿子谈。要是换以前，翠红肯定早就大吼大叫，甚至要打儿子。但是她知道现在儿子正值青春期，不能硬来，她得改变方式来感化儿子。

只是说着说着，翠红忍不住又落泪。儿子在妈妈的一把鼻涕一把泪里有点不知所措，翠红说什么，他便只顾点头。自始至终，儿子都很少说话，只是低着头默默地听。儿子的这种态度倒是让翠红宽心了不少，她真担心儿子听不进自己的话，反而和自己吵起来呢。

把家里收拾好，洗完澡晾晒完衣服，翠红打开电视机想看会电视，却又看不进去。关了电视，发现儿子的房间还透着灯光，便催促他早点休息，儿子答应了一声，马上熄了灯。

在床上刚躺下不久，翠红便听到了山子开门的声音。也许是因为喝多了，山子做什么都弄得很大的动静，翠红觉得今天他洗澡花洒流水声都特别地吵，这让她听了心里很烦躁。

门"砰"的一声打开了，把躺在床上的翠红吓了一跳，身上仍有酒气的山子突然推门而进。

"干吗？"翠红不自觉地用被子裹紧了身子。

"干吗？过来尽一下做丈夫的义务。"山子瞪着血红的眼睛"嘿嘿"干笑。

"神经病！我困了，我要睡觉。"翠红厌恶地说。

只穿着一条内裤的山子不再说话，一把掀开了翠红的被子。翠红奋力反抗着山子的粗鲁，硬硬的床板无奈地发出"乒乒乓乓"的响声抗议着，可是没用，山子力气大得很，他那双铁一般的手撕扯着翠红身上的衣服，哪怕是翠红用牙咬山子的肩膀、山子的手，他也没有一丝要停下来的意思。那条穿了很多年的棉睡裤，竟然被山子撕烂了。眼看着反抗根本无效，翠红改变了策略，她开始哀求山子，说自己身体不舒服，求山子放过自己。山子对翠红的哀求根本无动于衷，一股疼痛蔓延翠红的全身，翠红不再说话也不再反抗，她像具死尸般一动不动任由山子折腾。

"你这种女人太没劲了！"山子从翠红身上翻下来，骂骂咧咧地下了床。

翠红在洗手间里拼命擦洗着身体，简直要把皮都擦下来

似的。她不知道自己洗了多久，她也不知道脸上究竟是水还是泪。

躺回床上，翠红久久睡不着。凭女人的感觉，山子这段时间如此反常，翠红觉得他应该是外面有女人了。近段时间，翠红觉得山子在夫妻生活方面特别有要求，而翠红却很反感这些，每次过夫妻生活，她从来没有一丁点的快感，更多的是厌恶。翠红不知道自己是不是因为内心里并不喜欢山子，所以一直很反感夫妻生活。山子一直说翠红是性冷淡，翠红不知道性冷淡的定义是什么，她也不知道别的女人有多少跟自己一样如此讨厌夫妻生活。

翠红以前听一个同事谈过她的夫妻生活，那个同事很开放，她说她很享受夫妻生活，隔一天不过便受不了。当时翠红听了这话有点不敢相信，因为她从来不觉得这有什么乐趣可言。难道是因为没有爱？翠红觉得自己确实是不爱山子的，还是自己真的有病？

正在胡思乱想中，翠红听到手机响了一声，好像有什么短信。翠红拿起来一看，一个陌生号码发来的："妈妈，我好想你！"是女儿发来的？还是谁发错了？翠红赶紧按那个号码重拨过去，可是却关机了。肯定是女儿发来的，想到女儿，翠红的眼泪又下来了。

女儿已失踪半年多了。

女儿今年才十七岁，翠红以前一直把女儿放在老家读书。女儿算是乖巧，但她不是读书的料，翠红虽然很希望女儿多读点书，可是实在没办法，女儿初中毕业没考上高中，便出来深圳打工了。

女儿打工的地方不算远，坐公交半个多小时便到了。因为年龄不到十八岁，翠红还帮女儿弄了张假身份证。女儿老老实实在一家超市做收银员做了两年多，也从没听到她有谈恋爱什么的，没想到突然有一天，女儿失踪了。经过多方打听，才知道原来女儿在超市里和一个十八岁的小男孩谈上了恋爱，也就刚谈三个多月，那个小男孩突然辞职了，说是他母亲出了车祸，需要回去照顾一段时间。翠红那没心没肺的女儿便义无反顾也辞了职要跟着他回去。女儿又担心被父母骂，便偷偷瞒着家里跟小男友坐上火车走了，衣服也没多带，也没有给翠红留下片言只语，急得翠红上蹿下跳的。翠红只知道那小男孩是江西人，听女儿的同事说，小男孩对女儿很不错，所以这个傻女孩才会这样扔下父母一走了之。翠红很担心女儿会被骗，又担心女儿去到江西吃苦，翠红急得如热锅上的蚂蚁，却毫无办法。山子刚知道女儿的情况时，暴跳如雷，埋怨翠红没管教好女儿，夫妻俩为此事大吵了好几顿，瘦弱的翠红也因此又掉了好几斤的肉。

女儿走后，翠红每天不停拨打她的电话，刚开始只是听到"你所拨打的号码已关机"，后来便一直提示是空号，这更是让翠红一直提着的心放不下来。突然收到这条陌生的信息，翠红感觉有了一线希望，起码知道女儿是安全的。这一晚，睡不着的翠红不停地拨打着这个陌生的号码，虽然耳朵

里传来的永远是那一句"你所拨打的用户已关机",但翠红仍然是不厌其烦地一遍又一遍地拨着这个号码,好像只有这样,才能安慰她那颗思念女儿的心。

女儿的电话在一周后终于通了,在听到女儿声音的那一刻,翠红的泪水夺眶而出,她半天说不出一句话来。电话另一端的女儿也哭了,母女俩在电话里哭了很久。女儿说男朋友待她还不错,只是家里太穷了,什么都没有,而且他家在很偏僻的深山里,交通不便,有钱想吃肉都不容易,感觉像回到了旧社会一样。翠红听了心酸酸的,让女儿赶紧回到深圳来,可女儿说走不开呢,男朋友的妈妈还躺在床上需要人照顾,翠红说让她男朋友照顾就行了,等老人身体恢复了,他再回来深圳打工便是。但女儿说男朋友不肯让她走,他说他一个人待不下去。不管翠红怎么劝说,女儿还是说暂时不能回到深圳。翠红很无奈,不过能知道女儿的境况已经是一种安慰了,慢慢来吧,翠红自己安慰着自己。

班主任没再打电话来,这几天儿子也没再向翠红要什么钱交学校了,翠红一直悬着的心似乎放松了些。女儿也联系上了,但愿一切都能慢慢回到正轨。就在翠红稍微松了一口气时,家里又突然打来电话,说老母亲挑水淋菜时摔了一跤,骨折了,下不了床,老父亲本来身体就不好,平时都需要母亲照顾。翠红的两个弟弟都在广东打工,两个弟媳妇要上班还要接送孩子,根本没时间回老家去。翠红的姐姐嫁得很远,正帮儿子带刚出生的孙子走不开,老父亲希望翠红能回家一趟，帮忙照顾母亲一段时间，哪怕是十天也好。孝顺的翠红听了心急如焚，恨不得马上飞回老家去，可又不怎么放心儿子。儿子却拍着胸脯说，他一定会好好学习的，让翠红放心回去。山子没怎么表态，只是说随便翠红怎么样。

请了十天的假，翠红踏上了回家的路。一年多没见，父母亲苍老了许多，看着躺在床上的老母亲，翠红的心里酸酸的。每天晚上，翠红都要打个电话给山子询问儿子的情况，山子总说一切都好，有时翠红明明听到山子是在外面很嘈杂的地方接的电话，想多问几句，山子却总是匆匆挂断了电话。租住的房子里并没有装固定电话，所以翠红很难直接联系上儿子。在翠红的再三要求下，山子让儿子用他的手机和翠红通了一次电话，儿子也是说了几句话便说要做作业了，匆匆挂了电话。本来翠红有好多话想和儿子说的，再打回去，山子却说他有事在外面了。

难得回家陪着老人，翠红便拼了力气尽量多帮老人干活。想着老人把自己养那么大，可是自己一年也见不了父母一面，翠红觉得很惭愧。虽然平时翠红很节省，可这次回来天天弄好吃的给父母亲，给老人多增加营养。担心儿子的时候，感觉时间过得很慢，可陪着父母亲，却又觉得时间过得太快了。母亲仍然不敢怎么下地，但是却比之前好了不少，翠红其实很不放心两个老人，但她却又不得不离开。打了好几次电话给两个弟弟，他们才勉强同意轮流回来照顾母亲一段时间。两个弟弟都是妻管严，对老人好像没尽什么孝心，翠红对两

个弟弟意见很大，却又奈何不了他们。

出门的时候，父母亲老泪纵横。翠红强忍住悲伤，安慰着老人家，一遍又一遍地叮嘱着他们要注意保暖，保重身体，等等。转身走出村口，翠红的泪水再也忍不住了，拼命地往下掉。这一别，又不知什么时候才能见面，翠红心里觉得对老人家特别地愧疚。

这次回深，翠红没有告诉山子和儿子，他们也没问。风尘仆仆回到家，已是晚上十一点多，打开门，家里乱得像狗窝一样，而每个房间都是空的，竟然没人在家！打山子的电话，关机了。儿子跑哪去了呢？翠红的心里乱乱的。洗完澡，喝口水，翠红顾不得疲劳，开始收拾家里。一直折腾到一点多，家里总算是窗明几净了，翠红累得躺在沙发上动都不想动一下。

山子的电话仍然关机，而儿子仍然没有回来。难道是山子带儿子去了哪里？翠红心里一点也不踏实。太累了，翠红后来还是迷迷糊糊睡着了。

山子和儿子一夜未归！翠红早上醒来后，仍然打不通山子的电话。匆匆吃上几口早餐，翠红赶着去上班。

三

翠红请了半天的假，怀着忐忑不安的心情来到学校门口。翠红在校门口徘徊了很久，她不知道是否该买点什么东西去见老师。可是，买什么好呢？贵的买不起，便宜的送不出手，老师的办公室应该有不少的人，提着东西去会不会被人笑话呢？思来想去，翠红最终还是两手空空进入了学校。

坐在沙发上，翠红两只手紧张地捏着衣角。班主任是一个四十多岁的女老师，她用纸杯给翠红倒了一杯水，翠红赶紧站起身用双手接过水杯，象征性地抿了一口，轻轻把杯子放在茶几上。老师说儿子这段时间上课一点精神都没有，基本都是趴在桌子上睡觉，迟到早退那更是经常的事情，作业都是抄同学的，考试成绩一落千丈，已滑到全班倒数一二名。老师说再这样发展下去，这个孩子肯定毁了。翠红在老师面前特别地紧张，说话也有点结巴，儿子的表现让她觉得无地自容，她不知道该如何表达自己此时的心情。一着急，翠红半天说不出一句话，只有眼泪泉涌而出，让老师有点无所适从，不知道怎么劝眼前这个看上去瘦瘦弱弱的家长。老师本想把孩子一起叫过来谈谈心，可没想到儿子又逃课了，老师很无奈，翠红的心更是凉了半截。

从学校出来，翠红拖着沉重的脚步，一步一步往前挪。翠红在街上漫无目的地走了很久，很久。

儿子一回到家，翠红一句话没说，便操起放在门边的晾衣架把他痛打了几下，毫无心理准备的儿子在惨叫了几声后，迅速有了反应，把晾衣架抢了过来，力气没儿子大的翠红再没能继续打下去，儿子拿着晾衣架躲进了他的房间。

这个晚上，翠红没有做饭，她坐在沙发上哭得一塌糊涂。山子回来后，看着家里的冷锅冷灶，心里一肚子火，冲着翠

翠红

185

红嚷嚷。早就憋着劲想和他吵架的翠红再不想忍受下去，像个泼妇般和他大吵了一顿，山子最终摔门而出。

儿子在屋子里静悄悄的一点声音也没有，翠红回到房间躺在床上。翠红没有开灯，她在黑暗里默默地流着眼泪。

翠红的思绪回到了十八年前那个黑黑的夜晚。那是一个闷热的夏天，翠红在家里待不住，想到那凉凉的溪水，翠红便心动了，怕父母不肯让她去玩水，便抱着全家人的衣服去河边洗，溪水确实很凉爽，翠红坐在石头上，惬意地把脚放在溪水边荡来荡去，甚至还哼起了歌。玩得差不多了，才开始洗衣服，可就在她洗完所有的衣服正往回走的时候，突然有个男的从背后抱住了她，翠红还来不及叫喊，那个男人就捂着她的嘴把她拖到了旁边的树丛里……翠红在这一夜失去了少女之身，翠红认识这个男人，他是邻村的，那晚他想一个人去河里游泳，没想到碰到翠红一个人，于是，血气方刚的他起了歪心。回到家后，翠红不敢告诉家里人，自己偷偷躺在被窝里哭了一夜。那个夜晚留给翠红的只有恐惧和疼痛，那个夜晚让翠红无数次地做噩梦。可是，更让翠红承受不了的是，那罪恶的一夜，竟然让她怀孕了，翠红惊慌失措，不知道该怎么办，无奈之下只好把事情告诉了家里人。家里人气冲冲赶到邻村兴师问罪，男孩的家人知道情况后，赔着笑脸又是道歉又是请罪。最后，两家人竟然达成协议，让两个年轻人结婚，聘礼比一般人多一倍，算是对女方的赔礼。刚开始翠红并不同意，可父母说只有这样，翠红才不会被人看不起，不然别人知道了哪肯要被人强奸过的媳妇，更何况打胎又很伤身，父母说两个人结婚是对这件事最好的处理结果。年少无知的翠红想不到更好的办法，而那个男的当然没有意见，于是，翠红就这么稀里糊涂地嫁给了强奸自己的男人，他就是现在的山子。

只是，结婚后，只要山子一碰翠红，翠红便浑身发抖。夫妻生活对翠红而言，除了疼痛便是疼痛。所以翠红特别害怕夜晚，她害怕和山子睡在一张床上，她害怕山子压在自己的身上，她甚至害怕哪怕只是肌肤和山子挨在一起……山子抱怨翠红的冷淡，而翠红害怕他的粗鲁，这样的婚姻关系是注定不会幸福的。生完女儿后，翠红对夫妻生活更是厌恶得不行，能推就推能拖就拖，夫妻俩经常为这事闹别扭。偏偏山子是性欲比较强的，翠红长年累月这样，他哪里能受得了，经常让他很烦躁。女儿两岁时，夫妻俩把女儿留在家里到深圳去打工。到了深圳，两个人不在一个工厂上班，虽然隔得不算远，但各自住在公司的宿舍里。不用再天天对着山子，翠红松了一口气，她在宿舍里住得很舒服很开心。但山子却觉得很空虚。那时候没有条件租房子住，到了周末，很多工友带老婆去廉价的招待所开房，山子也想和翠红去招待所亲热，可翠红却不配合，让山子很恼火。有一天晚上，两个人去逛公园，在公园的隐秘处竟然看到有对男女在不顾一切地亲热，憋了很久的山子实在忍不住了，把翠红扑倒在草地上。翠红哪肯就范，奋力反抗着，山子最终没有得逞，两个人后

来大吵一顿。那天晚上，山子一气之下，跑去发廊找小姐，虽然事后有点心疼钱，而且害怕会染上什么病，山子心里又觉得很空虚，隔一段时间忍不住又会背着翠红偷偷去那些场所。有一次碰巧被翠红撞见了，那个发廊就在翠红宿舍的旁边。正要洗衣服时，翠红发现洗衣粉没有了，刚洗完头披着湿漉漉头发的翠红急匆匆跑出去买洗衣粉，经过发廊时，看见那个把脸抹得像粉墙一样、胸前两个鼓鼓的奶子似乎要蹦出来的娇艳女人正拉扯着山子的衣服，一脸媚笑地在山子的耳边说着什么，满脸笑容的山子用手轻轻拍了一下女人的屁股，抬腿迈出发廊大门，就在这个时候，山子一抬头，突然便看见了翠红那张毫无血色的脸。

翠红的眼里容不得沙子，为这事，她彻底和山子闹翻了，翠红嚷着要离婚，刚开始山子并不同意，可翠红揪着这事不依不饶，想着跟这样性冷淡的女人过日子也没多大意思，山子一气之下便答应了，但他说女儿归他。翠红本来不舍得女儿，可为了和山子离婚，她狠了狠心，答应了这个条件。为了不刺激双方的父母，离婚的事情暂时瞒着他们。离婚一年多，翠红回老家看到瘦瘦弱弱的女儿时心都快碎了，把女儿放在这样封闭的地方，跟大城市的小孩比起来，女儿明显呆板很多，说话也不是很利索，穿的衣服脏脏的，让翠红好不心酸。把女儿留在老家，就像个没爹没妈的孩子，以后前夫要是娶了老婆，后妈说不定不喜欢女儿会虐待女儿，一想到这些翠红心里就特别地难受，翠红决定把女儿带到深圳去，哪怕自己再苦再累，也要把女儿带在身边。正好当时家婆身体不太好，所以当翠红提出把女儿带到深圳去时，她便答应了。带着女儿回到深圳后，翠红请了几天的假，在公司附近租了套最简单廉价的单身公寓，又在不远处帮女儿找了家幼儿园。山子很快便知道女儿来到了深圳，翠红也没理由不让他来看女儿，于是，他隔三岔五地过来看看女儿，因为离得不远，他有时还过来蹭饭吃。在翠红要上夜班的时候，自然也会叫山子过来帮忙照看女儿。后来，在八人宿舍住怕了的山子提出要搬过来一起住，他说只是在客厅多加一张小床便可，这样方便他照顾小孩，而且房租伙食费他都会帮忙出。翠红刚开始不太同意，禁不住山子的一再央求，想着自己一个女人带着孩子住也不够安全，便答应了他，但翠红跟他约法三章，大家只是住在一起，但已不是夫妻关系，不许侵犯她，大家都有自己的自由，山子满口答应，一家三口便像模像样地过起了所谓的正常家庭生活。刚开始，山子表现还不错，翠红忙不过来的时候，也会帮忙买买菜，接送女儿，晚上也老老实实的不敢去骚扰翠红。

　　有一次山子单位聚餐，他喝高了。半夜，他摸进了翠红的屋子，不顾翠红的反抗，强行跟翠红发生了关系。翠红那时杀了他的心都有，或者拿个什么东西狠狠把他揍一顿也好，可看着睡在一旁的可爱的女儿，她还是忍住了自己的冲动。这事过后，本想把山子赶出去，可是自己经常加班，孩子又没人接，翠红想不到其他更好的办法，只得暂时忍着，口头

翠

红

189

上一再警告他不许再有下次，山子嘻嘻一笑了之。有了第一次，便有下一次，山子隔一段时间便又会犯浑，翠红为了孩子只好忍受着。可是让人没有想到的是，后来，翠红竟然怀孕了。孩子要还是不要？翠红犯难了。山子知道翠红怀孕后，高兴得不得了，他早盼着有个儿子，而年迈的公公婆婆知道后也打电话给翠红，说是找算命先生算了下，这次怀的一定是个儿子，让翠红千万要把这宝贝孙子生下来。翠红心一软，也舍不得把肚子里的这块肉给拿掉，就这么稀里糊涂地把儿子给生了下来，但两个人谁也没提去重新领取结婚证的事，老家入户容易，儿子的户口顺顺当当地入了户。儿子出生后，翠红有几年没上班，在出租屋一心一意照顾着两个孩子，山子一个人赚钱养家。这种时候，对于山子理直气壮隔三岔五的骚扰，翠红便只有默默忍受了。儿子三岁的时候，翠红把儿子送去了早托中心，自己开始上班，女儿便只好又忍痛送回老家读书去了，因为她根本不可能照顾两个孩子。

两个人就这么过了十几年，翠红其实早想离开山子，可为了孩子，生性软弱的她只好凑合着和他过日子。

近来，山子经常不回来吃饭甚至夜不归宿，翠红心里其实很明白，他肯定在外面有人了。这一年来，翠红觉得山子越来越不正经，人到中年了，欲望竟比以前更强，她搞不懂究竟是怎么回事，看他三天两头缠着自己，翠红经常害怕得早早把房门反锁，可是山子狠劲一上来，会把门都给踢坏，翠红那房子的锁就被他弄坏了好几次。对于山子的反常，翠红心里说不出是啥滋味。你说吃醋吧？谈不上，翠红巴不得山子有了那些女人后再不碰自己。翠红真的觉得自己对山子谈不上什么感情，只不过他是孩子的爹而已。但是，她内心又是担忧的，她担心山子越学越坏，会把儿子也带坏，而且，她担心山子会惹上那些脏病，甚至会传染给自己。

儿子现在弄成这样，肯定是山子这段时间经常不回家，只拿钱打发儿子去买饭菜吃，所以儿子把吃的钱省出来跑去网吧玩。翠红一想到这些就特别地生气，这个当爹的也太不负责任了，只顾自己玩乐，根本不管孩子。

翠红在黑暗中一直默默地流着眼泪。正当她辗转反侧时，她听到了有人开门出去的声音。翠红一惊，赶紧跑出去一看，儿子的屋里已是空空无人。

四

那晚过后，儿子开始光明正大和翠红对着干。他晚上要出去上网，翠红根本拦不住。翠红想跟着他，一下楼已不见人影。翠红在附近的网吧到处找，也找不到儿子的踪影。儿子有时半夜回来，有时甚至天亮才回来，在儿子没有回来的夜晚，翠红一直坐在客厅里等他。回到家的儿子开始蒙头大睡，不肯去上学，不管翠红怎么哭怎么劝都没用。没钱了，儿子便偷偷拿翠红或山子的钱，甚至跑去离得不远的姑姑家找借口要钱。山子知道后，为此打过几次儿子，可儿子被他

一打，脾气更犟了，根本谁都不怕，一副死猪不怕开水烫的模样。后来，山子也就不管了，照样只顾吃喝玩乐，经常不回来吃饭，甚至不回来睡觉。

翠红被儿子弄得吃不下睡不着，上班也没有精神。感觉每天人都恍恍惚惚的，不知道拿儿子怎么办才好。儿子再这样旷课下去，学校是要开除他的，这段时间翠红骗老师说儿子摔伤了腿，这才勉强请到假。经过翠红苦口婆心的劝说，儿子后来答应只要翠红把电脑买回家，他便不再去网吧上网，也答应会再去上学，只要在晚上给他玩一会电脑便可。儿子老跑去网吧，翠红总是提心吊胆的，她总觉得外面很乱，特别是在晚上。尽管山子不同意买电脑，说这样的话更害了儿子，但翠红还是想用这种方法试一下，死马当活马医吧，也许儿子就真的有转变呢？买回电脑后，儿子刚开始确实是晚上只玩一会，第二天便肯去上学了。可坚持了没几天，本来说好晚上只玩一个钟头的电脑，到了后来却不肯从电脑里抽出身来做作业，甚至是整夜整夜地玩电脑，然后又开始不愿意上学了。不让他玩吧，他便跑外面去，也不知道他去哪，让翠红更担心，只好不再限制他玩电脑。山子把一切都怪罪到翠红的身上，翠红对着不听话的儿子欲哭已无泪。

这天晚上，凌晨两点了，山子还没回家，儿子还在电脑里左右厮杀，翠红怎么劝说他也不肯睡觉。学校已下了最后的通牒，儿子再不去学校便要开除了。翠红好言相劝着，希望儿子赶紧睡觉，明天开始去学校上课，并答应以后也不管他上网，可儿子仍然无动于衷。翠红突然有点失去理智，拿起手上的杯子砸过去，儿子正玩得兴奋，他只是看了翠红一眼，却并不躲闪一下，杯子正好砸在儿子的额头上，儿子的额头流血了。

儿子愣住了，翠红也愣住了。儿子用手捂着额头，定定地望着翠红。翠红回过神来，赶紧拿纸巾给儿子，可是儿子把她的手一扫，突然跑出屋子，打开大门冲了出去。翠红拿着纸巾紧追其后，可哪里追得上呢，下了楼，儿子早已不见人影。翠红不知道往哪里拐才对，只好顺着一边的街道狂奔。

电话突然响了，翠红停下脚步，来不及看是谁打的，喘着粗气接通了电话。电话是女儿打来的，女儿的声音很虚弱，她告诉翠红，她早产了，生了个女儿。孩子生孩子？翠红握着话筒半天没说话。

挂断电话，翠红好像看见前面有一个熟悉的身影，翠红赶紧快步跑过去，捂着额头的儿子坐在马路旁边的花带上，快到儿子的跟前时，翠红停下脚步，远远地，山子正搂着一个妖艳的女人向这边走过来。

菊 花

正在梦里被人追得气喘吁吁的菊花被刘阳摇醒后，半天仍然反应不过来，她像个傻子似的盯着刘阳，一双沾着眼屎的大眼睛空洞地望着刘阳。

"老婆，我们发达了！"刘阳把菊花扶了起来，继续用双手摇晃着菊花的肩膀。

"神经病！大半夜的吵醒我，你发什么梦呀！"菊花边擦眼睛边骂刘阳。

"真的，老婆，你要相信我！我们中奖了！"刘阳并不恼，声调又提高了八度。

"中奖？中什么奖？中了五块还是十块？"菊花推开刘阳，又躺了下去。

"中奖"这个词菊花听太多了。刘阳喜欢买福利彩票，几乎每星期都会买，买就只买两块，也有时买个十块八块的。他好几次跟菊花说他中了奖，害菊花高兴得眉开眼笑的，可后来才知道中的都是十块、二十块，最多也就是中了个二百块，却把刘阳激动得青春痘都冒了出来，菊花还以为起码中了个几千块呢，看着刘阳那没出息的样，菊花哭笑不得。

"老婆，这次我们真的中大奖了！"刘阳继续重复着说。

他又试图把菊花拉起来，但是菊花却一点也不配合。刘阳俯身趴在菊花的身上，困得要命的菊花想把他推开，却怎么也推不开。菊花不想再理刘阳，她不再搭他的话，闭上眼睛继续睡。刘阳却开始亲菊花的脸，亲菊花的嘴，并粗暴地开始扯菊花身上那薄薄的睡裙。

刚开始菊花并不配合，但刘阳这次的疯狂是菊花很久不曾感受过的，在刘阳的激情下，菊花也有点忘乎所以了。房东那并不结实的床一直"吱吱呀呀"抗议着，在这宁静的夜里显得那么的刺耳……

洗完澡，夫妻俩重新躺在床上，头脑已非常清醒的菊花这下有心情跟刘阳扯有关"中奖"的话题。当刘阳说他中了四十八万时，菊花惊愕地张大嘴巴，眼睛瞪得铜铃般大，她怀疑刘阳是在说梦话。

原来刘阳瞒着菊花买"六合彩"已经有好一段时间了。六合彩有很多种买法，刘阳说他不太懂，他每次都是买特码，中了的话奖金是购买金额的四十倍，这倍数实在太吸引人了。因菊花连刘阳买福利彩票都反对，所以刘阳每次都是瞒着菊花买。菊花把他的零用钱控制得很死，他每次也不敢买很多，一般买个三块两块的，偶尔买个五块十块。刘阳说他有时晚上会梦见有特码，第二天试着按那个号去买，没想到都中呢。只是做这种梦的概率很小，刘阳说一共也就做过五次这样的梦，刚开始也就只中了几十块钱，有一次狠着心花了一百块钱，中了四千多块钱，把他高兴得差点没蹦起来。

"就你乐得像傻瓜似的那几天？"菊花问。

"是呀。其实很想告诉你我中了奖的，可又担心你把那奖金给没收了，我还得留着那钱继续买呢。"刘阳笑嘻嘻地说。

"我说嘛，总觉得那段日子你这家伙不太正常，果然有事瞒着我。"菊花用拳头轻轻捶打了一下刘阳。

刘阳说自从中了四千块钱后，就一直没再梦见特码了，这让他心里特别地着急。虽然他还是会买，但再也不敢买超过五十块钱的，因为没有一次是中的。刘阳在那段时间也尝试着跟别人买什么单双或生肖，但却也是一次没中奖。手上的四千块钱，眼看便只剩下一千多了，刘阳心里很烦躁。那天刘阳休假，午饭后睡得天昏地暗的，总想起床起不来，眼睛也睁不开，一会做梦一会又好像醒了，反反复复折腾了一个下午，那种感觉真是太难受了。最后，刘阳迷迷糊糊梦见了两个号码，便突然完全清醒了过来，一下从床上坐了起来，屋子里黑乎乎的，刘阳傻坐了一会，赶紧打开灯，把那两个号码记在床头柜的本子上。那晚正好是开码日，刘阳一咬牙，把剩下的一千块钱各花五百元买了两个号码，没想到其中一个号码果然中了！第二天一大早，刘阳便去把那两万块钱揣到了口袋里。

"中了两万还不告诉我？你真沉得住气呀。"菊花埋怨道。

"告诉你？肯定被你拿去入货了！而且那晚你妈不是正好

打电话来说住院了吗，钱一给你，那肯定是肉包子打狗——有去无回了！"刘阳应道。

"没想到你城府那么深！如果是我，中了两千块便屁颠屁颠告诉你了。"菊花叹了口气。

"老婆，我可也是一直忍着，我也忍得很辛苦呢，就是希望有一日能中个大奖，给你一个大大的惊喜呢！"刘阳握了握菊花的手。

刘阳中的那两万块钱，刚开始买也老中不了奖，不管是买十块，还是一百块甚至一千块。有一次刘阳又梦见了一个号码，第二天他便兴奋地砸了两千块钱进去，可惜却竹篮打水一场空。刘阳这下有点慌了，怎么连梦见的号码都不灵了呢？他不敢随便投太多进去，每次只敢买个十块八块的，而每次的结果也是失望。那两万奖买得只剩下一万二时，刘阳不敢再买了。刘阳说那段时间忍着不买，实在是太令他难受了。这次中奖说来也是奇怪，刘阳说那段时间他虽然没再做什么梦，但是脑子里始终有一个号码浮现，而且每天脑子里浮现的都是这个号码。尽管这样，他也不敢买。直到今天中午，刘阳和同事打了快餐，金额正好是那个数，下班后，他去超市买了点东西，金额也正好是那个数。更奇怪的是，刘阳提着超市买的东西来到店里，菊花去上厕所时，刘阳帮忙照看卖了一件小背心，本来这个店都是明码实价的，那小女孩非要比标的价钱少三块钱才买，刘阳便卖给她了。接过钱时，刘阳才意识到，小背心的价钱正好也是那个数。这下刘

菊花

阳激动了，等菊花回来，他便马上飞奔出去打电话，一万两千块钱全部买那个号码，庄家有点不太相信，重复问了两次，刘阳都肯定地回答。刘阳说打完电话后他便试图不再去想这事，反正想着搏一搏，如果这次输了便再不玩六合彩了。刘阳说后来他在麻将馆里打麻将打得心不在焉的，感觉时间过得特别地漫长。快到九点时，他也不敢打电话去问开了什么号。一起打麻将的有几个人也买了六合彩，刘阳从他们口中知道开出的正是自己买的号码时，还是不太相信，赶紧给庄家打电话，庄家证实他确实是买中了。那一刻，刘阳说他激动得心都要飞出去了，本想马上把这消息告诉菊花的，可他还是有点不太敢相信，便一个人沿着街道一直走，走到哪个小店都问人家今天开了什么码。刘阳说他像个神经病一样地晃悠了大半个城区，每一个人的回答都让他激动，他都要掐一下自己的大腿。走累了，刘阳便找了家大排档，点了一份夜宵慢慢吃，还喝了一瓶啤酒。刘阳说他从来没有如此享受地吃过夜宵，这种感觉实在是太好了！

　　菊花看了看刘阳的大腿，果然被他掐得青一块紫一块的。菊花在刘阳的大腿上亲了一下，然后侧过身子用双手紧紧搂着刘阳的脖子，刘阳也紧紧抱住菊花。夫妻俩开始商量这钱拿来干什么好，刘阳说要买部车来潇洒一下，而菊花却不同意，她说还是先买一套房子吧，在深圳奋斗了十多年，有一套真正属于自己的房子是一直的梦想。可现在深圳的房子那么贵，动不动就一两万块钱一平方米，这五十多万块钱还真买不了这种房子，虽然两个人也存了十几万块，但也远远不够，看来要买也只能买那些小产权房。

后来，两个人一兴奋，又把那张不结实的床压得"吱呀吱呀"直叫唤……

这一夜，夫妻两人激动得根本睡不着觉，说了一宿的话，对未来有太多美好的憧憬了，两个人甚至还商量怎么装修布置新家。这天上掉馅饼的事情是菊花想都未曾想过的，怎么不令人兴奋呢？

早上六点多，楼下那些小贩们开始热闹起来，菊花和刘阳这才慢慢进入梦乡。等菊花醒来的时候，已是上午十点多，菊花赶紧把手从刘阳身上抽开，腾地坐了起来，麻利地换衣、刷牙、洗脸。

刷牙的时候，想到刘阳中的那四十八万，菊花对着镜子傻乎乎地笑。虽然才睡了几个钟头，菊花却不觉得困，精神得很。刘阳今晚上夜班，就让他好好睡觉吧，本来今天想一早起来去东莞虎门进货的，看来只好改日了。

菊花在楼下买了份肠粉，经过卖葱油饼的摊档时，又扔五块钱买了香喷喷的葱油饼。想买点菜的，可一时想不到吃什么好，干脆今天叫外卖好了。菊花风风火火来到离住处不远的"爱我秀我"服装店，打开卷闸门，推开玻璃门，开始快手快脚地扫地、拖地。还没弄好，便已有熟客一手抱着孩子一手提着菜进来逛，菊花赶紧热情地招呼。尽管最后这个熟客并没有买衣服，但菊花心情一点也不受影响。在这条街

上做了两年多服装生意了，有些老熟客几乎每天有事没事都会过来看看，试到合适的，一次买上十件的都有。这条街上有三间服装店，菊花的衣服是质量最好的，再加上只有她这才有会员制，到了一定积分返现金给顾客，而且价钱也适中，所以菊花的生意算是最好的。只是，菊花的这间店比别人的大，租金比别人贵一千五百多，当初是考虑到阁楼上也可以住人，能省下一份房租来，所以菊花才租下来的。没想到前段时间一个镇的市场发生大火，烧死了好几个人，现在管得特别严格，这些店楼上一律不许住人。没办法，菊花只好在附近租了单身公寓，这样下来每月便要多花一千多块钱，花得菊花心痛。现在生意也越来越不好做了，那些附近打工的更多是光顾隔壁两家店，而菊花的顾客主要是小区的那些家庭主妇，流量没有那些打工的多，店租又贵那么多，菊花越来越觉得有压力。

菊花吃完肠粉，拎着那份葱油饼来到隔壁的服装店，服装店的老板娘一脸的愕然，平时大家虽然表面上会打打招呼，但暗地里都是竞争对手，没怎么真正地来往，更谈不上什么交心了。看菊花把葱油饼递给她吃，她好像有点为难，接也不是，不接也不是。菊花今天心情好，她笑呵呵地把饼放在她的柜台上，说了句"好香！趁热吃吧"，便转身离开了。

菊花平时看见隔壁老板娘那张苦瓜脸，心里总是有那么一丝的不舒服，私底下一直叫这个女人为"苦瓜"。今天自己也不知怎么的，突然想到给她买葱油饼，菊花自己也觉得唐突。

中午一点多，刘阳才来到店里。菊花本来想订两份外卖的，可刘阳说要去饭店吃，他说这么大的喜事，好歹也要庆祝一下，尽管那中奖的钱还没拿到手。

附近都是大排档，刘阳说要去吃一餐"劲嘢"，两个人便打的去"榕江渔村"海鲜酒楼。点菜的时候，刘阳是眼睛都不眨一下，菊花本来想叫他不要点那么多菜的，却又不想扫了他的兴。等菜上来，满满的一大桌。这一顿饭，竟然花了一千多，尽管吃不完的海鲜都打了包，够晚上吃一顿的了，可还是让平时中午经常花两块钱买几个包子，了不起也才叫一碗八块钱汤粉便解决肚子的菊花心疼得不得了。

本来晚上刘阳要上晚班，为了去拿中奖的钱，刘阳谎称自己生病请了假。菊花洗完澡看了几集连续剧却仍然没见刘阳回来，担心他揣着那么多钱会不会有什么事，赶紧拨他的电话。电话响了很久刘阳才接，电话那头很嘈杂，刘阳说钱要过几天才能拿到，他正在打麻将，说完便匆匆挂了电话。

刘阳回到家时，已是凌晨两点多，听到开门声，打着瞌睡的菊花才醒了过来。刘阳还没走近，菊花便闻到一股很浓的酒气，菊花皱了皱眉头，还没等她说话，刘阳走过来便把嘴巴贴在了菊花的嘴上，然后开始撕扯菊花身上的睡衣……

这两天刘阳在床上的表现都像打了鸡血似的，这种感觉让菊花仿佛回到了新婚的时候。洗完澡后，夫妻俩又搂抱在一起憧憬着美好的未来，说了几箩筐的话，才沉沉睡去。

第二天刘阳上早班，夫妻俩起床后买了早点便分开了，一个去上班一个去开店。在这条街上，菊花的勤快是出了名的。她的服装店总是第一个开门，用她的话来说就是，连早晨去公园锻炼的人都不放过。而晚上，菊花总是最后一个关门，其他店一般十点都拉闸了，但菊花经常到十一点多才正式关门。店租比别人贵那么多，菊花只能用这种方式以获取更多的利润。

十二点半，菊花送走那个一口气买了五套裙子的熟客，正打算去隔壁买几个面包填饱肚子时，却看见刘阳嘴上咬着烟回来了。

"不用上班？"在这个时候看见刘阳，菊花觉得很奇怪。

"他妈的，老子不干了！"刘阳把烟屁股狠狠扔到地下，用脚重重踩了下踩灭烟头。

原来刘阳上午跟同事拌嘴了，还被队长批评了一顿，刘阳一气之下便辞了职。刘阳在这家公司当保安，已经有好几年，虽然工资不算高，但很稳定，刘阳没有多少文化，菊花对他也没很高的要求。菊花一个人打货、守店，整天待在店里，其实她很累的，很多人都劝她叫刘阳辞职在店里帮忙，可为了多挣些钱，早点把孩子接到深圳来上学，菊花一直咬紧牙关坚持着。刘阳说辞职便辞职了，这让菊花有点始料不及，看他那生气的样子，菊花又不好多说他，安慰了几句，便去客家饭店打回两份快餐。

吃完饭，嘴一抹，刘阳便嚷着要回去睡觉了，话音未落，人已走出了店门。菊花轻轻叹了口气，收拾着快餐盒，扔到外面的垃圾桶上。不知哪个小孩在店门旁边拉了堆屎，旁边围满了苍蝇，看着好不恶心。菊花嘴里骂着哪个缺德的家长，不情愿地从店里拿出旧报纸，把那堆大便清理干净。没办法，不然哪个顾客肯进门来。

晚上，菊花蒸了排骨，炒了个青菜，还做了个蛋花紫菜汤，打电话催了好几次，刘阳才打着呵欠来到店里。狼吞虎咽吃完后，刘阳便又晃悠着出门了。菊花本想让刘阳晚上帮自己看店的，最近晚上生意都很不错，菊花担心自己忙不过来有人趁机偷了衣服都不知道。可看刘阳那架势，哪会是愿意帮忙的主。

关了店门，洗完澡都十二点了，刘阳还没有回来。打电话一问，又在打麻将。昨天说打麻将输了五百元，怎么还打呢？菊花有点恼火了。一点多刘阳回来时，菊花便没有什么好脸色了。刘阳手上提着好几瓶啤酒，还有些熟食，一进门便大声嚷着今天打麻将赚了一千多块钱呢，叫菊花赶紧过来一起吃夜宵。听到刘阳赚了钱，菊花的气在不知不觉中消了大半。在这闷热的天气，喝着冰镇啤酒，咬着盐焗鸡腿、鸭爪，还真挺惬意呢。

刘阳说中奖的钱要一个星期后才能拿到，庄家最近手头紧。菊花说庄家不会赖账不给吧，刘阳说不会，行有行规，如果庄家赖账的话，他也没法再做生意没脸再混下去了。菊

花劝刘阳早点再去找份工作，刘阳含含糊糊地答应着。刘阳把啤酒喝完后，又喝了半瓶存在家里的白酒，后来醉得一塌糊涂，吐半天却吐不出来，然后澡也没洗便躺地上呼呼大睡了。娇小的菊花哪挪得动刘阳一米七五的身躯，只好在他身上搭了条毛巾被，任由他在地上躺着睡了。

　　第二天菊花起床的时候，刘阳仍然睡得像头猪似的。这几天，刘阳白天睡觉，晚上过店里吃个饭便溜出去打麻将。菊花让他找工作的话他根本没放在心上，他似乎很喜欢这样散漫的生活，菊花真拿他没办法。唉，不管他了，等奖金拿到手再说吧。

　　这天菊花去虎门出货，所以比平时早起一个多小时，在虎门折腾了老半天，回来累得半死，刚把货整理好，水都还来不及喝上一口，刚睡醒的刘阳一过来便嚷着肚子饿了要吃饭，见菊花没做饭，那张脸便拉了下来。菊花没好气地说想吃饭自己做去，刘阳一听不高兴了，两个人吵了几句，刘阳便撒腿走人。剩下菊花气呼呼地坐在那里，怪自己当初怎么会看上他的，一点都不懂得体贴人。

　　晚上，婆婆打来电话，说儿子掀同班女同学的裙子，又是留堂又是罚写检查的，菊花一听头都大了。儿子才小学五年级，怎么会做出这种事呢？菊花强压着怒气，在电话里好声好气问儿子事发经过，儿子说是同桌跟他打赌，如果他敢去掀那个班上最漂亮女生的裙子，同桌就给他一百块，如果他不敢掀，他就得赔同桌一百块。儿子说他没有钱赔同桌的，觉得这举动那么简单就可以赚一百块钱，所以就去做了。儿子的回答让菊花很无语，但这种回答好歹跟早熟或耍流氓无关，这又多少算是安慰，菊花在电话里对儿子嘱咐又嘱咐，才放下电话。因为出了新货，又正好是周五，晚上的生意好得不得了，菊花忙得手忙脚乱，直到关门，菊花才感觉肚子饿得"咕咕"叫，原来晚饭都没吃呢。打了份炒米粉，菊花这才拖着疲惫的身体回住处。

回到出租屋，仍然是黑灯瞎火的。以前刘阳虽然也喜欢打麻将，但一个月最多也就打个一两次。她实在太累了，洗完澡，打开电视，平时喜欢追的电视剧一集还没看到一半，菊花便睡着了。刘阳回来的时候，已是凌晨四点钟了，喝得醉醺醺回来的刘阳买了一大堆零食摊在桌上，又打开白酒继续喝，还非要叫菊花起来吃夜宵。又困又累的菊花不想起来，刘阳却非要把她拉起来，两个人拉拉扯扯的差点把台灯打烂了。

"你有病吧？要喝自己喝，我累得只剩半条命，没那福气吃你的夜宵！"菊花怒视着脸红脖子粗的刘阳。

"我就要你，要你陪我，什么累不累的，喝点酒就，就不累了！"刘阳边结结巴巴地说，边摇摇晃晃往玻璃杯里倒酒，酒都洒了出来。

"我偏不喝！我没你那么有闲情。"菊花看着刘阳的样子很生气，声调一下提高了八度。

"妈的，吃个晚饭吃到蟑螂，打个麻将输了两千多，好心

菊花

叫你吃个夜宵还不领情。"刘阳说完把手里准备递给菊花的那满满一杯白酒突然摔在了地上。

看着满地的碎片，菊花突然什么话也不想说了，她扯过毛巾被，把自己盖得严严实实，不再理刘阳。

菊花起床的时候，发现刘阳倒在卫生间里睡着了，看着他如死人般躺在卫生间，菊花真是气得不行。她拿着牙刷、毛巾来到阳台上洗刷完，然后也不管被刘阳弄得乱得一塌糊涂的家，便出门了。

虽然心里很气，菊花晚上还是做好了饭菜等刘阳过来吃。可是饭菜都凉了也不见他的影子，本想打个电话问一下，想到刘阳昨晚的表现，菊花又气不打一处来，把手机扔回抽屉里。

直到关店门，那留着的饭菜仍然被冷落在角落。拎着剩饭剩菜回住处，菊花的心里说不出是什么滋味。中了奖本来是特别让人高兴的事情，可现在钱还没拿到，生活却好像都变了。

屋子仍然一片狼藉，甚至昨晚那一地的玻璃碎片仍然在。菊花把饭菜放进冰箱里，动手收拾屋子。刚洗完澡，菊花便听到手机响了一下，谁那么晚还发信息呢？一看却是一个陌生的号码，问："睡了吗？"平时菊花是不会理这种信息的，今天也许是心情不好，她突然就想着挺无聊不妨玩一下。信息这一来一去的，菊花发现两个人竟然挺聊得来，那人后来也知道是自己发错了信息，却也聊得很开心。两个人短信一直聊到一点多，菊花困得连连打呵欠，这才互道晚安。

菊花睡了一觉醒来，时钟已指向三点，刘阳仍然没有回来。一整天没有他的消息了，菊花其实有点不放心，她开始拨打刘阳的电话，没想到刘阳却关机了。没电了？还是有什么事呢？菊花不免担心起来。菊花在黑暗里睁着眼睛，一直等到五点多钟才听见刘阳开门的声音。刘阳回来后洗完澡便倒在床上呼呼大睡，人平安回来就好，菊花没有闻到什么酒味，本来的满腹牢骚也没有发出来，她很快便也进入了梦乡。

第二天晚上，抹着眼屎打着呵欠的刘阳倒是来店里了，菊花看见刘阳衬衫上的扣子都扣错了，显得是那么地滑稽。正在帮顾客挑选衣服的菊花用手指了指刘阳的衣服，刘阳低下头看了看，这才把扣子重新再扣一遍。连续的熬夜，让刘阳的脸憔悴不已，眼袋浮肿，仿佛一下老了好几岁。

两个人刚开始都没说话，默默地吃饭，吃到一半时，菊花终于忍不住了。

"你就这么天天打麻将过日子？"

"这样有什么不好的。"

"也不打算再去找份工作？"

"再说吧，把钱拿到手，我看看做点什么好。"

"那钱还不够买房子呢，加上我们自己攒的钱，要买套农民房都够呛。你还是老老实实找份工作吧。"

"不急，今晚那人答应先给我一万，我这段时间得把钱都拿到手才去想其他的事情。"

菊
花

"先给一万？为何不是一次性给呢？"

"那人说他是二手庄家，真正的庄家这段时间老输，资金周转有点问题，但他答应在半个月内会把钱全部给我的。"

"半个月？上次又说一周，你可别被人骗了！"

"骗什么骗，人家做大生意的，你妇人家懂什么。"

吃完饭，把碗一放，刘阳又跑出去了。收拾着碗筷，菊花的心里很不是滋味。刚洗第一个碗，有顾客来了，菊花只好擦干净手，出来招呼客人。就那么几个碗，直到快关门时才洗完。

回到住处，菊花顾不得洗澡，先给刘阳打了个电话。电话响了很久，刘阳才接，菊花听到很嘈杂，好像是在 K 歌房。菊花问刘阳有没有拿到钱，刘阳说一万块钱拿到了，一起打麻将的几个人起哄让他请唱歌，所以便去唱 K 了。菊花让他把钱放好，小心弄丢了。刘阳不耐烦地说这点小钱哪会丢，便挂了电话。

菊花刚洗完澡，那个陌生号码的信息便来了，两个人天南地北地聊着天，一直聊到两点多。放下电话，菊花突然觉得在这寂寞的夜里有个人陪着自己聊天其实也挺不错的，那人说他是干 IT 行业的，菊花心想干这一行的肯定都很有文化。

刘阳回来的时候，已不知是几点了。菊花嘟囔了他几句，转过身又昏昏入睡，她似乎也越来越习惯刘阳的这种状态了。

第二天，当菊花听到刘阳说昨晚请人去唱 K 花了三千多块钱时，她的怒火一下子爆发了。两个人在电话里便吵了起来，刘阳说那钱是他挣的，他想怎么花便怎么花，菊花后来气得差点把手机给摔地下了。

刘阳没有过来吃晚饭。晚上回到家，难得看见刘阳竟然没有出去，他歪在沙发上喝着啤酒吃着东西在看电视。凳子上放着几个购物袋，"七匹狼""柒牌"等品牌，看来刘阳今天去买衣服了，菊花知道那些衣服都不便宜，想着以前都是自己打货时帮刘阳买衣服，一件也就是几十块钱，而现在刘阳却开始讲究穿牌子衣服了，真是让她很无语。

刘阳没跟菊花打招呼，菊花也不想搭理刘阳，不想再跟他吵架，默默洗完澡便上床睡觉了。刘阳把电视调得很大声，躺在床上的菊花被吵得半天也睡不着觉。终于迷迷糊糊快要进入梦乡时，听到手机有新信息，菊花揉了揉眼睛，正要把手机拿过来时，却被刘阳抢先了，刘阳看了信息立刻暴跳如雷。

"解释！"刘阳怒睁着眼睛把手机扔给菊花。

菊花疑惑地把手机拿过来一看，原来是那个陌生人发来的，就两个字："想你！"菊花便马上跟刘阳解释事情的来龙去脉，说今天是第一次收到那人发这样的信息，肯定是开玩笑的。可是刘阳哪里会相信，他就凭刚才那两个字便断定菊花背叛了他。自己只是跟别人聊聊天而已，菊花没想到刘阳反应如此强烈，简直是小题大做，想到刘阳这段时间的种种表现，菊花的火也一下子被勾了起来，两个人大吵了一顿。

刘阳把桌子上的东西都掀翻在地后，便推开门扬长而去，留下菊花一个人抱着被子哭泣。

这一夜，刘阳没有回来。虽然昨晚没怎么睡，可菊花还是如往常一样起床，把屋子都收拾了一遍，才默默出门。刘阳夜不归宿，这是两个人在一起后的第一次。屋子可以收拾干净，可是，菊花的心，却不知该用什么来收拾。

刘阳不再过来吃饭，菊花也不再打电话给他，两个人冷战着。以前吵架，菊花一生气便不理刘阳，刘阳一般无法忍受这种状态超过一天，不管谁对谁错，他便开始嬉皮笑脸逗菊花，直到把菊花逗得气消了为止。而现在，刘阳似乎很享受这种冷战状态，没有人管他，他自己身上又有钱，想干吗便干吗，想不回家便不回家，真是神仙般的日子。

菊花今天很倒霉，不小心收到了一张一百块钱的假币，而店里的衣服也被几个人趁乱偷了几件，一下损失了好几百，心情沮丧得很。冷战好几天了，想到刘阳都是晚上不回来或凌晨五六点才回家，中奖的钱也不知要回来多少了，菊花便马上拨刘阳的电话，可是，电话一直没人接。关了店门后，菊花便气呼呼去麻将馆找刘阳，菊花知道刘阳打麻将一般就固定在附近那两家，找第一家麻将馆，没看见刘阳，再找第二家，远远看见背对着自己的刘阳正跷着二郎腿一边吞云吐雾一边打牌，菊花再走近一点，看到刘阳放在旁边的烟盒上，清清楚楚地写着"中华"两个字，她感觉自己的心像被人突然刺了下般难受。不知刘阳说了句什么，旁边那个穿得很暴露的女牌友伸手过来敲了一下刘阳的头，刘阳趁机把女人的手抓住不肯放，两个人拉拉扯扯，旁边的人哈哈大笑并起着哄。眼看那个风骚的女人快要钻到刘阳的怀中，菊花再也看不下去了，她的怒火猛然爆发，冲过去把桌上的麻将用双手猛地一扫，麻将"噼噼啪啪"掉在地上的声音把好多人吓了一跳，菊花也顾不了那么多了，对着那个女人说了句"不要脸！"，便上前拽住刘阳就往外拖。看清楚是菊花后，刘阳恼羞成怒，把菊花一推，菊花一下子摔倒在地，头重重撞向门角，撞了一个大包。菊花爬起来用尽全力去撞刘阳，夫妻两人在大庭广众之下厮打在一起，引来越来越多看热闹的人……

从没在大庭广众之下如此出过丑，回到家，看着镜子里的自己，衣衫不整，灰头土脸，头发凌乱，眼睛发红……菊花放声痛哭。如此折腾，刘阳却并不曾跟着回来，离开麻将馆，他一下子便没了人影。

这一夜，刘阳没有回来。这一夜，菊花彻夜未眠。第二天，菊花没有早早起来去开店，她如死尸般躺在床上一动也不想动。

中午一点，店里没有一个客人，这段时间一直没有睡好觉的菊花坐在柜台前用一只手托着下巴正打着瞌睡，电话突然响了起来，把她给吓了一跳。拿起来一看，是老妈打来的，平时一般都是菊花隔三岔五打电话回去，老人都很节约的，

没什么事一般不会打电话过来，偶尔有事也是傍晚吃完饭那个点打过来。老妈怎么会在这个时间打电话？这让菊花有不祥的预感。菊花刚"喂"了一声，电话那边的老妈已是泣不成声，菊花的心马上一沉，知道肯定发生了很严重的事情，菊花几乎没见过坚强的老妈如此痛哭过。老妈在电话里哭了好久，才断断续续说清楚，说老爸的化验结果是胃癌，而且已是晚期。前段时间便听说老爸胃口不太好，闻到肉便反胃，人消瘦了不少。老爸有胃炎，家人也没太往心里去。菊花已经快一年没见老爸了，所以也不知道老爸究竟消瘦成什么样，只好劝说他去医院好好检查一下，可老人家平时最烦去医院，怎么劝也没用，只说是老毛病了，吃吃药就会好的。老妈说最近老爸是自己感觉越来越难受，再加上亲戚、朋友、左邻右舍都劝他，这才肯去医院做检查。老妈说没想到一查便说是癌症晚期，幸好这结果是二哥去拿的，老爸现在还不知道病情呢。菊花听到这个消息，也忍不住泪流满面，但她强忍着悲痛，在电话里劝老妈不要太伤心，她明天便回一趟老家。放下电话，菊花伏在收银台上又哭了好久。一下午，菊花心神不定，几次都差点找错钱给顾客。

晚上生意很清淡，菊花本来也没什么心情，便早早关了店门，准备回去收拾一下东西。回到住处，意外的是刘阳竟然在。自那天在麻将馆打架后，菊花没有再见过刘阳，刘阳晚上不回来，白天等菊花走了才回来睡觉。

刘阳看着菊花收拾东西，也不出声，眼睛只顾盯着电视，但手里拿着遥控器却不停地换着台。菊花收拾完东西，然后去洗澡。

"我明天回家。"菊花边擦着头发边面无表情地对刘阳说。

"为什么？"刘阳把遥控器放回桌面。

"我爸，他，他查出癌症晚期。"菊花话未说完，泪水便喷涌而至。

刘阳惊讶地张开嘴巴，他走到菊花的身边，把哭泣的菊花搂在怀里，菊花哭得更伤心了，泪水打湿了刘阳肩膀上的衣服，刘阳不时用手轻轻拍着菊花的背。

"别伤心了，如果要动手术，大家出钱便是。庄家这段时间给了我两万元，剩下的钱庄家答应今晚十点给我，我一会就去把钱拿回来。明天我陪你回家，顺便回去看看儿子。"

"嗯，把钱拿回来后，好好找份工作，不要再像前段时间那样了，再这样混下去，恐怕我们连家都保不住了。"

"好，我知道了，老婆。"

九点半，刘阳穿上衣服洗了把脸，正准备出门，手机响了。放下电话，刘阳瘫坐在沙发上，半天说不出话，不管菊花怎么问他，他也不说话。过了一会，刘阳突然夺门而出。

原来那个庄家溜了！这个消息让刘阳无法接受，他不愿意相信这个事实。直到他赶到那个地方，看见确实已人去楼空，刘阳还不死心，在周围到处打听庄家的消息，可大家都摇头说不知道他的下落。

这个变故让刘阳颓废、消极，他让菊花自己回去先看看

情况，他说他需要一个人待在深圳安静一下。

一大早，眼睛浮肿的菊花拎着行李准备去店里拿手机充电器。经过卖菜的巷子，隔壁那个苦瓜女人正蹲在那里挑鱼，菊花正要快步经过时，被她看到了。她站起身，神秘兮兮地把菊花拉到一边，她说前晚在景园招待所门口看见刘阳和一个打扮妖艳的女人一起从里面出来，而且是那女的很亲热地挽着刘阳的手出来的。苦瓜女人劝菊花要把男人管严一点，她说男人没有一个好东西，最有效的方法便是不要给男人钱，没有钱，男人想干坏事都难。

苦瓜女人的话像针般刺痛着菊花的心。菊花木然来到店里，把充电器拿出来后，准备拿着银行卡到隔壁的柜员机去取点钱。菊花习惯性地先查一下余额，看见账户上的余额少了三万时，她以为是自己眼花，使劲揉了揉眼睛，然后把卡拔出来再重新插进去查一遍，仍然是那个数。平时这张银行卡就放在床底下的鞋盒里，菊花和刘阳都知道密码，以前刘阳从来没动过这张银行卡。

菊花把银行卡拔出来，重新又插进去……

江　心

江心又喝多了！

她摇摇晃晃地走向路边，等了很久，仍然没有拦到的士。在路旁的树底下狂吐了两次，江心感觉自己清醒了不少。已是凌晨一点多了，一个单身女人站在路边等车，江心有点担心自己的人身安全。或许刚才应该坐罗总的车回去的，可一想到罗总那双色眯眯的眼睛，江心又觉得有点恶心。真坐他的车回去，说不定这个色鬼会出什么花招呢！刚才罗总非要拉她上车，江心骗她已约好了朋友来接，他这才不情愿离开的。

又等了半个小时，仍然没有拦到车，江心心急如焚。这可怎么办好？拿出手机一个个翻号码，却想不到该找谁。这么晚了，那些男同事、男性朋友也是不方便出门的，女性朋友估计都早已进入梦乡。正当江心不知所措时，电话却突然响了。心急的江心像抓到根救命草似的，她甚至连姓名也没看，便接通了电话。

"喂，你好。"

"喂，我，我不好。"

当江心听到是平安的声音时，她差点便挂断电话。如果不是因为这个男人，江心也不会时时把自己灌醉，江心恨死他了！这个男人不是别人，是江心的前夫。江心和他离婚整整两年了，虽然住在同一个区，相隔不过七八公里，但是江心从来没有见过他，准确地说，是从来不愿意见他。

"江心，我想你！"

听着平安在电话里喃喃地诉说着对自己的思念，江心奇怪自己并没有感觉到怎么反感，也许因为酒精的作用，她想到平安曾经对自己的好。江心心里涩涩的，她的脑海里突然浮现出女护士那张年轻甜美的脸，这个女护士是前夫现在的妻子李婷。难道他们过得不好吗？江心在心里突然冷笑了几声。

"你在哪里？你喝了酒吧？"

"我在安乐酒店门口。"

安乐酒店？不就在旁边吗？有这么巧的事情？

"我就在安乐酒店前面的十字路口。"

电话挂断了，平安没再说话。江心心想他肯定是喝多了，这个酒鬼，不管他了。江心把手机放进包包里继续拦的士。远远看见一部空的士向这边驶来，江心的心情顿时好了许多，使劲对着那部的士招着手。的士还没到，一部白色的本田车却突然停在了江心的面前，这个车牌江心太熟悉了，上面的英文缩写正是江心的姓名。

平安从驾驶室走下来，打开副驾驶的门，一句话也没说，便把江心塞了进去。江心闻到一股很重的酒味，看来平安喝得不少。

"喝那么多酒还敢开车？"

"没事，你又不是不知道，我喝了酒开车比平时更稳。你怎么也酒气那么重？"

"不怕警察抓你？我就不能喝酒呀？真是！"

"有你在，不会有事的，你那么醒目，视力又好，警察哪抓得到我呢。我不喜欢你喝酒。"

"错！我巴不得警察把你抓进去，一会就算看到警察我也故意不说。你是谁呀？你管得着我吗？"

"抓进去也不错，正烦着呢，进去静静心，我是你老公呀，嘻嘻。"

"滚远点。"

三年多没见，两个人竟好像没有什么陌生感，还互相调侃起来。江心感觉平安没怎么变，仿佛他只是刚出差回来的丈夫一样，突然之间，对他所有的恨好像都没了，江心真搞不懂自己。

平安把江心送到楼下时，说要送江心上楼他才放心，江心觉得怪怪的，拒绝了他。

"你喝了酒，送你回去我才放心。"

"你不也喝了酒？"

江心

"你是女人，必须有男人保驾护航安全到家。"

江心没再理他，自己先打开车门往家里走。不一会，停好车的平安气喘吁吁地赶了上来。上楼的时候，江心感觉身体有点飘，平安要搀扶江心，可江心不愿意，他便把江心的包包拿过去提着，两个人一前一后慢慢上楼。在上楼的时候，江心的心情是复杂的，刚才虽然嘴上拒绝平安送自己回来，可她心里好像又有点期待。女儿现在读的是寄宿学校，周末才回来。平时就江心一个人在家住，这个家有多久没有男人来过了？江心已记不太清楚。

一回到家，江心忍不住又吐了一次，平安手忙脚乱地侍候着江心，清理完毕后，平安给江心端来一大杯蜂蜜水，江心一口气喝完了。这瓶蜂蜜放了好几年了，江心记得还是平安回老家时带出来的，蜂蜜放的位置一直没变。

"你看一会电视，我先去洗澡，一身臭汗很难受。"江心打开电视，把遥控器扔给平安。

"你行不？要不要帮忙呀？"平安坏笑着。

"神经！"江心瞪了平安一眼。

江心去拿睡衣的时候，她发现自己的心跳比平时快了许多，这是因为酒的原因，还是因为这个该死的男人呢？

穿什么好呢？穿上班的衣服不舒服。穿睡衣合适吗？毕竟两人已不再是夫妻。如此炎热的夜晚，江心只想穿上最凉快的睡裙。在睡衣和睡裙之间徘徊了好久，江心最后还是选择了那条比较性感的新睡裙。拿着睡裙去卫生间的时候，江心觉得自己的脸有点发烫，她看见镜子里的自己一脸的娇羞。

这个澡，江心洗得很认真，她甚至把头发也一起洗了，她一寸一寸认真搓揉着自己的肌肤，搓得全身发红发烫。头发也是用洗发水洗了一遍又一遍，好像生怕洗不干净似的。江心洗了很久很久，这让在外面的平安很不放心，以为她出了什么事，过来敲了好几次门。

披着湿漉漉的头发走到客厅时，江心明显看到平安的眼睛直勾勾盯着自己。平安把江心拉到凳子上坐着，他拿起风筒帮江心吹头发。平安的这个动作是那么地自然，这一切就如往日一样，让江心有点恍惚。

江心清楚地记得，和平安恋爱后，自己的头发几乎都是他帮忙吹的。只要他在身边，江心每次洗了头，他都会主动帮江心吹头发。刚结婚的时候，平安还经常帮江心洗澡，两个人经常在浴室里打打闹闹。下班后，两个人一起买菜做饭，甚至碗也是一起洗的。周末，两个人一起睡懒觉，一起出去玩，一起搞卫生。两个人每年都会抽出时间一起去外面旅游散心，那时候的平安对江心疼爱得不行，那段时间是江心最怀念的日子。

都说婚姻是爱情的坟墓，可江心结婚好几年了，还觉得自己像是在恋爱中一样。江心觉得自己或许是比较幸运的女人，她当时觉得自己一定会这样一直幸福下去的。

一切转变，发生在江心怀孕后。尽管从结婚始，婆婆便

催着他们快点生小宝宝，但江心和平安并没有听老人的话，过了好几年自由自在的逍遥日子。江心很享受二人世界，她甚至曾想过不要孩子，可平安是家里的独子，一手把平安拉扯大的婆婆怎么会同意？平安嘴里说着要好好享受丁克族的生活，但他这个孝子怎么敢不听老母亲的话？所以当江心发现自己意外怀孕时，便嚷着要去做人流，而平安却表现得特别兴奋，他说母亲早就盼着这一天的，他要江心把孩子生下来。结婚那么多年，江心一直很小心避孕，其间只做过一次流产，那次流产后，江心更是小心翼翼。这次意外怀孕，是因为那天刚好避孕套用完了，江心想着没那么巧吧，冒险了一次，没想到真中招了。婆婆知道消息后，高兴得不得了，要江心一定把孩子给生下来。婆婆甚至还给江心的妈妈打了电话，让她帮忙做江心的思想工作。江心哪里受得了她们的轮番轰炸，没办法，最后只好妥协了。

平安读小学时便没了父亲，母亲把他和两个姐姐拉扯大不容易。姐姐们都出嫁后，母亲一个人生活。其实她早就想出来深圳跟着儿子生活，也曾试过出来住了几天，但她很快便打了退堂鼓，在深圳人生地不熟，语言又不通，江心和平安中午是不回家的，要晚上才回来。白天就她一个人傻待在房里，她不知道该干什么好，又不愿意下楼去跟人沟通，在老家忙碌惯了的她哪里坐得住，很快便又回了老家。江心是北方人，平安是南方人，江心觉得自己和婆婆根本不是一路人，吃的不一样，很多的生活习惯也不一样，婆婆来的那几天，江心是如坐针毡，还好，婆婆只住了几天便回去了，让她松了一口气。春节跟着平安回去过年，江心一直扮着乖乖女，尽量在婆婆面前表现好一些，但婆婆对江心始终是不满意的，她看不惯江心的打扮，看不惯江心一天到晚腻着平安，看不惯江心天天要吃辣椒……虽然回去才短短几天，婆婆也没有当面为难江心，但江心还是感觉得出来婆婆对自己的敌意，看在平安的面子上，她尽量忍耐着。而婆婆把平安当小孩子一样宠爱也让她很看不惯，甚至连洗脚水都帮平安弄好。她庆幸自己不用天天和婆婆住，不然这日子可真不知道怎么过！

当江心听说婆婆要到深圳来帮忙时，她一百个不愿意，她让平安叫婆婆先不用来，等快生孩子时再说，现在才刚刚怀孕，哪用得着婆婆帮忙。可婆婆哪里肯听，她说年轻人很多东西不懂，她要多弄些营养的食物给江心吃，要让孙子在肚子里就补得白白胖胖，以后出生后身体才好。

婆婆说来便来，没几天，便扛着大包小包来到了深圳。婆婆从老家带了很多东西出来，她说自己养的种的这些东西才健康。整个饭厅的地上都堆满了东西，这让爱整洁的江心很不舒服，更让江心想不到的是，婆婆还带了六七只鸡和两只鸭过来，把它们放在了阳台上，鸡屎鸭屎味臭烘烘的，江心差点晕倒。

"妈，这些鸡、鸭放在阳台上吵到邻居，会被人投诉的！"

"投诉什么？我自己家的东西。"

"这里不是农村呀，赶紧把鸡鸭杀了放在冰箱里吧。"

"傻呀，要吃新鲜的才好。你不用管了，我会隔几天杀一只。"

让江心不理解的是，平安竟然一句话不说，好像一切都不关他事似的，这让江心很恼火。

果然，那鸡天未亮便开始打鸣，邻居们投诉到了管理处，管理处早早来敲江心家的门，让江心很尴尬，答应会把鸡处理好。江心跟婆婆又重复了昨天说的话，可婆婆还是不愿意杀鸡。江心让平安说一下婆婆，平安没吭声。

晚上江心下班回来，见婆婆只杀了一只鸡，其他那些鸡鸭仍然在阳台上活蹦乱跳。江心心里很气，可她已不想再跟婆婆说，等平安一回到家，江心便把他拉进房间，让他去说服他母亲。平安不痛不痒地跟母亲说了几句，见母亲态度仍然坚决，便自顾跷着二郎腿看电视去了。坐在房间里生闷气的江心真想和平安吵一架，看在肚子里孩子的份上，她忍了忍。

第二天一大早，物业果然又早早来敲门，不用说，昨晚肯定又有邻居投诉了。这次是平安出去开的门，江心都不好意思面对物业的管理人员了。

"这些人烦不烦？为了几只鸡、鸭，天天来吵人！"平安嘴上答应着管理人员会尽快处理，门一关，他倒发起牢骚来了。

"就是，我家的鸡、鸭关他们什么事？鸡打鸣不是挺正常吗？这些人吃饱了饭没事做，投诉吧，我偏不杀，我让你们天天投诉好了。"婆婆附和着。

这母子俩真是不可理喻！江心哑然。

一整天，江心上班心情都很不爽。江心下定决心，今天非把鸡鸭问题解决不可。下午，她请了两小时的假，提前下班。江心自己不会杀鸡，也不敢杀鸡。一回到家，她便张罗着把装在鸡笼里的鸡鸭拿到附近市场去杀。婆婆却说什么也不肯，她说这些家鸡好不容易带来，她得用这些鸡来好好给孙子补身体的。怎么吃才最补呢？当然是新鲜的鸡炖来吃。江心说杀好了放冰箱里也一样的，可婆婆说那样没营养，口感也不好。一个非要把鸡拿走，一个坚决不同意，两个人在阳台上拉拉扯扯的，笼子里的鸡鸭乱叫，好不狼狈。因为用力过猛，江心差点摔倒了，吓得婆媳俩赶紧住手，最后，江心只好放弃了。等平安下班回来，婆媳俩分别向他投诉，夹在中间的平安不知道该安慰谁好，说妈不对吧，怕妈生气，指责江心吧，又怕江心不高兴，只好两边都不得罪。

平安的态度让江心很不高兴。今天，婆婆又专门炖了只鸡给江心吃，可江心却赌气不吃，她说今天没胃口，婆婆见江心这样，生气了。

"你是故意的吧？"

"故意什么？昨天那么大的鸡都是我一个人吃的，吃腻了，我今天吃不下！"

"我那可是专门炖给我孙子吃的，不管怎样，你也得吃。"

"给你宝贝儿子吃就行了。我怕吃了太补，身体受不了。"

"你……好心当驴肝肺！"

"我喜欢吃冻过的鸡，我喜欢那种口感，以后我都不吃现杀的鸡。"

"你就这样来气我这个老太婆是吗？平安呀，你不管一下你媳妇吗？"

江心不想再听婆婆唠叨，扔下饭碗回房间去了。关上门，江心仍然能听到婆婆在发着牢骚。婆婆真是让人不可理喻，江心想着以后可怎么跟她相处呀。婆婆的到来，彻底打乱了江心夫妻的生活。在做家务上，以前江心和平安合作得很好，现在婆婆是什么都不让平安动手，把他当大爷似的，让江心怎么看都不顺眼。吃完饭，江心习惯让平安收拾一下碗筷，婆婆都不让，她说一个大老爷们，不是干这些活的。江心心里便很不平衡，自己是孕妇还得洗碗呢，有时有点不舒服想让平安帮忙，婆婆也是拦着不让他干，她说她来洗，可是那张脸又黑黑的，看得出来满脸的不高兴，弄得江心以后再不敢叫平安帮忙。

更让江心受不了的是，婆婆进房间从来不敲门，小两口有时会有亲热的肢体接触，这样难免让人尴尬。江心睡觉时便嚷着要锁门，平安却不让，他说母亲会不高兴的，两个人为此又闹小别扭。

婆婆来了没几天，江心觉得没有一天是开心的，这让她无所适从。

自从江心进房间后，平安一直没进来看看，以前平安不知多在乎江心，只要她发点小脾气，他马上屁颠屁颠过来哄。现在倒好，不吃饭都不理了，江心心里挺难受的。晚饭没怎么吃，很快，江心肚子便饿得咕咕叫，她突然很想吃肯德基。江心在房间里大声喊平安进来，平安听到江心要吃肯德基时，面露难色，他说吃那些东西没营养的，可江心现在就馋那一口，平安只好无奈地答应了。

已经打开了门正要出去的平安却被婆婆硬拉了回来，她坚决不同意平安去买这个给江心吃，她让平安把鸡给江心端进去。

"我不吃，我吃不下。我只想吃肯德基。"

"那是垃圾食品，吃了对胎儿不好。"

"又不是天天吃，一餐半餐的，有什么关系？"

"你乖乖把这鸡吃了吧，妈好不容易带出来的，你要体会她的好心，不然会伤她心的。"

"都说我不吃了，你到底买不买？"

"我……"

"我辛辛苦苦炖的鸡你不吃，吃什么肯德基？你什么意思呀？大半夜的还要老公帮你出去买？你以为你是公主皇后呀？"

看着平安手里端着的鸡，听着婆婆的絮絮叨叨，一股邪火从江心心里升腾而出，她伸过手去接平安手里的碗，在

平安放手的时候，江心同时也放了手，那只漂亮的青花瓷碗"咣当"一声落在了地下，一地的鸡汤一地的碎片……

平安愣住了，婆婆也愣住了。反应过来的婆婆上前对着江心的脸"啪"地甩了一巴掌，江心抚着火辣辣的脸呆住了。

婆婆突然坐在地上号啕大哭起来，平安拿着扫把默默收拾着地上的残局，江心坐在床上泪流满面……

第二天，江心没去上班。在婆婆出去买菜的时候，她把那些鸡鸭分两次弄去市场杀了，累得她满身是汗。江心回到家时，婆婆还没回来，把杀好的鸡鸭扔在冰箱里，江心决定一个人出去逛街，她不知道婆婆一会知道把鸡鸭杀了又将会怎样发脾气，她不想面对婆婆。

一个人很无聊，江心后来叫了个朋友陪着，两个人一起去喝咖啡，一起去买漂亮的衣服，让心情很压抑的江心总算是舒服了些。平安打了无数个电话，江心都没接。想到昨晚的情景，江心还一肚子的气，婆婆给自己一巴掌，平安竟然连个安慰话都没有，他也不担心自己会因此动了胎气什么的。夜里，当平安嬉皮笑脸凑过来时，江心一脚把他踢下床，死活不让平安上床，爱面子的平安又不想去沙发上睡，自己缩在房间地板上过了一夜。

江心一直晃到晚上十点多才回家，一想到回家要面对婆婆那阴晴不定的脸，江心很无奈，在小区楼下又转悠了两圈，这才慢慢往家里走。

"你去哪了？电话也不接？急死我了，我差点报警！"平安一见到江心便着急地问道。

江心没说话。

平安上前接过江心手里的逛街战利品。婆婆坐在客厅里看电视，她看上去好像挺平静，让江心觉得有点意外，她以为婆婆定会暴跳如雷。逛了一天，累了，江心直接去房间拿衣服洗澡。

晚上，平安说尽好话，又是帮江心按摩又是帮她捏脚的，江心勉强原谅了他。杀鸡的事，大家都没有提，江心以为的又一场家庭风波却莫名平息了，这让她对婆婆的恨也稍减少了些。

江心发现婆婆有点变态。

江心怀孕初期，一直没敢跟平安同房，都说胎儿三个月内禁止过夫妻生活。尽管平安信誓旦旦说他会很小心，但是江心一直都不让他碰自己。等肚子里的孩子四个多月时，平安再也忍受不了，看着他那难受劲，江心心软了。

怀孕后，江心觉得自己像变了个人似的，穿得也随便，怎么舒服怎么来，夫妻间的情趣更是没有。在江心答应了平安的那个夜晚，平安高兴得走路都哼着歌，甚至吃饭时看江心的眼神都不一般。江心在洗澡的时候，特地挑了件比较性感的睡裙，担心婆婆看着有意见，出来时在外面披了件外套。

小两口洗完澡后，耐着性子陪婆婆在客厅看电视，等她困了回房间了，两个人才回自己的房间。婆婆总会冷不丁地

跑进房间里来，她不睡，江心可真是没心情。两个人又装模作样看了半个多小时的书，想着婆婆肯定已经熟睡了，平安迫不及待扑向江心。两个人在床上嘻嘻哈哈闹腾了好久，正当两人解除一切"武装"时，门外突然传来了婆婆的声音。

"平安儿，你们早点睡觉。怀孕期间两个人不能在一起睡，这样容易流产！"

两个人被突然传来的声音吓住了，江心一把推开身上的平安，平安吓得赶紧穿起衣服来。原来婆婆竟然在门外一直偷听小两口的动静，江心又羞又恼，她感觉此时自己像被谁剥光了衣服站在大庭广众之下一样，那种难受劲真是无法形容。

江心下床把门锁上，然后把房间里能扔的东西扔得一地都是。婆婆在门外听到摔打的声音很着急，使劲拍门，但是江心就是不让平安去开门，她觉得婆婆做得太过分了，根本不懂得尊重别人的隐私，她也不怕得罪婆婆，一边摔东西一边骂平安窝囊。平安本来也一肚子气，刚开始还忍受着江心，后来便开始顶起嘴来，屋里小两口吵闹，外面婆婆在叫嚷，家里真是乱哄哄的弄得一团糟。

这一夜，谁都没有睡好。

第二天一大早，江心顶着熊猫眼早早离开了家，尽管婆婆已做好了早餐，但她只想快点逃离这个屋子。晚上下班后，发现家里冷锅冷灶的，婆婆的房门关着，不知道她今天犯哪门子邪。江心也不想做饭，做了饭也会被婆婆嫌七嫌八的，不管了，她干脆躲在房间里玩电脑。加班回来的平安不见往日热气腾腾的饭菜，去敲母亲的门，才知母亲因昨晚衣服没穿够而着了凉。平安怨江心也不懂得去关心一下老人家，饭也不做，江心本来还一肚子气，平安的话让她更是恼火。她也不回话，自己打了个电话叫楼下的"真功夫"送个快餐。江心的态度让平安很生气，他气呼呼地赶紧又多叫了两份快餐。

江心觉得因为婆婆的到来，平安变了，一切都变了，江心很伤心。平安也觉得江心变了，变得越来越不近人情，看在胎儿的份上，平安只好让着她。婆婆很节省，经常把吃不完的青菜也留到下一顿吃，江心说这样对健康不好，可婆婆不听，她说自己吃了几十年了，身体还好好的。婆婆看不惯江心的大手大脚，觉得她很浪费，没吃完的肉放在冰箱里过夜，第二天还好好的，可她也不吃。而且经常买东西，一会买件衣服，一会买双鞋，一会又买什么化妆品，她觉得这样的媳妇太败家了。

江心嘴馋忍不住吃个雪糕也会引来一场战争，平安要洗澡时，婆婆赶紧跑去给他拿好换洗衣服，让江心气不打一处来……诸如此类的事情很多，时间越长，江心和平安及婆婆的矛盾便越多，虽然大部分矛盾都是婆婆引起的，但是两个人好像已经不能心平气和去想问题了，彼此越来越看对方不顺眼。

看着自己日渐隆起的大肚子，江心很后悔自己当初没把孩子拿掉，只是这个世界上是没有后悔药可吃的。日子在吵

吵嚷嚷中一天一天地过去，很快，江心的预产期要到了。

江心怕疼，她想剖腹产，平安也答应了她。平安正好在医院妇产科有个熟人当主任，他说到时提前包个红包，还可选个黄道吉日吉时让孩子出生。两口子计划得好好的，可婆婆却不答应，她说孩子还是顺产的好，顺产的孩子聪明，她说哪有江心那么娇气的女人，为了怕疼就要去剖腹产，她说当时自己生孩子时还在干活，肚子疼时已来不及回家，平安是生在菜地里的。再说了，顺产可比剖腹产便宜好多。原来又是为了省钱，江心一听就生气了，这个连剩饭剩菜发臭了还硬说能吃的婆婆真是让她受够了。婆媳俩为了顺产还是剖腹产的问题又大吵了一架。

最后一次 B 超检查，显示小孩的脐带绕脖子三周，医生说为了小孩安全，必须得剖腹产。尽管婆婆一百个不愿意，她也没办法了，但嘴里免不得叨叨。

江心不想让婆婆侍候自己月子，特地把老妈叫了出来，两个老人言语不通，很多习惯都不一样，弄得家里气氛更是紧张。特别是在给江心准备的食物上，两个人的意见完全不同，江心的母亲没有婆婆强势，但她也不是软柿子，两个老太太明争暗斗的，看着都累。江心的妈妈才来了几天便嚷着要回去，可江心不想让婆婆侍候自己，想到洗澡还得让她帮忙，江心便不寒而栗。妈妈为了江心，只得留了下来。为了两边不得罪，江心可以吃东西后，一天吃婆婆做的，一天吃妈妈做的，其实江心喜欢的是妈妈做的食物，每次轮到妈妈弄吃的，江心便撑得不行。而轮到婆婆弄的，江心经常一半也吃不了，弄得婆婆又有很大意见。江心可管不了那么多，都说坐月子很重要，江心觉得只有把身体养好了才是硬道理，用妈妈的话来说，不然会后悔一生的。江心出月子的那天，江心的妈妈便迫不及待离开了，她说要再住下去，她会疯掉。有这样的婆婆，妈妈很为江心担心，她说这种婆婆实在太难相处了。

更让江心寒心的是，婆婆一直盼望江心生个儿子，以前看她肚子尖尖的，满心欢喜地说肯定是生儿子。可当孩子抱出来时，却是个丫头片子，婆婆的脸色立马不对了。从婆婆做的饭菜江心便能感受得出来，这月子里的伙食，远远不如怀孕期间好。江心心里明白婆婆嫌弃自己生的是女儿，但是为了不让母亲难过，她装着无所谓。

因为手术后伤口感染，江心遭了不少罪。孩子满月了，江心还不怎么敢抱小孩，月子里基本都是妈妈在帮忙，妈妈离开后，婆婆却总借故离开，江心只得自己笨手笨脚学着弄孩子，伤口有时弄得钻心疼痛，江心也只能忍着。妈妈走后，婆婆晚上也不帮忙带孩子，她说她头晕，身体还没恢复的江心只得全部一手揽，孩子半夜醒来时，免不了要平安帮忙。白天要上班的平安半天叫不醒，就算起来了也很不情愿，两个人因此又吵架，都觉得对方不体贴。江心说要给孩子用纸尿布，而婆婆坚决要用传统的棉布，说这样省钱而且对孩子好。婆婆的任务好像除了买菜做饭就是洗尿布，她基本上不

碰孩子。有时孩子不舒服大哭，她也好像没听到似的，竟然不过问一下。

江心没想到带一个孩子是那么地不容易，一会哭，一会闹，一会生病，弄得江心每天手忙脚乱、焦头烂额、筋疲力尽。江心觉得自己的脾气越来越坏，她看谁都不顺眼，甚至生起气来会打宝宝的屁股。

吵架，成了家常便饭。江心跟平安吵，跟婆婆吵，有时跟他们母子俩一起吵。孩子一出生，家里真是一片混乱。好不容易熬到休完产假，江心把孩子丢在家里，也懒得跟婆婆交代什么，自己便上班去了。下班后，带回来一大堆奶粉，宣布给孩子断奶，婆婆不愿意，说母乳才有营养，江心为此又和婆婆吵了一顿。江心不想再做孩子奴，她想怎么舒服怎么来。

孩子快两岁的时候，有一次孩子因吃了变质的菜得了急性肠胃炎后，江心终于再也忍受不了婆婆，彻底跟她翻了脸。两个女人把家里的东西摔得七零八落，也不管吓得哇哇大哭的孩子，吵闹的声音整栋楼的人都听到了。在推推搡搡中，婆婆摔倒了，额头磕到桌角，出了点血，这下麻烦了，婆婆马上号啕大哭，哭声引来了很多邻居，大家赶紧安慰着老人家，婆婆当着众人的面，一直指着江心骂个不停……正在值班的平安接到电话后，马不停蹄赶回家，上前先是给江心一巴掌，然后才去扶仍然躺在地上的母亲。江心被打得有点蒙了，捂着脸发了半天的呆，然后，冲出了家门。在街上晃悠到半夜，江心不得不回家。要不是担心女儿晚上找不到自己会哭掉半条命，江心真想在外面开个房好好休息休息。

结果，愤怒的婆婆第二天便收拾东西回了家。婆婆的突然离开，让江心松了一口气，却也弄得手忙脚乱。江心赶紧去家政公司请了个保姆带孩子，只是要请个满意的保姆实在是太不容易了，不是不会带孩子就是不会做饭，要么就连基本的卫生也搞不干净，频繁换保姆折腾得江心够呛。婆婆回去后，平安整整一个星期没跟江心讲话，也不帮她照看孩子，江心累得半死。江心对那一巴掌一直也耿耿于怀，她也恨平安，两个人互不理睬。

过了一个多月，平安的气才消了些。江心那天虽然不是故意推倒婆婆的，但她也意识到了自己的错。婆婆走后，家里有点乱了套，外人毕竟没有自己的人那么放心，这让江心又想起婆婆的好。江心主动向平安认了错，小两口算是和好了。尽管这样，江心感觉平安还是变了很多，再也回不到没生孩子前的那种状态了，两个人之间总好像隔着点什么。连夫妻生活好像也跟以前不一样，江心生孩子后，工作和孩子让她忙得对这方面没多少兴趣，平安在受了不少的冷落后，好像也变得无所谓了，偶尔的夫妻生活，感觉都是应付了事。

等保姆相对固定，一切上了轨道后，江心反省了一下自己，她觉得自己对平安确实是不够关心的，除了每天挑他的理，自己的心思基本都放在了女儿的身上，这对平安是不公平的。江心决定要改变夫妻之间总有隔膜的状态，在经过一

江心

233

段时间的努力后，关系似乎改善了不少，但江心总感觉是回不到以前了，这让她不免失落。江心知道平安对婆婆回去一直心里不舒服，他是个孝子，觉得母亲养大自己不容易，老了就应该和儿子待在一起，无奈江心和婆婆水火不容，令他很烦恼。婆婆没在，江心觉得起码两个人之间战争少了很多，也就顾不了平安心里的不舒服了。或许大多数夫妻在一起时间长了都是这样吧，激情不再，恩爱不再，日子本来就是平淡的，江心安慰着自己。

当江心看见神色有点慌张的同事一进来便把办公室门关上时，她还以为同事刚才碰到坏人跟踪了。这个同事是和江心关系最好的，还未结婚，她一直把江心当姐，有时周末江心家弄了什么好吃的就会叫她过来。她看着江心，好像有什么话要说又不太敢说出来，江心急了，让她赶紧有话就说。

"姐，我说了你可别生气。"

"说吧。"

"我刚才去图书馆还书，看见姐夫了。"

"然后呢？"

"姐夫和一个女孩子在一起。"

"大惊小怪，可能是他同事吧。"

"我不知道，他们正站在书架上挑书。"

"这有什么？正常呀。"

"可是，我看见姐夫搂着女孩的肩膀，而且……"

"而且什么？"

"而且，我看见女的亲了姐夫一口。"

"你没看错人？"

"没看错。"

"他们看见你了？"

"没有，后来我就赶紧走了。"

江心跌坐在凳子上，半天说不出一句话。

当平安下班后准时回到家时，江心有点怀疑同事是不是看错了人，如果平安跟女孩下午在一起，怎么可能晚上不请她吃饭？吃饭的时候，江心看着大口咬着红烧排骨的平安，他跟往常并没什么两样，一样的表情一样的动作。看着眼前的这个男人，江心觉得好像很熟悉又好像很陌生。江心以为自己一见到平安便会马上对他兴师问罪，可是，她最后还是忍住了。江心告诫自己不能打草惊蛇，尽管江心知道同事不会骗自己，但她觉得跟平安对质还不到时候。

虽然表面装着无所谓，但江心心里却时常处于紧张状态。她开始有意无意查看平安的手机，一般都是在平安洗澡的时候偷看一下。孩子出生后，江心再没随便翻看过平安的手机，所以也不方便突然明目张胆把他手机查来查去的。看了几次，好像也没发现什么可疑之处，难道平安每天回来前都把信息和通话记录删除了？江心仔细想了下平安最近的行为，发现确实不回来吃饭的次数比以前多了不少，平安说是单位领导准备升他的职，他忙着应酬什么的，甚至有几次晚上两三点

才回到家。

这天，平安又说有应酬不回来吃饭。晚上一点多了，他还没回来。江心开始胡思乱想了。以前他偶尔晚归，江心是不会等他的，自己早累得想上床睡觉了，但是，她现在哪睡得着，脑海里是千种平安出轨的画面。忍不住打平安的电话，却关机，江心更是疑神疑鬼了。直到凌晨两点半，平安才回来，一身的酒气。他见到还在客厅里看电视的江心觉得很奇怪。

"怎么还不睡？"

"今天喝多了茶，睡不着。"

"晚上不要喝那么多茶嘛。"

"知道了，你手机怎么关机了？"

"没电了。"

"哦。"

"我洗澡去了。"

"好。"

平安把手机插上充电器，跑去洗澡了。江心凑过去一看，手机显示还有15%的电，江心的心情更是不平静了。她偷偷把他手机打开，翻看了一下，没发现有什么不妥，正要关机时，有一条信息进来："到家了吧？"这条信息显示的只是手机号，而没有人名。这就奇怪了，肯定是熟悉的人才会发这样的信息，可是，平安为何不给这个号码署名呢？是担心我看到？江心很想发条信息试探一下对方，想了想，还是忍住了，把这手机号码末位四个数字在心里默念了几遍，悄悄又关了机。

这一夜，江心翻来覆去地几乎一夜未睡，而躺在旁边的平安却很快便睡得像猪一样，甚至还打起了呼噜，平安睡觉一般不会打呼噜的，今天的平安做了什么事会让他那么累呢？跟那条信息的主人有关吗？

平安应酬的时候越来越多，江心失眠的时间也越来越多。在一次平安洗澡时，江心听到有信息的音乐声，偷偷一看："亲爱的，我想你了！"这条信息让江心呼吸加促，再细看号码，就是上次那个号码。江心终于再也忍不住了，走到阳台，用平安的手机拨打这个电话号码。

"亲爱的，你过来吧？人家想你了！"女的一接电话便嗲声嗲气。

"你是谁？"江心一声怒吼。

对方立刻挂断了电话。

江心拿着电话，怒气冲冲一把推开了浴室的门。面对江心的质问，平安当然不会承认。江心在卫生间里和平安吵得天翻地覆，自己也弄了一身的水，衣服全部湿透了。听到动静的保姆赶紧出来敲卫生间的门，被江心一声吼"不关你事，回去看好孩子"，吓得只好退回了房间。

那一晚，江心像疯了一样，积压在心里好久的东西全部爆发，江心把家里的东西砸得乱七八糟，平安一气之下，拿上车钥匙又跑出去了，这一夜，平安再没有回来。

而这一夜，江心整整哭了一夜。

第二天晚上平安回来，江心对他昨晚的行踪继续穷追猛打，但他只说去住酒店了。江心骂他肯定是和那个女孩过夜去了，平安不承认也不否认，只是不停地吸着烟，平安的态度真是让江心抓狂。

更让江心难受的是，平安晚上跑去婆婆以前的房间睡去了，而且还反锁上门，江心怎么敲门他也不开，弄得好像是自己做错了什么事似的，江心越想越生气，越想越委屈。

不管江心使用什么手段，平安就是不肯说出那个女孩是谁。他只说是一个朋友，喜欢开玩笑，对谁都叫"亲爱的"，可江心不相信事情有那么简单。江心试着用自己的电话打那个号码，可是对方始终不接。

尽管平安在第二天晚上便搬回来主人房睡，但两个人没话说，只是各睡各的，江心知道问什么他都不承认不回答，也就懒得再问。以前只要江心有点什么怀疑，平安都会一再解释清楚，而现在看平安对自己的这种态度，江心觉得很伤心，感觉两个人像是陌生人一样。

正当江心一筹莫展时，事情却有了转机。那天江心坐公交车回家经过中医院快到站台时，她看见了一个熟悉的身影，平安和一个女孩站在医院门口说话。隔着厚厚的玻璃，江心看见平安笑得很开心，这种笑容江心已经很久没有看到了。平安轻轻拍了拍那女孩的肩膀，女孩转身离开，她往医院门口走去，平安朝着另一个方向离去。车一停下来，江心便赶紧下了车，快步向女孩追去，进了大厅，却并没有看见那个女孩，江心急忙到处转悠，还好，发现女孩站在电梯门口等电梯。江心装着若无其事的样子走过去，站在女孩的旁边，电梯门正好打开了，江心跟着女孩挤了进去。女孩按了五楼，到了五楼，江心紧跟着她出去。

五楼是妇产科，到处挤满了人，根本没有坐的地方。江心站在那里，装着是等人，但她的眼睛一直不敢离开女孩，女孩去哪，她便往哪挪。看来女孩是在这里工作，她和那些护士打着招呼说笑着，后来，江心见她进了一个办公室，出来时已套上了粉色的工作服，原来这女孩真是这里的小护士。正好有个孕妇向这女孩打听情况，江心跟着凑过去，看见她的胸牌上写着"李婷"。

江心很想马上质问这个女孩，后来还是忍住了。女孩很年轻，看上去就二十岁左右，长得还可以，身材也不错。看着眼前这个笑容很好的女孩，江心的脑子里浮现的却是她和平安亲吻的画面……江心有种想上前去撕打她的冲动，最后还是忍住了，她迈着沉重的步伐离开了医院。

晚上吃饭的时候，平安比往常话多了不少，看来他今天心情不错，甚至还抱着女儿边逗她边吃饭。看着这本来是很温馨的画面，江心却感动不起来，她的脑子里始终是那个女孩年轻的脸。

保姆带着女儿进房间睡了，平安跷着腿正在看一个美国电影，洗完澡的江心在他旁边坐了下来。江心给平安削了个苹果，江心已记不清有多久没给平安削过苹果了，当她把苹果递给他时，平安愣了一下。等平安吃完苹果，江心又殷勤地递上纸巾，平安看着江心，一脸的疑惑。

"苹果甜吧？"

"甜。"

"我今天见到了一个人。"

"谁？"

"李婷。"

"李婷？李婷是谁？"

"你不认识？"

"我怎么会认识？"

"她在医院上班。"

"哦。"

"你电话借我一下。"

"干吗？"

"我手机没电了，我给同事打个电话。"

平安把电话递给江心，看着装着很平静的平安，江心觉得自己的心在滴血。用平安的手机，江心又拨了那个已烂熟于心的号码，然后按了免提。

"亲爱的，我在上班呢。有事？"女孩娇滴滴的声音从话筒里传出来。

"我不是你亲爱的，我是你亲爱的的老婆。"江心大声吼了一句。

对方立马挂断了电话，江心再拨过去，对方已关机。

"你不是不认识李婷吗？现在我告诉你，刚才接电话的人就是李婷。"

"不知你在说什么？"

"别装了，下午我在医院门口见到了你和叫你亲爱的那个人。"

"看花眼了吧？我哪有去医院。"

"李婷在医院的五楼上班对吧？"

平安没再说话，点燃了一支烟。

这个晚上，江心一直压抑着自己，她不想再大吵大闹，她希望能好好听到平安的解释。也许是看到江心的态度，平安最终还是承认了他和李婷之间的事情。他说和李婷是在微信摇一摇上认识的，一来二去熟悉了，然后开始见面，发现挺聊得来，慢慢便走在一起了。

"你爱她吗？"

"喜欢她。"

"你爱我吗？"

"老夫老妻了，说什么爱不爱的。"

"你们俩好到什么程度？"

"一般。"

"上过床没？"

"……"

"上过几次床？"

"没几次。"

听到这里，江心再也控制不了自己的情绪，号啕大哭。江心把自己锁在屋子里，任平安怎么敲门也不开。平安担心江心会做出什么傻事，在门外信誓旦旦说以后不再和那个女孩来往了，江心仍然不吭声不开门。

第二天，胡子拉碴的平安看见江心出来刷牙洗脸，这才放了心。江心早餐也没吃，一大早便出了门。一个人在街上晃荡了很久，脑子里始终还是乱乱的。经过"真功夫"门店，江心走进去花六元解决了自己的早餐。坐着公交车去往单位的路上，江心下了决心，她要找李婷谈谈。

用手机打李婷的电话，不接，连续打了好几次，都不接。江心急得在办公室来来回回走，用办公电话继续打，仍然不接，气得江心直冒火。幸好同事今天请假，不然肯定以为江心发神经了。

一到下班时间，江心早早冲出办公室，见电梯门口站了好多人在等电梯，江心懒得等，跑到楼梯口"噔噔噔"跑下楼了。公交车在中医院门口刚靠站，早已站在车门口的江心第一个下了车。江心正要往里走时，却发现平安和李婷正站在不远的树下面说话，看着他们的身影，江心气愤得浑身发抖，昨天还答应再不来往了，没想到才下班又腻在了一起。江心急匆匆往他们那边走过去，却看见李婷突然伏在了平安的肩膀上，江心气炸了，听到动静的平安转过头看见江心铁青的脸时，赶紧后退了一下，就在不知怎么回事的李婷刚把头抬起来时，已走到他们面前的江心扬起手掌，对着李婷的脸"啪"的一声狠狠打下去。

"你疯了！"平安赶紧上前拉住江心。

"对，我疯了！大家赶紧过来看这个不要脸的小三，她勾引我的丈夫！"江心突然大声呼喊起来。

"神经病呀你，赶紧回家去！"平安脸涨得通红，使劲拉着江心。

"这个女人叫李婷，她是这个医院的护士，这样道德败坏的女人，怎么配当护士？"江心使劲挣扎着。

李婷捂着脸站在原地愣了半天，回过神后，赶紧转过身往医院里跑。江心还想跟着她继续闹，平安硬把她拖住了，两个人纠缠了很久，围观的人也越来越多，江心一直在胡言乱语，让平安恨不得有个地缝可以钻进去。平安费了九牛二虎之力，这才把江心拖到车里，坐上车的江心仍然大哭大闹。

"你看看你自己，跟农村的泼妇有什么不同？"

"对，我是泼妇！你还有脸来说我？你不是说再不跟这不要脸的女人来往了吗？"

"我今天就是过来亲口跟她说分手的，你没见她刚才在流泪呀？"

"说分手在电话里就能说清楚，鬼才相信你！"

"爱信不信。"

"是你出轨，是你对不起我，你还有理了呀！"

"你变得太多了，你这样下去，跟你在一起的男人不变心

才怪呢。你刚才那样闹，是想解决问题吗？"

江心抽出几张纸巾擦眼泪擦鼻涕，她没再说话。

平安没有载着江心回家，他把江心带到了咖啡厅。自孩子出生后，两个人还没单独来过咖啡馆呢。平安熟练地点了一大堆江心喜欢吃的东西，喝了杯咖啡，听着浪漫的音乐，江心的心突然平静了不少。

也许是突然想到了以前，那时候江心和平安经常来光顾咖啡馆，江心觉得自己的心柔了不少。两个人在咖啡馆聊了很久，很久没有这样心平气和地聊天了，江心觉得有点感动。对于婆婆到来后发生的很多事情，两个人都互相承认了自己做得不对之处，平安更是对他的这次出轨做了深刻的检讨，答应以后坚决和李婷断绝来往，以后会好好爱江心好好爱这个家。江心知道自己也有过错，虽然对他出轨很难接受，但是男人好像都容易犯这个错误，孩子也有了，难道因为这个和他离婚不成？江心觉得还是要给平安一个机会，只要以后不再犯便可。想想自己刚才在医院门口的表现，确实也是太过分了。

吃完西餐，两个人又去看了场电影，江心的情绪一下子便从冬天到了春天。挽着平安的胳膊，嘴里吃着香喷喷的爆米花，江心仿佛回到了恋爱的时候。看完电影，平安竟然带着江心去了珠宝城，给她买了个漂亮的手链，把江心哄得是心花怒放。

回家洗完澡后，两个人在床上又上演了一场很久没有的激情戏，让江心有了新婚的感觉。没想到一场婚外情，却把两个人的感觉拉回到了以前，真是不可思议。躺在平安的怀里，两个人都感慨万千，江心甚至不舍得睡觉，好久没有这样的感觉，这种温馨、浪漫、体贴，已经离自己太久太久……正在江心柔情蜜意之时，平安突然提出让江心明天去一趟中医院，江心愣住了，她搞不懂平安葫芦里卖的什么药。平安解释说下午的举动对李婷肯定会有影响，如果江心能到她单位跟她道个歉，给对方一个台阶下，这样她反而不会再缠着自己。江心一听又生气了，她觉得错不在自己，凭什么要让自己去道歉，平安见她生气也不再说什么，关灯睡觉了。

接下来的日子，平安对江心都是又体贴又照顾，连保姆都说他变了个人似的。去医院道歉的事，平安也再没提起。平安的转变让江心觉得很开心，一切好像回到了正轨。

这种日子在过了一个多月后，江心突然想通了，她主动跟平安提出要去找李婷。平安有点不敢相信，他说要不就算了吧，事情都过去那么久了。但江心说一定要去，她说其实也要感谢李婷，如果不是她，自己的这个小家现在也没那么温馨和幸福。听江心说完这些话，平安捧着江心的脸深深吻了她一下。

江心说到做到，在第二天下班的时候，她特地跑上医院的五楼，当着很多人的面，跟李婷道了歉，江心解释说那天自己太冲动了，其实一切都只是误会而已。等江心说完那些话，周围甚至响起了掌声，李婷没说什么，只是笑了笑。道

完歉后，江心也不想过多久留，转身便离开了。

虽然江心在心里是不太愿意去跟李婷道歉的，但为了这个家，为了留住平安的心，她觉得自己的这种牺牲很有必要。自己的这种举动，自己的通情达理，应该会感动平安的，只要平安态度坚决，就算李婷还想和平安在一起也是不可能的。

和和美美的家庭小日子过了一段时间后，平安夫妻之间难免又有磕磕碰碰。江心总感觉自婆婆来后把他给惯坏了，家务事是一点也不插手，但想到平安上班也是挺忙的，反正家里请了保姆，回到家里就让老公好好休息吧，江心也就不跟他计较了。夫妻虽然没有前一段时间那么恩爱，但也不会像以前那样冷漠了。

这样的舒心日子在不久后却又开始转变，因为婆婆又回到了深圳。江心其实知道平安一直希望母亲能待在深圳，平安是很孝顺的人，他认为母亲不容易，作为唯一的儿子，他觉得自己应该让母亲过来深圳享福。在平安一再提出要把母亲接来深圳后，江心从刚开始的抗拒变成后来的沉默，她心里是不希望婆婆来的，但是又不得不照顾一下老公的情绪，在她开腔同意把婆婆接来时，平安表现得特别高兴，像个小孩子似的。看着老公那高兴劲，江心在心里暗暗下了决心，希望自己这次能多多忍耐，尽量和婆婆磨合好。

很多事情都是说起来容易做起来难的，婆婆一来，婆媳俩就因请保姆的事情闹开了。婆婆觉得自己一个人可以把小孩带好，而江心觉得还是有个保姆好些，这样大家都不用那么累，婆婆便说江心败家娘们，乱花钱。而平安呢，他仍然选择不吭声，两边不得罪。江心想着自己的一片好心却换来婆婆的恶语，让她特别地委屈。最后，保姆还是被婆婆给赶走了，江心又开始了日忙工作夜忙娃的日子，孩子以前都是保姆带着睡的，保姆一走，只要江心下班一回到家，婆婆便把孩子塞给江心带。孩子不适应，晚上老哭闹，弄得江心筋疲力尽，怕吵的平安有时甚至跑到客房去睡，好不容易跟平安找回的一些感觉，又在这哭闹和忙碌中一点点磨去。婆婆一来，最明显的是两个人的夫妻生活骤然减少，大家都还年轻，江心自己都觉得不可思议。

虽然江心曾告诫自己要忍，但忍得了一时，能忍得了多久呢？她发现自己和婆婆真是水火不相容的人，两个人的观点、意见几乎完全不一样。婆婆仍然把平安当作小孩一样来对待，而对江心却像是仇人似的，江心做什么她都觉得不对，婆婆这次回来对江心的挑剔甚至比原来还要严重。于是，婆媳俩的吵架又成了家常便饭。而平安呢，惹不起他便躲起来，慢慢地，他的应酬又开始多了，回家吃饭的次数越来越少，江心对婆婆、对平安的怨恨便越积越多。

有一天江心下班回到家，刚打开大门，鞋还顾不上脱，便看见婆婆用手指挖米糊给女儿吃，江心快步冲过去，从婆婆怀里一把抢过女儿，把装着米糊的碗狠狠地摔在地下。婆婆这种不卫生的行为，江心已跟她说过无数遍了，可她就是

不听。婆婆见江心气势汹汹的样子，也不甘落后地把茶几上的玻璃冷水壶拎起来摔得粉碎，然后又死命从江心的手里抱回孙女，孩子吓得哇哇大哭。江心担心弄疼女儿，只好放了手。看着一片狼藉的家，窝了一肚子火的江心转身出了门。

一个人在街上漫无目的地走着，江心的心情糟糕到了极点。白天上班的时候，就因一点小事被主任批评了一顿，心里已经够烦躁，和婆婆这么一闹，更是有火无处撒。她很想打个电话给平安，让他陪自己吃顿饭，可早上出门时他已说了今晚有应酬，只好作罢。在天虹商场瞎逛了一圈，江心却并不想买什么。从商场出来后继续瞎逛，肚子有点饿了，旁边有个寿司店，江心已有好久没吃过寿司了，今天决定一个人去解解馋。

也许因为是周五，寿司店里人山人海，江心好不容易在角落找了个地方坐了下来。味道还算正宗，但一个人吃东西总是胃口没那么好，吃了几口便吃不下了。正要起身买单的时候，江心竟然看见了急匆匆往外走的李婷，后面紧跟着的是平安，平安跑到收银台去买单，那个李婷先出去了，可能是上洗手间吧。江心看到平安的时候，脑袋"嗡"的一下，她只觉得浑身发冷。人很多，平安并没有注意到角落里的江心，等他买完单，江心赶紧过去买单。平安在外面站了一会，李婷回来了，两个人才一起坐上手扶电梯下楼，江心在后面悄悄跟着。

看见两个人并没有往停车场走，江心松了一口气，不然自己怎么跟踪他们呢。他们手牵着手在前面走着，跟在后面的江心心如刀割。不远处，便是一个酒店，江心的心开始忐忑不安。果然，平安和李婷双双走进了酒店里，江心站在外面，隔着玻璃，看着平安拿出身份证，看着他交押金，等他搂着李婷往电梯走过去时，江心再也控制不住了，她几乎是跑着过去的，还没等他们反应过来，江心"啪啪"给他们各自一巴掌。打完后，江心开始像泼妇一样大声叫骂，吓得大堂经理赶紧跑过来。正是酒店高峰期，江心的大闹引来了很多人的围观，李婷羞愧得想赶紧逃开，但江心死死抓住她的衣服不放，平安过来想掰开江心的手，三个人扭作一团……

酒店找了好几个保安，才勉强把江心拉住，李婷和平安趁机溜了，气得江心又开始大闹酒店。江心觉得自己今晚完全失去了理智，她都不知道自己变成什么人了，她只想发泄。

披头散发的江心回到家时，平安还没有回来，婆婆和女儿已经睡了，看着屋里熟悉的一切，江心真想把一切都给砸了。洗了个热水澡，江心散了架般躺在那张大床上，泪水不停地流……

平安没有回家，这一夜，平安竟然敢不回家。一晚没睡的江心觉得自己都快疯掉了。

第二天，失去理智的江心向单位请了假。她先跑到平安的单位大闹，然后跑到医院去大闹。结果，可想而知……

平安受到单位的降职处分，李婷也受到单位的通报、警告处分。江心一肚子的怨恨算是得到了发泄，她想着这么一闹，平安应该再不敢乱来了。自己本是受害者，没想到在这件事情上，婆婆竟然站在平安的那一边，她指责江心简直不把平安当成自己的老公，这样是想葬送老公的前程。她甚至公开对平安说，这个女人要不得，离婚吧，再娶个未婚女人，还可以生儿子呢。婆婆的这些话，惹得江心大怒，和婆婆大干一场。

闹了很久，折腾了很久，到后来，平安竟然真的提出了离婚，他说孩子、房子、存款都给江心，他只要车。江心不甘心，当然不答应，后来平安便带着婆婆去外面租房，搬了出去，把女儿留给了江心。那段日子的艰辛可想而知，江心的眼泪都快流干了。这样的日子持续了一年多，江心最终彻底死心，同意了平安的条件，两个人离了婚。几个月后，便听说平安和李婷结了婚。后来，李婷真的给平安生了个儿子。江心在消沉了好一段时间后，慢慢也就习惯了一个人的生活。

也许是因为酒精的作用，也许是因为江心已太久没和男人在一起，当平安吹干江心的头发，他的嘴唇凑上来一把堵住江心的嘴时，江心挣扎了几下，反过来紧紧抱住平安……

看着坐在床头吸烟的平安，江心感觉好像是回到了刚结婚的时候，好像这个男人从来没有离开过自己。平安对江心说他很后悔娶李婷，这个女人脾气不好，家务也不会干，把自己管得死死的，身上的零用钱也从来不超过一百块钱，生了个儿子好像很了不起，婆婆都被她赶回乡下去了，现在的家务都是平安一个人包揽，两个人经常吵吵闹闹。

听着平安的怨言，江心轻言细语安慰着他，其实她听了内心特别舒畅。要是李婷此时知道平安在自己的床上，又会是怎样的感受呢？她也有今天，江心在心里冷笑着。

从此，平安隔三岔五便会跑过来，两个人像夫妻一样相处。隔壁的邻居有时看见，那眼神怪怪的，可江心才不管那么多。世事真是难料，江心没想到现在的自己倒成了"情人"，做情人的感觉还真是不错，像是谈恋爱一样，平安会经常制造些小浪费，让江心惊喜。偷偷摸摸的这种感觉其实比谈恋爱更刺激，而且，这也是对李婷的一种致命报复，此时，心理已极度被扭曲的江心似乎很享受这样的生活，反正也没男朋友，江心也需要有个男人陪着，至于以后会怎样，江心没想那么多……

南　丽

　　南丽在镜子面前转了一圈，嗯，这身运动服还不错，虽不是什么名牌。鲜红的帽子，深红色的上衣，白色的裤子，再配上雪白的波鞋，还真挺精神，让身材苗条高挑的南丽有一种跟往日不同的韵味。

　　南丽满意地对着镜子里的自己笑了笑，自信地走出家门。

　　今天是这个城市的长跑日，南丽积极响应单位号召，参加今天的长跑活动。机关、事业单位的代表团都在体育馆集合，南丽坐上公交车直达体育馆。下了车，体育馆已是乌泱泱的人山人海，南丽费了好大劲才找到自己的队伍。

　　那天的阳光特别地灿烂，大家站在太阳底下听领导讲话。好不容易等几个领导轮流讲完话，虽然已是十二月，南丽已热出了一身汗。运动服很厚，此时湿湿的运动衣紧紧地贴在身上，让南丽感觉浑身不舒服。

　　集合完毕，要出发了，南丽擦了擦额上的汗珠，右脚往前踏上一步，做好了准备跑步的姿势。

最近几个月南丽每天都早早起来锻炼身体，她觉得今天的跑步肯定一点问题都没有。南丽信心满满地跟着大部队往前奔。

让南丽万万没想到的是，自己刚跑不到三分之一的路，突然觉得腿脚一点力气都没有，而且心也跳得特别地厉害，全身软软的一点劲都没有。看着大家精神抖擞地继续往前跑着，南丽勉强跟着又跑了几百米，最终还是无奈地退出了长跑的队伍。一个人走上人行道，慢慢往前走着。

回到单位，同事们早已回来了，他们都开玩笑说南丽今天可变成了缩头乌龟，昨天还豪言壮语，今天半途就败下阵来。南丽不知怎么跟他们解释自己身体突然不舒服，她强颜欢笑敷衍几句便回到自己的办公室。一整天，南丽都无精打采的，她不知道自己到底怎么了，为何突然变成这样。

晚上，南丽躺在床上怎么也睡不着觉，一晚上辗转着，她搞不明白自己到底哪出了问题。老公被她折腾得也睡不着觉，一生气，跑到书房睡去了。快到天亮时，南丽听到外面清洁工人扫地的声音，后来才迷迷糊糊地睡着了。

这一天是十二月九号，冬季长跑日，南丽一辈子都不会忘记的日子。

从那天起，南丽觉得自己开始不对劲了。人开始变得懒散，干什么好像都提不起劲来。最要命的是每晚都失眠，南丽躺在床上，在黑暗中睁着眼睛，听着时钟"嘀嘀嗒嗒"的

南
丽

一声声敲打着，就是睡不着。

凌晨三点，南丽正痛苦辗转难眠时，忍无可忍的老公突然一跃而起，他把手伸向床头闹钟，拿起来使劲一摔，闹钟瞬间七零八落。老公赤裸着脚踏过那些碎片，走出房门。

"砰"的一声，房门被重重关上。泪，从南丽的眼里夺眶而出。

从此，老公开始把书房当成自己的房间了，他无法理解好好的南丽为何会睡不着觉，不缺吃不缺穿的。在机关单位熬了十多年的他最近刚升了职，当上了人秘科主任兼办公室主任，手里有了些小权，从没当过官的老公正是得意之时，他无法搞懂这时候的南丽为何突然变得如此反常。

失眠，让南丽早上总是头昏脑涨。往日，南丽六点起床出去锻炼，或跑步或打羽毛球，七点回家，洗澡后做早餐，吃完早餐去上班，日子已经按这规律过了许多年。而现在，南丽躺在床上根本起不来，浑身没劲，她总是在七点半的时候强迫自己起床，随便洗把脸，匆匆出门，在楼下小店买个包子或八宝粥什么的，或者根本就不吃早餐，坐上公交车赶往单位。

一直吃惯了南丽做的早餐，一下子要自己解决，丈夫很不适应。单位是不供应早餐的，丈夫只好也提前半小时出门，找个小店吃碗米粉吃碟肠粉什么的。

下班了，南丽强打精神在楼下买了点菜，回到家把汤料放在高压锅里煲。南丽今天做的是排骨海带黄豆汤，炒个蒜蓉小白菜，焖了个香喷喷的五花肉。南丽的厨艺不错，丈夫最喜欢吃南丽做的菜。可是一直等到七点半，丈夫仍然没有回来。南丽有点生气，打了个电话给丈夫。

"你怎么还不回来？"

"哦，我今晚不回去吃了，有应酬。"

"那你怎么不早说？"

"临时决定的。就这样吧，我挂了。"

望着桌子上冒着热气的菜，南丽赌气地给自己装了一大碗饭，可是没吃几口便没有了胃口。丈夫在家吃晚饭的次数好像越来越少了，当上个小官至于忙成那样？这周有三天都没回来吃饭，南丽越想越气。

凌晨两点，南丽终于听到了开门声。南丽斜躺在沙发上，冷冷地看着丈夫摇摇晃晃地走了进来。

"你，你怎么还没睡？"丈夫瞪着红红的眼睛说。

"等你。"

"等我？我有啥好等的？"

"为何这么晚回来？"

"和领导吃饭呀，吃完陪他们去唱 K。"

"夜总会的小姐漂亮吧？水嫩吧？丰满吧？皮肤雪白吧？"

"不知道你说什么。洗澡了。"

听着卫生间传来"哗哗"的水声，南丽把丈夫刚脱下来放在洗衣机上的衣服拿起来使劲闻了闻，有酒味，有烟味，

好像也有种香水味，好像又不是。南丽皱了皱眉头，然后翻了翻口袋，什么都没有。南丽把衣服拿到灯光下仔细瞧了瞧，没有看到有长头发，她松了口气，把衣服轻轻放回原处。

南丽走进房间，关上了门。

已是深秋，穿着薄长衣的南丽站在街边瑟瑟发抖，昨夜的风很大，一地的落叶。一阵风吹来，落叶被风吹得沙沙响，有几片落叶随着风飘了起来。看着黄黄的落叶越飘越远，南丽突然眼一热，泪，涌了出来。

公交"嘎"的一声停在了南丽的面前，南丽擦擦眼泪，上了车。南丽觉得自己现在越来越容易伤感了，她不喜欢这种感觉。窗外，一只白色的塑料袋在风中起起落落，越飘越远，终于消失在南丽的视线中。

今天是周一，单位开例会。黑着眼圈的南丽无精打采地坐在那里，看着眼前办公室主任的嘴在一张一合，却什么也听不进去。张主任提到南丽的名字时，南丽飘拂的思绪才收了回来，主任说春节前区里要举行文艺比赛，让南丽务必认真对待，好好排出一两个节目，一定得给单位拿个奖回来。南丽没有说什么，只是胡乱地点了下头。在这个镇文化站待七八年了，南丽没少给单位拿奖，去年南丽排的舞蹈参加省里比赛，获得了二等奖。自幼喜欢跳舞的南丽身材很好，长得也挺漂亮的，南丽在单位人缘很好，她的温柔她的善解人意让大伙都很喜欢她，领导也挺器重她。但南丽是中专毕业的，她没有过硬的文凭和过硬的后台，尽管领导们都信誓旦旦要帮南丽解决工作编制问题，也许是南丽运气不好，领导都换了三个了，她仍然是临时聘用人员。看着会议室墙上挂的、柜里放着的那些琳琅满目的荣誉证书和奖杯，大部分都是南丽为单位争得的，南丽常常觉得自己很是悲哀。

快要下班的时候，丈夫打来电话，说一会过来接南丽一起回家。现在丈夫已经配有专车，但南丽很少坐他的车，省得被人说闲话，上班、下班情愿自己去挤公交车。想想自己好像都有三天没见丈夫了，这几天他回来得都很晚，尽管每次他回来南丽都知道，但她却懒得出来看丈夫的醉态、闻那难闻的酒味。早上南丽起床时丈夫还在睡觉，丈夫的早餐现在由司机小黄负责，小黄每天帮丈夫买好早餐放到办公室，这样一来丈夫早上可以多睡半小时的懒觉了。

走下楼，丈夫那辆墨绿色的小车已停在了门口。一起下楼的同事看着南丽拉开车门坐进车里都露出诧异的目光，南丽在单位不怎么喜欢说家事，丈夫升职根本没有人知道。丈夫挂上档，小车在同事复杂的目光中飞驰而去。

来到万佳百货门口，南丽却突然改变了主意。

"我们不买菜了吧。"

"为何？你不是说家里没菜了吗？"

"我不想做了。"

"那吃什么？"

"前面不是新开了家西餐厅吗？你请我吃西餐吧。"

"那，好吧。"

丈夫在前面调了头，继续往前开。餐厅门口那个服务生长得还挺帅的，他穿着红色的上衣、白色的裤子，手上还戴着雪白的手套，有模有样地指挥着客人停车，那架势还挺像个正规的交警。

"啪"一声，丈夫锁上车，两人往楼上走，南丽快走几步追上丈夫，右手挽住了丈夫的左臂。这家餐厅名叫"荷里活西餐厅"，装修风格让南丽很喜欢，那音乐也特别抒情、浪漫，让人听了很舒服。丈夫点了份咖喱牛腩饭，南丽点了海南鸡饭。

"再来份木瓜雪蛤。"丈夫转过头对服务员说。

"润肤养颜的，看你现在脸色多差，调理一下。"丈夫对着南丽说。

也许是因为丈夫久违的关心，也许是触到了南丽的什么，南丽的眼泪霎时涌了出来。

"你怎么了？"

"我，没事。"南丽抽出桌上的纸巾擦了擦眼泪。

"现在睡眠好些了吗？"

"差不多。"其实南丽没说实话，失眠仍像猛兽般追得南丽心惊肉跳。

"你这样不太正常吧？要不去看看医生？"

"我没病，看什么医生！"

"我真有点搞不懂你，为何你会在这种时候失眠呢？缺吃缺喝还是缺穿呀？现在正是我们家有起色的时候，你反倒不正常了。"

"我也不知道自己怎么了，就是每天都提不起劲。"

"可能是神经衰弱吧。"

"也许吧。"

"要不，吃点安眠药试试？"

"不，我没病！我不吃药。"对安眠药，南丽不知为何本能地抗拒。

服务员把木瓜雪蛤端了上来，丈夫殷勤地打开炖盅盖，示意南丽趁热吃。

下午排练的时候，南丽晕倒了，把舞蹈队的姑娘们吓得够呛，大家七手八脚把她抬到沙发上休息，灌她喝了些白糖水，南丽这才缓过来。

"老师，我们陪你去医院看一下吧。"

"我没事，我只是有点低血糖，再加上昨晚没睡好，休息一下就好了。你们练一下昨天教的那些动作吧。"南丽摇摇头。

南丽斜靠在沙发上，看着姑娘们青春活力的身体在翩翩起舞。说实话，她们跳得很好，动作优美，节奏准确。也许是因为南丽不舒服，她们跳得特别认真特别卖力，看着那一张张洒满汗水的脸，南丽突然很是羡慕。

该下班了，姑娘们跟南丽道别，不忘嘱咐老师休养好自己的身体。她们一个个迫不及待往门外跑着，也许一会有约会？也许去逛街？也许约了人吃饭？望着那些轻快的背影一

南

丽

个个在眼前消失，南丽费力把排练厅的玻璃门关上锁好。

"下班没？"南丽给丈夫发了条信息。

"没那么快，正在谈事。"

"回家吃饭吗？"

"未知。"

本想今天坐一下丈夫的车，看来是没希望了。南丽有气无力地提着黑色背包，慢慢走出单位。下班高峰期，公交车上该又是人挤人，南丽伸手拦下了一部正飞驰而来挂着"空车"两字的红色出租车。深圳有两种的士，一种是红色的，一种是绿色的，红的可入市内，但绿的只能在关外拉客，绿的起步价比红的便宜很多。南丽是一个节省的人，平时很少坐的士，偶尔坐也是坐绿的，今天可管不了那么多了，真的是身心疲惫，连等车的耐心都没有。

南丽回到家，从床上拖出厚厚的棉被，把自己扔进家里软软的白色沙发裹在被窝里，躺在那里一动也不动。脑子很乱，好像又很空白，她就那么傻傻地躺着，一躺就是一个多小时。嘴很渴，可南丽却不想起来，她睁着迷茫的大眼睛，看着外面的天在一点点变黑。

南丽望了一下时钟，七点半了。丈夫没有电话也没有信息，看这样子又不回来吃饭了吧。南丽从袋子里掏出手机，按下了写有"老公"的号码。

"还不回来？"

"不回来吃饭了，我已在餐厅，忘记跟你说一声了。"丈夫那边很嘈杂，能清晰听到有男人也有女人说话的声音。

南丽没再说话，挂了电话。以往，南丽肯定要嘱咐半天，让丈夫早点回家，不要喝那么多酒，让丈夫小心开车。可是，南丽现在不想说话，说了也是白说，丈夫要晚归一样晚归，他要喝酒一样喝得醉醺醺。

南丽肚子饿了，中午在单位就没吃多少东西。单位换了个厨师，这个厨师做出来的菜一点都不合南丽的胃口，一大锅汤估计也就放了几只鸡蛋一点葱花，再放上味精，那汤跟白开水也差不了多少。炒的菜又油腻又老，南丽没吃两口就走了。南丽撑起软软的身体，打开冰箱，冰箱里除了鸡蛋已没什么菜了。丈夫在家吃饭的频率越来越低，南丽连买菜的欲望都没有了，一个人随便对付吃点什么就过去了。南丽从冷藏室里拿出速冻叉烧包，拿出四个放进盘里塞进蒸锅，打开煤气。

蒸十分钟，叉烧包就好了。南丽用夹子把盘子夹出来放到客厅的茶几上，给自己倒了一杯热开水。望着热气腾腾的包子，肚子饿得咕咕叫的南丽好像又没有多少食欲。往日，南丽挺喜欢吃这种叉烧包的，可现在这叉烧包塞进嘴里好像也变了味道，南丽觉得很难咽下去，最后只逼自己吃了两个。

一个人吃饭很没味道，一个人的家很冷清。洗完澡，南丽打开电视机，仍然把自己裹在沙发的被窝里。南丽把自己裹得严严实实的，可仍然感到一阵阵寒冷。南丽抬眼看了一下挂在电视机旁边的温度计，温度 16℃，湿度 78%。南丽以

前在单位是出了名的不怕冷，不管多冷的天，她从来不肯穿两条裤子。这温度也不算低，为何自己总感到彻骨的冷呢？

南丽斜躺着，眼睛虽然一直盯着电视的屏幕，可她却不知自己究竟看到了什么。时间似乎过得特别地慢，南丽不时瞟一下时针，八点半，八点五十，九点二十，九点四十……

南丽躺在沙发上似睡非睡，电视上的节目换了一个又一个，看了一晚上，南丽却什么也没记住。这时，听到了开门的声音，南丽眯着眼睛又望了一下时钟：三点十分。

"你，你怎么还没睡？"丈夫把车钥匙"啪"地放到鞋柜上。

虽然隔丈夫有一段距离，南丽却闻到了那浓烈的酒味，南丽皱了皱眉头，没有回答。

丈夫一屁股坐在沙发上，把手伸进被窝里暖着。

"这么晚了，你干吗不睡觉？"丈夫把头凑过来用手拍了拍南丽的脸。

"你也知道那么晚了！"丈夫口中的酒味直冲过来，南丽厌恶地转过了头。

"三点多，也不算晚。"丈夫看了看时钟。

"不晚，六点也不晚。"南丽气呼呼的。

"老婆，以后别等我了。去，去睡吧。我洗澡去了。"丈夫站起身子往里走，看来今天喝得还不够醉，他走起路来没怎么摇晃。

当个小官有那么忙吗？天天醉生梦死的，回家也越来越晚了，看着丈夫开始有点发福的背影，南丽的心里很不是滋味。

南丽像突然想起了什么，她把被子掀开起身，轻手轻脚走进丈夫的房间，把他的手机拿起来，翻看着短信。丈夫的手机里没几条短信，那些短信看不出有什么问题，南丽把手机放回原处。

南丽把被子抱回房间，关上了门。刚躺了一会，门被拧开了，灯"啪"的一声，刺眼的光晃得南丽很难受，她本能用手遮住眼睛。只穿着一条内裤的丈夫嘴里喊着冷，掀开被子钻了进来，一股冷风也跟着卷进了被窝。丈夫不能用太热的水洗澡，哪怕是冬天，他都只能洗温水，否则他会皮肤过敏。丈夫冰冷的身子挨过来，让南丽冷得打了个哆嗦，南丽恼火地往旁边挪了挪。

"你要干吗？"

"你说呢？"丈夫把手伸进南丽的衣服里。

"我累了，我要睡觉，你走吧。"南丽的声音很冷，如这个冰冷的夜晚。

"我温暖完你的身体就走。"丈夫嘻嘻地笑着，脱下了自己的内裤。

南丽想推开丈夫，可是丈夫已翻身爬上了南丽的身体。不容南丽挣扎，身上那宽松的睡裙已被丈夫脱了下来。

丈夫单刀直入，南丽在关键时刻屈起膝盖挡住丈夫，她从床头柜里拿出一盒避孕套抽出一只递给丈夫。丈夫不太情

愿地用牙咬开避孕套的包装……没有什么前奏，南丽只感到一阵刺痛，南丽没有反抗，也没配合，无声无息地躺着。

折腾了短短几分钟后，他趴在南丽的身上休息了一会，翻下身来，没说一句话开门出去了。一会，卫生间里传来"哗哗"的水声。每次做完爱，丈夫都是第一时间跑去洗澡。以前南丽总取笑丈夫假卫生，可现在南丽难受得恨不得马上冲到水龙头底下冲个干净。

南丽拿纸巾细细地擦着自己的身体。被窝里留下的丈夫的气息和味道让南丽很不舒服，她把被窝掀开，让那些气味慢慢散发出去。有多久没跟丈夫做爱了？好像有一个多月了吧？自己现在怎么一点感觉都没有呢？甚至可以说对这事是厌恶的。新婚时自己经常纠缠着丈夫，丈夫也天天黏着自己，怎么现在突然变成这样了呢？丈夫自从应酬多了以后，好像也很少有这方面的需求了。难道是因为老了？可是两个人结婚才七年，三十多岁的人，还是正当年呀。自己是因为失眠而对很多事情没有了兴致，难道丈夫是因为当官而没有了兴致？南丽叹了口气。

卫生间的水声停了，南丽听到丈夫的脚步声走向房间，也听到了他关房门的声音。南丽下床，从衣柜里拿出一条内裤，从纸筒里抽出一段纸巾，包起地上弄脏的纸，打开房门走了出去。

南丽把纸巾扔进马桶，脱掉衣服，打开热水器，让滚热的水淋浴着自己冰冻的身体。

这一晚，南丽不知道自己是几点睡着的，南丽做了个梦，梦见自己生了个儿子，那小家伙一生出来就会甜甜地叫"妈妈"，乐得南丽眉开眼笑。南丽被自己的笑声吵醒了，醒来的时候还在想着梦里的情景，想起那小家伙可爱的模样，南丽又无声地笑了笑。右手在黑暗中摸索了一会，找到手机打开一看：五点三十分。

南丽再也无法睡去，她躺在床上仍然在想着那个梦，自己怎么突然会做这样的梦呢？为了保持身材，南丽一直不肯要孩子，她觉得如果有了孩子，自己整个人生就毁掉了。一想到水桶般的腰，一想到屎屎尿尿，南丽觉得自己都要疯掉。南丽并不讨厌孩子，可是她却真的一点耐心都没有，面对哭闹的孩子，南丽觉得自己根本一点办法都没有。如果有了孩子，自己的工作也没了，南丽无法想象那样的生活。中专毕业的时候，南丽就是因为不肯去幼儿园任教而离开了家乡，如果自己留在那里，现在早已是一个正式的老师了。南丽每次回家，父亲都会跟她提这个问题，父亲痛心疾首，后悔当初没拦着南丽，不然起码现在有个铁饭碗，长得漂亮的南丽在家乡难道还愁嫁不到好人家？深圳虽然工资高些，可这工作是说没有就没有的，老人总没有踏实感。父亲一直强调女孩也要自强自立，虽说南丽嫁了个公务员，可父亲不愿意女儿靠男人吃饭。南丽当初嫁给丈夫，父亲是不同意的。丈夫是深圳本地人，父亲总觉得深圳本地人没有安全感，他们是靠着改革开放匆匆洗脚上田，因为生在特区而一夜暴富，他们大多没有多少文化，因为他们觉得不用读书也一样可以过好生活。没有文化的一些当地人因为有了钱而看不起外地人，因为有了钱而吃喝嫖赌，因为有了钱吸白粉包二奶，等等。父亲是一生清贫的教书匠，他对钱看得很淡，他觉得做人要有骨气，做女人也要靠自己的劳动吃饭。父亲一直觉得自己的女儿要嫁个知书达理、斯斯文文、戴个眼镜的读书人。丈夫不是父亲理想中的人选，不爱讲话、不爱看书看报的丈夫和父亲没多少共同语言。丈夫虽是本地人，可他那偏僻的村庄田地不多，很多的田地都被以前的村领导卖了，领导的荷包撑得鼓鼓的，村民本身的权益却少得可怜。都说本地人一年下来可以分很多红，每人十几万甚至几十万的都有，差些的村民不用干活只靠分红等于是一份工作的工资。但丈夫那个村的分红说来没多少人相信，他们每人每年的分红竟然不足千元。好多同学或朋友听到这个消息都笑南丽嫁错了地方，千挑万选怎么选了个最穷的村来嫁，南丽听了也只是笑而不语，她当初看中的是丈夫对自己的好，她没想那么多。

梦中的那个小孩一直躁动着南丽的心。自己这是怎么了？那个梦竟让自己有点想生孩子的冲动。如果跟丈夫的第一个孩子生下来，现在该有八岁多了吧？怀上那个孩子的时候，南丽还没跟丈夫结婚。南丽只记得那年回去过春节时自己一点胃口都没有，以前每次回家吃爸妈做的菜她都吃不够的感觉，所以每次回去她都会长胖。而那次却什么都不想吃，每天就是喜欢吃点煎鸡蛋。当时她并不知道自己是怀孕了，月经一向不准，迟来了十多天她也没在意。后来开始有呕吐，她才知道坏事了。

这事一直瞒着家人，回到深圳去医院检查后才和丈夫商量着怎么处理。南丽听同学说起过流产，说流产的那种痛是无法用词形容的。她也曾陪同事去流产，同事术后那青黄的脸色和虚弱的模样让南丽很害怕。当时自己的工作并不稳定，南丽肯定不能要这个孩子，可是她又害怕手术，这让她惶惶不可终日。那时南丽已搬去丈夫的宿舍和他同居，两个人正是磨合期，怀了孕的南丽脾气很不好，而且反应特别大，一点油烟味都闻不得，两个人经常吵架。后来也不知道怎么的，这个孩子突然流产了。那天晚上南丽上厕所时，突然感觉肚子一阵绞痛，暗红色的血涌出来，大块大块的血块不断涌出来，一直流了很久很久，南丽吓得要命，待血没那么多时，南丽拉上丈夫直奔医院。急诊室的医生经过检查后，告诉南丽孩子没了，做了Ｂ超，幸好子宫里没有残留，打几天缩宫针，吃点药，好好休养便可以了。南丽记得那时自己找个借口请假休息了一周，在那一周里丈夫把自己照顾得很好，每天轮流炖鸡呀猪脚呀什么的帮南丽补身子，一点活没让南丽干，连南丽的内衣裤都是丈夫帮忙洗的，一周下来，南丽发现自己都长胖了，对身材很看重的南丽当时还埋怨丈夫来着。虽然休息的时间不长，但南丽的身体恢复得很好，后来也没留下什么头疼腿酸的后遗症，年轻就是好呀。如果当时把这个孩子生下来，该会是什么模样呢？是男孩还是女孩呢？该读小学了吧？是女孩的话一定给她买很多很多漂亮的裙子，让她穿得像个小公主般。想到这里，南丽觉得自己变得有点奇怪。这么多年来，丈夫和丈夫的家里人早就希望自己生个孩子，可自己坚持不想要孩子，总敷衍他们过几年再生，实在是担心要个孩子会毁了事业毁了身材，南丽无法想象自己婆婆妈妈的样子，无法想象多了个孩子去哪都得带上他的烦恼。结婚以来，南丽每年都会跟丈夫去旅游一次，如果有了孩子，岂不哪都去不成？

可现在，只是做了一个那样的梦，自己怎么突然会有点想生个孩子呢？以前身体那么好都不想生，现在身体很弱很不正常怎么会想要孩子呢？南丽搞不懂自己了。

下午排练的时候，南丽带了一杯蜂蜜水。才排了不到一个小时，南丽便觉得有点力不从心，身体虚弱得好像要虚脱。她喘着气拿起蜂蜜水喝了一大半，坐到沙发上休息。舞蹈队长萍萍关切地跑过来询问，南丽跟她交代了几句，让她带着姑娘们继续练习。

终于熬到下班了。锁好办公室门正要下楼的时候，站长笑眯眯地堵在了电梯口。

"南丽呀，今晚请你吃饭。"

"请我吃饭？"

"嗯，请你吃饭，你顺便叫上萍萍几个女孩，叫上六个女孩吧。"

"有什么活动呀？"

"我们先去吃饭，吃完饭去歌舞厅，今晚赞助我们晚会的公司的领导会过来，你们陪他们跳跳舞。"

"可以不去吗？我头晕得很。"

"不可以，这也是工作。"站长的脸一下子拉了下来。

南丽深深呼了一口气，拿出手机，拨给萍萍。

晚餐仍然在老地方芳菲苑酒店，这是文化站定点的酒店，听说这个酒店的老板是站长的什么亲戚。不过味道还不错，南丽吃了小半碗饭，吃了不少的鸡呀鸭呀，这顿饭是一周以来吃得最饱的一次。除了几个女孩，站里就来了正副站长和办公室主任。现在的年轻女孩真是够厉害，酒量了得，她们在轮流灌着领导们。南丽没喝酒，她推脱身体不适。领导们都有点招架不住了，也就顾不上南丽了。女孩们说话也很大胆，和领导们大声说着荤笑话，唯有南丽有点格格不入地静静吃着东西。

南丽的手机静静地躺在桌上，丈夫没信息也没有电话，想必今晚又在哪里醉了。本来南丽还有点担心自己没跟他说今晚不在家吃饭，万一他回去没饭吃会不高兴，现在看来这种担心完全是多余的。以前丈夫不回家吃饭还会告知一声，或者南丽特地打电话问问，现在是经常不回来吃也不言语一声了，南丽有时也赌气不问。南丽觉得跟丈夫之间越来越陌生了，好像是两个毫不相关的人住在同一间屋子。

吃完晚饭，一行人来到不远处的皇朝酒店，这里装修很

豪华，但是音响效果一般。站长定的包厢是最大最好的，舞蹈队的好几个女孩都是麦霸，一到房间便争先恐后点起了歌，南丽也就是刚开始唱了首《哭砂》，麦便再没到自己的手里。看着那些女孩争着麦抢着歌，南丽不由得羡慕她们的无忧无虑，羡慕她们的快乐。十点半，几个领导走了进来，有一两个南丽觉得有点脸熟，其他都不知道是谁。站长赶紧殷勤倒茶倒酒，吩咐DJ放一首《在那桃花盛开的地方》，看来站长跟这个领导很熟悉。站长把麦拿给一个肥头大耳、挺着个大肚子的领导手上，那个领导站起身，提了提裤子，放声高歌。说实话，那领导的音是挺高的，不过音调就不敢恭维了，调都不知跑哪去了。一曲完毕，大家热烈地拼命鼓掌，站长还一个劲说再来一首再来一首。

习惯了这种场面的姑娘们拥上去和领导敬酒的敬酒，唱歌的唱歌，一起玩猜拳的猜拳，南丽落寞地坐在角落，看着他们笑看着他们闹。南丽有时觉得自己虽然人坐在那里，但是灵魂却不知飘向了哪里。她觉得自己脑子很杂，可又好像很空白。眼前的一切似乎都跟自己无关，思绪早不知飞向何方。端着水杯的南丽正走神时，那个唱《在那桃花盛开的地方》的领导走到了南丽的面前，南丽吓了一跳，领导伸出右手摆出邀请的姿势。南丽迟疑片刻，站起身，把手伸出去，领导轻轻握住了南丽的手。这是一首慢四的歌曲，领导拥着南丽像散步般走着。领导很高大，应该有一米八，南丽跟他说话都得昂着头。虽然脸离得远，但南丽能清楚地闻到领导的酒气。领导一边跳舞一边和南丽说话，问了南丽的基本情况，还说一会要跟南丽一起唱《夫妻双双把家还》，南丽是问一句答一句。面对领导，她有本能的害怕和紧张。跳完这曲，领导果然让DJ放《夫妻双双把家还》。这首歌南丽很拿手，还曾经参加演出。南丽一开嗓子，领导就鼓起了掌，他直叹南丽唱得太好了！

这一晚，这个领导都是陪着南丽，不是一起合唱就是一起跳舞，要么就是他点一些喜欢的歌让南丽唱给他听。看得出来，领导们玩得都很尽兴，南丽后来也无可避免地和领导们喝起了酒，喝得南丽小脸绯红。喝到后来，南丽也来了劲，频频跟领导干杯，大家都喝得很尽兴。突然来了一首强劲的的士高音乐，喝了酒显得兴奋的姑娘们不由分说拉着领导们跳起了自由舞。领导们扭着胖胖的肚子、水桶般的腰，样子无比地滑稽，却也扭得很来劲很开心，气氛达到了高潮。后来，大家都喝得走起来摇摇晃晃，在和南丽跳舞的时候，那个领导把南丽拥得很紧，在朦胧的灯光下，他放在南丽腰际的一只手来来回回地摩擦着。南丽虽然有点醉，可是头脑却特别地清醒。在领导的手越来越往上，快接近南丽内衣带时，南丽挣脱了领导的拥抱。

"对不起，我突然肚子有点不舒服，我要去一下洗手间。"南丽扔下几句话便快速离开了。

南丽在洗手间里磨蹭了很久才出来。回到座位，南丽一手按着肚子继续装着肚子疼，再没上场跳舞。那个大肚子领

导只好搂了另一个姑娘跳舞，看着一身肥肉的领导紧紧地贴着小女孩，两个人几乎是在跳贴面舞，南丽觉得很是恶心。

十二点半，终于散场。南丽头晕晕的，萍萍扶着她出门。站长送她们几个回去，看得出来，站长今天心情特别好。

"南丽，肚子好些没？今天表现不错。"

"好一点点吧。头好晕。"

"回去好好休息，明天批准你们几个晚一个小时上班。"

"谢谢！站长万岁。"姑娘们起哄着。

"南丽，今天部长很满意。"

"部长？哪个部长？"

"就是和你跳舞唱歌的那个呀，这你都不知道呀？镇宣传部部长。"

"哦。"

"部长在我面前夸你了。"

"是吗？"

到家了，萍萍说要送南丽上楼，南丽拒绝了。南丽下了车，跟他们挥挥手装着没事尽量走得稳一些径直上楼。

上到三楼时，南丽感觉有点想吐，可是又吐不出来，那种感觉特别地难受，她抚了抚胸口。到了家门口，拿出钥匙，插了几次都没插中，好不容易打开第一道门，第二道门半天都拧不开，南丽试着再开时，门突然自己打开了。南丽吓了一跳，面无表情的丈夫站在那里。

"老公，我醉了。"

丈夫没说话，把南丽扶到沙发上。

南丽有气无力地倒在沙发上，心跳得特别厉害，"怦怦怦"的好像随时要从身体里跳出来。丈夫去饭厅冲了一杯蜂蜜水递给南丽，南丽咕噜咕噜一口气喝完。放下杯子，一股气体涌上喉咙，南丽赶紧扯过垃圾桶，吐得昏天黑地。

丈夫皱着眉头，一手捏着鼻子，一手把垃圾桶里的呕吐物提起来扔到房间外面。丈夫又给南丽倒了一杯浓茶。

"今天干吗去了？喝成这样？"

"舞蹈队的几个人跟站长陪镇领导唱歌去了。"

"最近身体不好，你还跑去喝什么酒！"

"站长说了，这也是工作。我敢不去吗？我能不去吗？"

"这不就成三陪了吗？哼！"

"错！三陪还有小费收呢，嘿嘿。"

"什么乱七八糟的！赶紧洗澡去吧，全身臭死了！"

"你今天怎么回来得那么早？"

"回来侍候你这个酒鬼呀。"

"哈哈，老公，你真好。"

"以后再不许这样喝酒，女人喝成这样成何体统！"

"是。"南丽歪在沙发上俏皮地对着丈夫敬了个礼。

洗完澡，南丽感觉稍微舒服了一些。南丽回到房间，躺了一会就睡着了。

醒来的时候，南丽感觉头还是很疼，浑身也软绵绵的。看了看手机，凌晨三点半，今天睡了两个小时。夜很静，偶

尔能听到楼下小店的狗叫声，不时还有一两个路人走过说话的声音。南丽的房子靠着路口，住在七楼的她，在这样的夜里，总是能清晰地听到楼下的哪怕一丁点动静。

四点半，南丽仍然在黑暗中睁大着眼睛。突然，她好像听到了一种音乐声，这声音一直响着，难道是哪个屋子的闹钟响了？南丽下了床，打开房门。

声音来自门口的鞋柜上面，原来是丈夫的手机在响，丈夫今天忘记关手机睡觉了。南丽拿起手机，一个陌生的号码，南丽犹豫着要不要接，铃声停了。南丽刚把手机放回去，手机又响了，还是那个号码。

"找谁？"南丽的口气不太好。

"这不是曾哥的电话吗？"是一个年轻女孩的声音。

"哪个曾哥？"

"就是曾 × × 呀。"女孩准确地说出了丈夫的名字。

"你找他什么事？"

"没什么事呀，就是和他聊聊天。"

"你知道现在几点了吗？"南丽差点想骂人了。

"知道呀，我在值夜班。"

南丽不想再说话，气呼呼地挂断电话，顺便关了机。

"谁的电话？"丈夫打开门走了出来，想必电话也吵到他了。

"我还想问你呢！"

"怎么回事？"

"一个女人打给你的电话。"

"她说什么了？怎么会有人现在打电话给我？"

"她说她要跟你在这深更半夜聊聊天谈谈心。"

丈夫没再说话。

南丽进房间，重重地关上了自己的门。

躺回床上，南丽默默地流泪了。南丽奇怪自己刚才怎么没让丈夫把电话打给那个女孩，把这个事情弄个水落石出。按以往的性格，南丽是不可能这样放过丈夫的，她的眼里容不得沙子。可是，现在的南丽却什么都不想去追究，也许她害怕？南丽也说不清。

这一晚，南丽再没入睡。早晨，听着丈夫起床，听着丈夫出门。

南丽起身，头还是晕晕的，浑身都不舒服。去卫生间洗漱，喝了杯水，穿着睡衣在阳台上傻待了半个多小时，这才换衣服出门上班。

参赛舞蹈《海》排了一半。下午，南丽正在排练室教姑娘们学新动作。站长突然走了进来，他的身后跟着一个二十岁左右的小女孩。

"南丽，辛苦了！来，大家先休息一下。"

"站长找我有事？"南丽有点疑惑地看着站长。平时排练的时候，站长是从来不来的，除非舞蹈已全部排完，他才会抽空过来看一下，说说自己的意见。

"没什么事。姑娘们，你们渴了吧？"

"渴了渴了渴死了！"萍萍一口气说。

"这大冬天的，你们敢吃雪糕吗？"

"好呀！"姑娘们拍着手。

"萍萍去买，人人有份。"站长大方地抽出一百元递给萍萍。

"站长万岁。"萍萍接过钱蹦着跳着冲向门外。

姑娘们直接坐在地板上休息。南丽内急，匆匆走向厕所。等她从厕所回来的时候，萍萍已提着一包雪糕回来，姑娘们争着去抢雪糕，萍萍把南丽最喜欢吃的绿豆雪糕递给她。

"来，我给大家介绍一下，她是雪儿，舞蹈学院刚毕业的高才生。"站长边吃着雪糕，边把那女孩推到南丽面前。

"舞蹈队的负责人，你叫她丽姐吧。"

"丽姐好。"

"你好。"

"大家好！我是雪儿，请多关照。"女孩对着大家点了点头。

身材高挑，小脸，长颈，水蛇腰，翘臀，五官搭配得很好，长长的头发高高束起来盘在脑后，一看就是跳舞的人。

"雪儿从今天开始就正式成为舞蹈队中的一员了，协助丽姐排好这个参赛舞蹈。南丽，你要多带带她。"站长提高嗓门对大家说。

"哦。"南丽回答得有点心不在焉。这实在是太意外了！事先没有一点风声。冷不丁多了一个助手，不知是祸还是福呀。

　　站长接了一个电话便告辞了，那个叫雪儿的女孩留了下来。她坐在沙发上，看着南丽和姑娘们排练。等南丽放第二遍音乐让姑娘们练习的时候，雪儿走了过来。

　　"丽姐，我可以说说我的意见吗？"

　　"行。"南丽有点诧异。

　　"我觉得你刚才教的那几个动作不太适合这一小段音乐。"

　　雪儿说完直接重新放音乐，她自己随着音乐翩翩起舞。说实话，雪儿的舞姿的确一流，她跳的那几个动作配在这段音乐里也确实不错，但南丽觉得自己教的那几个动作跟音乐配起来更和谐。

　　"嗯，你跳得不错。可是，我更喜欢刚才的动作，我想这样更能体现这个舞曲的意境。"

　　南丽说完，没再理会雪儿，继续带着姑娘们练动作。雪儿靠在把杆上又看了好一会，然后悄无声息地离开了。

　　下班时间到，南丽累得一屁股坐在了地下，姑娘们也横七竖八地躺了下去。南丽感觉自己的身体越来越虚弱了，雪儿刚才的话让南丽心里好不舒服，总感觉胸口被什么堵住了似的。

　　"丽老师，那个雪儿是不是有点太不知天高地厚了呀？"萍萍突然说。

　　"就是呀，刚来第一天就指手画脚的。"另一个姑娘接过话。

"我们别背后议论别人，跳好自己的舞。"南丽的脸上没有一丝笑容。

"萍萍，一会你锁好门，我先回去了。"南丽说完快速站起来，头也不回地走了。

回到家，南丽第一时间跑去洗澡。吹干头发后，南丽给丈夫打电话。

"在哪？"

"正准备去吃饭呢。"

"去哪吃？"

"吃川菜。"

"跟谁？"

"一帮朋友。"

"我也去。"

"你？不太好吧，你都不认识他们。"

"十五分钟后，我在楼下等你。"

南丽说完这句话便挂断了电话。

南丽特地换了件新买的裙子，淡淡地化了点妆，提着包包下楼了。在路边等了不到两分钟，丈夫那辆车便停在了南丽的面前，南丽拉开车门坐了进去。

"你今天怎么了？非要跟我出去吃饭？"

"不怎么。不可以和自己的老公出去吃饭吗？"

"都是男人，你一个女的多无聊。"

"我一个人在家吃饭更无聊。"

丈夫没再说话，车飞快地往前跑着。七拐八弯来到一家川菜馆，丈夫把车停在了餐厅门口。看来丈夫经常来光顾这家餐厅，刚走上去，几个服务员就抢着和他打招呼，一个有点姿色穿着旗袍的女孩在前面领路，直接把他们带到188房间。

屋子里已挤了十多个人，除了一个年轻女孩，全部都是男人。

"嫂子好。"好几个人七嘴八舌地叫着。

南丽对着他们点了点头。

"嫂子长得可真漂亮呀。曾哥，真有福气呀。"那个搂着年轻女孩的胖男人说。

"漂亮什么呀，都豆腐渣了。"

"没有没有，还是鲜花一朵。"

"怎比得了你身边含苞欲放的花骨朵呀，哈哈。"

"这花骨朵呀，又辣又刺人。"

"是吗？羡慕你呀，我倒挺想尝尝又辣又刺人的滋味呢。我们老夫老妻了，啥感觉都没有了。"

"川妹子，的确很够味呀，嘿嘿。"

"改天也给哥介绍个川妹子，换换口味。"

"嫂子没意见的话，绝对没问题。"

南丽听着丈夫他们的对话，觉得特别地恶心，她气呼呼地一口一口喝着茶，站在旁边的服务员殷勤地不停帮南丽添茶倒水。

丈夫和这帮人应该经常混在一起，他们什么都敢说，黄段子是一个接着一个，听得南丽如坐针毡。丈夫真的变了许多，变得如此粗俗，变得如此低级。看着满桌子的酒菜，南丽却一点胃口都没有。

吃完饭，那帮人又起哄要去唱 K，丈夫征求南丽的意见："你去？还是我先送你回家。"

"我们回家。"南丽冷冷地说。

"我们？这么多朋友在，我哪好意思丢下他们？"丈夫小声说。

"各位，不好意思，今晚我们家有点事，就不奉陪你们了，你们玩开心点！"南丽提起嗓门大声说。

"别呀，嫂子，我们一起去玩，唱唱歌，跳跳舞，减减压嘛。"

"对不起，真的有事。再见！"

南丽说完不由分说拉上丈夫就往外走，丈夫想说什么又说不出来，只好跟着南丽一起走。

一路上，丈夫都黑着个脸，南丽的脸色也很难看。两个人互不理睬。

一回到家，战争就爆发了。这是自结婚以来两个人吵得最厉害的一次，丈夫气得摔了杯子，南丽也不甘示弱摔了茶壶，南丽还把新买的花瓶也摔了，丈夫甚至把谈恋爱时送给南丽的一只瓷小狗也摔得粉碎，客厅里一片狼藉。

后来，吵完架的丈夫还是出去了，扔下南丽一个人守着空荡荡的房子，守着乱七八糟的家。

那一晚，南丽哭了一个晚上。那一晚，丈夫凌晨四点才回家。

雪儿的到来，彻底扰乱了南丽的排练计划。今天排练的时候，雪儿对南丽排的动作还是不认可。南丽对雪儿的指手画脚刚开始是不理会的，后来雪儿居然上前把音乐关了。

"我们叫站长来，让他对两个人排的动作打分。站长支持谁，那么就由谁来把这个舞蹈排完。"雪儿的两只大眼睛直瞪着南丽。

初来乍到便如此想表现自己，这是南丽没想到的。更让南丽没想到的是，雪儿一个电话，站长真的来了。

"站长，究竟谁负责排这个舞蹈？"南丽的语气明显透着不高兴。

"一起合作嘛，大家的目的都是想把舞蹈排好，争取拿到更好的名次。"

"站长，我先跳一段，然后让丽姐跳一段。你觉得谁的舞蹈跳得更好，那么就由谁来主排，我觉得这样更公平些。"雪儿的话有点咄咄逼人。

"那，我先看看。"

"放音乐。"

雪儿跳完了，站长说跳得不错。

南丽跳完了，姑娘们全都鼓起了掌。站长说跳得很好。

"站长，请问，哪个跳得更好呢？"雪儿问。

"这个嘛，容我跟几个领导碰碰头商量商量再定吧。"站长说完便转身走了，他甚至不敢看南丽的眼睛。

"姑娘们，今天放假不排练了，大家回去吧。"南丽再没心情排练。

下班后，南丽无精打采回到家。一推开门，南丽就感觉有一股寒气向自己逼来。她想喝杯开水暖暖身子，水壶是空的。昨晚自己吃泡面的碗还浸在水池里，打开冰箱，除了几只鸡蛋和一点青菜什么都没有。南丽不想去煲开水，也不想去洗碗，望着这个死气沉沉的家，南丽一点力气都没有。她找来快餐厅的电话，给自己叫了份叉烧饭，然后按下遥控器，打开电视。

十分钟，快餐来了。南丽只吃了三分之一便吃不下去了，原来这一盒饭还不够南丽吃呢，南丽搞不清楚自己的胃口怎么也变了。

这一晚，丈夫又是凌晨三点多才回家。那晚的争吵过后，两个人一直冷战。听着丈夫开门进来，躺在床上的南丽心里很难过。她搞不懂为何一切都变了，自己的睡眠变了，自己的胃口变了，丈夫的职位变了，丈夫的性格也变了，丈夫和自己的关系好像也变了。

虽然几乎又是一夜未眠，南丽还是强迫自己在床上一直躺到早上八点多才起床。丈夫早已走了，南丽从衣柜里随便拿出衣服套上，她现在越来越不讲究穿着了，原来早上搭配衣服就得花上半天的工夫，现在两分钟就搞定了。那些以前一直认为漂亮的自己喜欢穿的衣服现在已被弃于角落，南丽身上现在穿的几乎都是黑的蓝的低调休闲衣服。

上午十点半的时候，站长打来电话，叫南丽去一趟办公室。

站长见南丽进来，又是让座又是倒水的，热情招呼着。

"阿丽，这段时间看你气色都不太好，是不是家里有什么事呀？"站长很关切的样子。

"没事。"

"睡眠不好吧？看你的黑眼圈好严重。"

"站长找我何事？"南丽没回答站长的话，直入主题。

"也没什么事，关心关心你嘛，你可一直是单位的骨干。"

"你是想跟我谈排练的事吧？"

"哦，排练的事呀，后来我和班子里几个领导碰了下头。"

"觉得我跳得不如雪儿是吧？"

"话不能这么说，你的能力大家都是有目共睹的。是这样的，我们主要考虑到你最近身体不太好，想让你好好休养休养。排练的事嘛，你就让雪儿折腾去……"

"明白了。"

"放你半个月假，工资照发，你好好把身体调养好。"

南丽没说话，站起来转身就走。转过身，眼泪差点滴了下来。

刚走出站长办公室，迎面碰见平时跟南丽关系很不错的

罗大姐。

"丽儿，怎么了？出什么事了？"细心的罗大姐察觉到了南丽的不妥。

"没，没事。"南丽不敢望罗姐的眼睛，快步往前走。

"一会我过来找你。"

过了十分钟，响起了敲门声。南丽赶紧擦干眼泪。不等南丽说话，罗大姐已推门走了进来。

"怎么了？站长欺负你了？"

"没有。"

"有什么事你要跟我说呀。"

"谢谢罗姐。"

"别说这些没用的。赶紧告诉我，站长怎么你了？他不会敢对你动手动脚吧？"

"没有。"

"那就是工作上的事了？"

南丽点了点头。

后来，南丽还是把事情原原本本都跟罗大姐说了，罗大姐听了气愤不已。罗大姐拿出手机拨了个号码，凭感觉南丽觉得好像是打给办公室主任的。放下电话，罗大姐叹了口气。

"南丽，你斗不过她！"

"为何？"

"她有来头的，她是上头推荐来的。"

南丽没再说话。

回到家，南丽哭得天昏地暗。这个世界太复杂了！南丽觉得此时的自己是那么地力不从心，那么地无能为力！想着自己小小年纪便来深圳闯，为这个单位流下了多少汗水用了多少的心血，甚至为此连孩子都不敢生。可到头来，自己又得到了什么呢？一直梦寐以求能成为单位的正式工，成为真正的深圳人，怎么就那么难呢？虽说自己的户口因嫁给丈夫后随迁到了深圳，但是工作没有解决，南丽还一直觉得自己只是漂在深圳的女人，她觉得自己还是没有根。

哭累了，南丽一口气喝了三大杯水，晚饭也没吃，歪在沙发上呆坐了一晚上。凌晨三点，南丽在阳台上看到丈夫的车进来小区。

放半个月的假，南丽突然觉得也不错。丈夫仍然早出晚归，南丽也没跟他提休假的事。其实南丽很想回家，想见见亲爱的爸爸妈妈兄弟姐妹们。可是南丽又不想回家，她不想家人见到自己现在的状况担心。如果时光可以倒流，南丽估计会一个人出去旅游，可现在，南丽不想出门，她觉得自己变得什么都害怕，她无法把握自己。

南丽关掉了手机，整天把自己关在屋子里。偶尔去超市，买些速冻包子、饺子及方便面之类的东西放在冰箱里，这就是她的早、中、晚餐的饭和菜了，偶尔想吃饭时也会叫个快餐。南丽感觉自己的胃好像越来越小了，有时吃两餐，有时甚至吃一餐就可以。她每天除了在床上躺着，就是在沙发上躺着看电视，饿了吃点东西。

南丽

285

原来整洁的家已经荡然无存。南丽两三天才洗一次碗。家里已经很久没有打扫了，电视柜上已经积了一层厚厚的灰，地上到处都是南丽掉下来的头发。南丽闲着无事的时候，喜欢用手去梳理自己的头发，几乎每次用手滑过头发，都有头发掉下来。这让南丽很担心以后自己会不会成了光头，但她仍然喜欢用手去弄头发，说不清是为什么。靠阳台边的沙发上放了一堆的衣服，南丽现在已不折叠衣服了，收回来的衣服就那样放着，自己来来回回也就穿那几件衣服。卧室的床头柜上也堆了一堆衣服，甚至地上也堆了一些，那些只穿了一会又不用老是洗的衣服南丽也没挂在衣柜上，任由衣服凌乱地到处堆放着。

在家休息并没有让南丽的失眠有所缓解，她开始整夜整夜地睡不着觉。晚上躺在床上像烙饼似的，白天起来头疼欲裂，喉咙干燥。这让南丽不得不经常打开嘴巴来呼吸，好像这样会稍微舒服一些。她还经常拍打自己的头部，有时候，南丽会情不自禁发出"啊啊"的叫声，南丽也不知道自己为何会这样做，好像是不能控制似的。

南丽在家里待了七天了。在这七天里，南丽只出了两次门，一次去超市买吃的，一次去超市买卫生巾，都是匆匆而去匆匆而回。南丽觉得自己像个活死人，好像在等待着什么。

自从那晚吵架后，丈夫没回家吃过一次饭。休假第八天的晚上，南丽忍不住打了电话给丈夫。

"回来吃饭吗？"

"不回。"

"为何？"

"不想见到你！"

丈夫冷冷的话像把刺刀一样刺在南丽的心里。这一晚，南丽把酒柜里的一瓶红酒喝了个精光。这一晚，南丽醉了。这一晚，南丽吐了。这一晚，南丽大哭了。这一晚，丈夫没有回家。

休假第十天的上午，妈妈打来了电话。以前都是南丽打电话给家里，隔个十天半月的打一次。妈妈说好久没有接到南丽的电话了，心里不安，打个电话来问问。听着妈妈的声音，南丽的鼻子一酸，眼泪哗哗地流下来。南丽强装没事，告诉妈妈自己一切都好，只是这段时间太忙了，让妈妈放心。听着妈妈在电话里一遍遍地叮嘱，南丽真想放声大哭，她骗妈妈自己正在排练，匆匆挂断了电话。

南丽在家待得越久，越不想出门，越不想见人。眼看假期就快结束了，南丽有点不知所措。虽然一个人的日子很孤独很寂寞也很漫长，可是日子毕竟在一天天消逝。南丽的心情越来越紧张，她害怕去上班，她不想去面对很多自己不想面对的人。可她又害怕不上班，她不知道自己不上班该干些什么，该如何去打发时间，自己的人生该如何去过。假期的最后两天，南丽把手机也关了，家里的电话被她锁住打不进来，她突然不想跟任何人联系，即使是自己最亲的人。

终于到了要上班的日子，南丽在丈夫出门后挣扎着起了

南
丽

床。恍恍惚惚来到单位楼下，在电梯口正好碰上了罗大姐。

"天哪！丽儿，你怎么瘦成这样了？"罗大姐粗着嗓门大呼小叫。

"没有呀。"南丽的声音很小。

"南丽，我敢打保票，你比原来起码瘦了十斤。你看你那屁股，现在一点肉都没有了。"另一个女同事说。

"没那么夸张，最近只是有点神经衰弱。"南丽苦笑了一下。

"让你在家好好休养身体，我看你现在状态更差了！也不知你老公会不会疼人的，把老婆养成这样。"罗大姐的话里明显透着心疼。

电梯门开了，南丽没再接话，赶紧逃一般走了出去。

整个上午，南丽都把自己关在办公室里。回家休息了半个月，回到单位的南丽不知道自己该干些什么，好像一切都离自己那么地遥远。同办公室的同事回老家探亲去了，南丽一个人孤零零地靠在椅子上，就那么傻待着。整个上午，没有一个人来找南丽。南丽怀疑自己以前那么忙究竟是在忙些什么，估计现在自己的工作大部分都由雪儿代劳了，尽管此时的南丽需要安静，可这突然的清静还是让南丽有点始料不及。

昨晚又是一夜未眠，头疼得仿佛不是自己的，喉咙也像着了火似的难受。南丽隔一段时间就得压着嗓子发出"啊"的声音，这已经成了习惯性的动作。可这是在单位，南丽害怕别人会听见，不得不尽量压抑着自己。

十二点整，南丽听见办公室陆续关门的声音，午饭时间到了。听着同事们在外面谈笑风生等电梯下楼，南丽却不想出去。她突然害怕见到同事，她不想看到他们望着自己的目光，不管是同情也好幸灾乐祸也罢。

十二点半了，南丽仍然没有出门。南丽翻了翻抽屉，找到一家快餐厅的菜单，拿起电话定了一份牛腩饭。这家餐厅离单位不远，饭不到十五分钟就送来了，付了钱，打开饭盒，整个办公室都弥漫着牛腩的香味。肚子饿得咕咕叫的南丽赶紧吃饭，可同样是没吃几口就没了食欲。难道自己的味觉也出问题了？南丽强迫自己又吃了好几口，勉强吃了三分之一的饭，便再也吃不下去了。放下盒饭刚喝了一口水，听到有人敲门的声音，原来是萍萍。

"丽老师，你终于回来上班了。怎么样？身体好些没？"

"差不多吧。"南丽大喘了口气。

"不好意思，一直想去你家看看你的，可是这段时间太忙了，天天晚上都得排练，简直是魔鬼式训练呀，我们都快疯了。给你打过几次电话，你都关机了。"

"我没事，你好好排好舞蹈就行了。"

"唉，别提排舞蹈吧，一提我就心惊胆战。"

"别想那么多，新官上任三把火，她得折腾点成绩出来让大伙瞧瞧吧。"

"你以前排的那些动作全作废了，重新来过，时间那么

紧，她真是想把我们累死呀。"

"哦。怎么，今天找我有事？"

"丽老师，我们以前中午休息的地方被雪儿霸占了。现在大伙中午都在外面游荡呢。我听说这段时间这办公室只有你一个人，我能否在这午休呢？"

"行，没问题。你睡沙发，我睡自己的折叠床。"

"谢谢丽老师。"

萍萍躺下没两分钟就睡着了，听着她均匀的呼吸声，南丽说不出的羡慕。南丽知道自己是根本不可能入睡的，她只是闭着眼睛休息罢了。隔一段时间，南丽便会睁开眼睛看一下放在办公台上的小时钟，一点十分，一点二十，一点三十五，一点四十三，一点五十六。手机闹钟响起，两点整了，这漫长而又短暂的中午过去了。

南丽叫了萍萍好几声，萍萍才醒来。她揉了揉眼睛，坐了起来，伸了下懒腰。

"这觉睡得可真舒服。丽老师，你睡得好吗？"

"我没睡。"

"啊？没睡着呀，你想什么呢？我都睡不够呢。"

"没想什么，就是无法入睡。"

"丽老师，我看你这段时间都很憔悴，你去医院看看吧。"

"可我没病。"

"失眠也算是一种病吧。丽老师，我觉得你最好去看一下心理医生。"

"心理医生？我只是神经衰弱罢了。"

"神经衰弱也可找心理医生的呀。丽老师，你去试试吧。我要下去排练了，一会迟到的话会被罚死的。"

萍萍匆匆离开了。

六点钟下班，南丽等到六点半才走出办公室。空荡荡的走廊上已空无一人，南丽脚下的矮跟皮鞋敲打在安静的地面的声音是那么响亮那么地不和谐。南丽像做了贼般缩头缩脑往前走。

"丽老师好！"

从角落突然传来一个男孩的声音，南丽吓得差点跳了起来。定睛一看，原来是保安小吴。南丽胡乱地对着他点了点头，逃也似的冲进了电梯。

今天的晚餐是康师傅超辣牛肉面，南丽吃了一半。那面真够辣，辣得汗都出来了。

丈夫今天有点反常，十点半就回来了。一回到家，也没跟在客厅看电视的南丽打声招呼，先去卫生间洗澡，然后便一头钻进书房上网去了。南丽看电视不喜欢太大声，在客厅里，她能听到丈夫在不停地讲电话，他接了一个又一个电话。丈夫有时讲得很大声，南丽一听到他那打着官腔的语气就很不舒服。丈夫有时讲得很小声，好像特别地温柔，南丽想着那应该是女人的电话吧，南丽的心里又很不舒服。

一个人待着的时候，觉得很孤独很空虚。可是丈夫在家，南丽也并没有感到一丝的高兴。丈夫越来越陌生了，可以几

天不见，可以几天不说话，你吃你的，你睡你的，你玩你的……他就像是跟自己毫不相关的人。

南丽觉得自己现在在单位彻底成了一个废人。她每天上班都无所事事，这样的无所事事让她无法心安理得。已经整整一个月了，南丽每天上班真的就是一杯茶一张报纸。办公室的同事父亲得了癌症请长假至今未回，南丽天天把自己一个人关在办公室里。有时萍萍中午来敲门她也假装不在，她不想听到任何有关舞蹈队的消息。

文艺比赛终于到了，这次比赛就设在这个镇新落成的影剧院。张主任敲开门把票交给南丽时，强调全站人员必须参加，一个都不能少。南丽在临开演的一分钟才踏进电影院，拿着节目单悄悄地坐下来。

站里的舞蹈排在第五。一出场，雪儿独自舞着大红绸扇亮相，化了妆的雪儿很漂亮，南丽差点都认不出来。紧跟着，舞蹈队的姑娘们拿着绿色的扇子翩翩而至。原来，雪儿不但改掉了南丽的动作，她连舞曲都换了。

说实话，雪儿排的舞蹈也不错。演出完毕，响起了热烈的掌声，南丽周围的掌声特别热烈。舞台上的五彩灯光中，南丽看见站长满脸堆笑站在幕旁使劲地鼓掌。

现场打分，现场颁奖，最终，雪儿排的舞蹈获得了二等奖。站长兴奋得脸红脖子粗，大声嚷着请单位所有人去吃夜宵庆功，不醉不归。南丽悄悄地溜了，她在路边拦下一部的士，匆匆回了家。

南丽关掉电视，正要往房间走的时候，丈夫开门进来了。隔着不远的距离，南丽闻到一股很浓烈的香水味，香水味夹在并不算浓烈的酒味中，那种味道很怪，呛得南丽连连打了两个喷嚏。

南丽回到房间躺下。听着卫生间里哗哗的水声，她突然一下子坐了起来，下床，开门。丈夫的外套放在卫生间外面洗衣机上面的大脸盆里，南丽犹豫了一下，拿起衣服放到鼻子底下闻了闻，没错，的确是有香水味！

南丽把外套放回去。一低头，看见丈夫的一只袜子掉在了地下。南丽把那只袜子捡了起来，那只袜子跟往常一样被丈夫脱的时候弄反了，南丽习惯性用手伸进袜子里面把袜子反转过来。把袜子放回盆子时发现好像沾着什么东西，南丽提着袜子在客厅的灯光下仔细一看：雪白的袜子底下沾着五六根黄黄的长长的头发。

丈夫拿着毛巾擦着头发从卫生间里走了出来。南丽用两只手指捏着那只袜子，袜子上的头发随着南丽的脚步在轻轻飘动着。

"我们离婚吧。"南丽似笑非笑地对丈夫说。

南
丽

293

云　姨

一、惊喜

　　汗水顺着云姨的额头一行行流下来，头发湿湿地紧贴着头皮，身上那件蓝色的清洁服也被汗水打湿了。踮着脚跟踩在塑料凳上的云姨正拿着报纸卖力地擦着玻璃。

　　这天气实在太热了！云姨口渴难忍，她把报纸放在窗台上，用衣服擦了一下额头的汗。拿起放在窗台上的水壶，仰起脖子，一口气喝了大半壶水。就在云姨把水壶放下去的那一刻，隔着厚厚的玻璃，云姨看见一个系着安全带的人慢慢滑了下来，刚开始只看到那人的双腿，等他再往下滑露出脸时，云姨惊喜地发现，那个人竟然是老公！她大声地喊了下老公的名字，可是头上戴着黄色安全帽、脚下穿着黑色水胶鞋、正用一根专业清洗棍清洗外面玻璃的老公根本听不见，他仍然一丝不苟地作业着。云姨赶紧用手拍打玻璃，拍了好一会，外面的老公仍然没有一点反应。云姨这才突然想到这种玻璃外面是根本看不到里面的，云姨赶紧从凳子上爬下来，冲到旁边走廊上，这个走廊是凸出来的，在这里可以清清楚楚地看见老公，云姨挥动双手兴奋地大声叫着老公的名字。老公这才侧过脸来，看见是妻子，远远地对着云姨憨憨地笑了笑，转过脸继续埋头苦干。

老公在深圳做"蜘蛛人"一年多了，云姨这是第一次在上班时碰见他。看着身上只吊着一根绳子正认真作业的老公，云姨的心是紧揪的，这可是二十楼呀，万一有个闪失后果不堪设想。

当初老公决定做这行时，云姨是不答应的。可是没有文凭而且木讷的老公找不到什么好工作，在那些工地虽能找到活，但大部分老板喜欢拖欠工资，运气不好碰到走佬的老板，连吃饭钱都要不回来呢。这份工作是一个老乡介绍的，他自己也在做"蜘蛛人"，他说这个老板不错，工资是日结的，新手做一天是一百元，等慢慢熟了做一天大约二百元。老公一听便心动了，不顾云姨的反对，第二天便说要去试一下。做了一天，拿着一百块钱回来了，说是老板对他特别地满意。老公是个勤快、踏实的人，老板对他肯定满意的。

云姨做清洁工一个月工资三千多元，勉强够支付房租和生活费。云姨有两个孩子，儿子在读大学，女儿在读高中，病快快的婆婆每月的医药费也要不少，所以日子过得紧紧巴巴的。以前老公打零工，好的时候一天能赚个百儿八十的，有时却一天也赚不了一分钱。虽然"蜘蛛人"这份工作有危

险性，但是为了钱，云姨后来也不得不同意了，只是一再嘱咐老公要小心才好。幸运的是，老公干了那么久，没出过什么事故。

老公和同事在这栋大楼整整干了一个下午，云姨再探出头去望时，他们的身影已飘在下面了，看着他们悬挂在外的小小身影，云姨感觉他们此时真像是一只只趴在玻璃上的蜘蛛。

六点，该下班了。肩上挂着环保袋的云姨刚走下电梯，便看见老公正站在那里等着，看见云姨，仍然是嘿嘿一笑。

夫妻俩一前一后往站台走去，上班的地方离租住的房子有点远，为了省房租，夫妻俩住在梅林关外民乐村和别人合租了一套两居室。这房东是老公的一个远房亲戚，他现在龙岗发展，因为住得远，为了省掉许多的麻烦，另一间房出租的事就全权交给云姨两公婆，云姨替房东收房租，上一个房客走了，云姨帮忙找下一个租客，这样房东一个月少收云姨两百块钱，皆大欢喜！云姨是一个勤快的人，她把出租屋里的卫生搞得干干净净，家具也保护得很好，令房东很放心，租客也满意。时间过得真快，云姨一晃便在这里住了七年多。

正碰上下班的高峰期，站台上人满为患。夫妻俩赶到站台的时候，看见302大巴刚关上车门正准备启动，云姨使劲地招着手，可汽车最终还是飞快地从他们身边开过去了。等车的时候，夫妻俩的目光同时落在隔离带上种着的簕杜鹃。大红、紫红、玫红的杜鹃花儿一朵朵、一簇簇正竞相开放。

深圳随处可见簕杜鹃，夫妻俩特别喜欢，刚来深圳时不知道花名，后来才知道这就是深圳的市花。杜鹃花让人赏心悦目，多望几眼美丽的杜鹃花，云姨觉得好像所有的烦恼和不快都抛之脑后了。

记得当年刚来深圳时，是个冬天，穿着大棉袄的云姨和裹着军大衣的老公刚下车，首先映入他们眼帘的便是一大片一大片红艳艳的簕杜鹃，在这寒冷的冬天竟然能看见如此漂亮的花儿，这让在北方看惯了光秃秃树干的云姨和老公大吃一惊，亦让他们惊喜不已，顿时感觉心里也暖暖的。

又等了将近十五分钟，大巴才姗姗而来，夫妻俩好不容易挤上车。也许老公和云姨身上的汗味太重，站在旁边一个打扮时髦的女孩一只手拉着吊环，另一只手捂着嘴巴，厌恶地把脸扭向另一边。老公有点尴尬，可这车上已无处可避，他只好尽量往云姨的身上靠。云姨的手正愁没地方放，便紧紧环抱着老公的腰，夫妻俩的身体难得在公众场合如此亲密接触，一刹那，让云姨好像回到了年轻时代。

回到小区门口，看见福利彩票投注站人来人往好不热闹，老公有点动心。云姨却并不同意，她说不可能有那么好运气中奖的，拿钱去买等于是打水漂，还不如买点水果来吃呢。可老公最终还是拿出十块钱去碰一下运气，这让云姨有点不太高兴，扭身先回去了。

等云姨买好菜爬上五楼的家时，歪在旧沙发上看电视的老公却睡着了，口角上流出了口水。是不是上火了？明天要

煲点绿豆汤来喝，云姨提醒着自己。老公的工作太辛苦了，她心疼老公，做饭的事从不让老公插手，贤惠的云姨开始轻手轻脚地忙着做饭。

为了省钱，云姨总选择在晚上下班后才买菜，这时的肉便宜不少，青菜虽然样子没早上好看，但价格却是早上的一半，尽管有不少叶子已经黄了，但炒出来味道也差不了多少，还是很划算的。

不到四十分钟，晚餐便做好了。煮了番茄鸡蛋汤，炒了个通心菜，做了老公最爱吃的回锅肉，云姨把老公从梦中叫醒。老公做的工作经常要在太阳底下暴晒，云姨便每天晚上变着花样弄个汤让老公润润喉咙，肉也是必不可少的，不然老公哪有力气干活。

云姨照例给老公倒了杯二锅头，老公没什么嗜好，就好这一口，每天晚上喝一小杯白酒几乎是雷打不动的老规矩。也许是饿了，老公狼吞虎咽很快便把一大碗饭吞进了肚子里，然后才开始慢慢喝酒。老公不挑食，胃口一直很好，跟他一起吃饭会特别有胃口。

云姨收拾好碗碟，老公便跑进厨房来洗碗了。老公也心疼云姨，没特殊情况，只要他在家，再怎么累他也要抢着洗碗的，云姨拗不过他，便只好由着他了。

把腿架到茶几上，从茶几上的盘子里随手抓上一把瓜子，坐在沙发上的云姨边嗑着瓜子边看电视。听着厨房里传来的哗哗水声，一天下来，云姨觉得此刻是自己最幸福的时光。

夫妻俩虽然穷，但是很少吵架、红脸，老公对云姨不错，家里大事小事几乎都听她的，云姨已经觉得很满足了。

二、生日

这天刚下电梯，云姨又看见了老公的身影，云姨觉得奇怪。

"又在附近干活？"

"不是，不过也不远。"

"怎么在这等我？"

"一会你就知道了。"

云姨疑疑惑惑跟在老公的身后，老公带着她走进了茂业百货。云姨在这边待了三年多，这是她第一次来茂业百货。茂业百货的空调很冷，浑身是汗的云姨刚开始觉得很舒服，很快便感觉到有点冷了。

"来这要干吗？"

"我那天买的彩票中奖了！"

"中奖？真的？中了多少？"

"两百。"

"两百呀？也不错了。"

"是呀，第一次中那么多钱，开心死了。所以决定给你买件衣服。"

"买衣服来这买？你疯了吧？那得多贵呀！再说，我衣服

够穿了，你看我上班穿工作服，家里放着的衣服都没什么时间穿呢。"

"你不记得了吧？今天是你的生日，嘿嘿。反正这钱等于是捡来的，我想送件像样的衣服给你。"

"生日？我还真忘记得一干二净了。我穿那么好的衣服干吗？哪有机会穿呀？"

云姨转身要走，却被老公一把拉住，云姨只好跟着老公在商场里转。商城里的衣服琳琅满目，看得夫妻俩眼花，再看看那些价格，吓得云姨目瞪口呆，动不动就上千，便宜些的也要五六百块。云姨好不容易看到一件模特上穿着的衣服比较便宜，上面写着180，款式也不错，便用手摸了摸，却被那描着血红口红的营业员训斥了一顿，说那衣服不让乱摸的，弄坏了可赔不起。狗眼看人低！云姨不高兴了。

"不就一百八十块吗？真弄坏了赔你就是。"

"请看清楚，这件衣服是一千八百块！"

营业员说完便扭着干瘪的屁股转身走了，看都不再看云姨一眼。

原来自己少看了一个零，云姨的脸上顿时青一阵白一阵的。她扯上老公，急匆匆离开了茂业百货。

云姨想要回家，老公却不让，非说要买件衣服送给云姨。去哪好呢？干脆去"女人世界"逛一逛吧，早听说那里的衣服又便宜又好看的。

"女人世界"是华强北最旺的商城，品种繁多，款式新颖，价格便宜，全市各区的人都喜欢来这买衣服。"女人世界"里，永远都是人山人海的，商场共有五层，一楼卖化妆品、工艺品及精品小饰品等，女人们挑得眉飞色舞，过道被挤得满满的，只能侧身而过。二楼是妇女儿童城，同样也挤满为孩子挑衣服的家长们。三楼、四楼卖成人服装，夫妻俩像走迷宫一样逛着，说起来都不会有人相信，两个人虽然在华强北待了那么多年，这还是第一次来逛"女人世界"。衣服的品种多得让人看都看不过来，云姨试了好多衣服，却都因为嫌贵而下不了手。这边卖衣服的服务态度比茂业百货可是好多了，她们一个个"靓姨"或"靓姐"地甜甜喊着云姨，让云姨听了有点脸红，但却很受用。云姨试了衣服没买成，那些人也不会给云姨脸色看，仍然用甜甜的声音说着"慢走，欢迎下次再来"，用微笑目送云姨离开。

说实话，逛商场买衣服原来真是挺累的，但是挤在红男绿女的人群里，云姨却感觉特别地舒服，好像自己也充满了活力。

云姨又试了件红花点的上衣，上身后效果不错，一下子年轻了不少，老公特别地满意。店主开价一百二，老公跟她砍到六十块，云姨却还是嫌贵，犹豫着不太想买。老公不耐烦了，扔下钱拿上衣服走人。云姨来深圳后很少买衣服，最贵也就是买三十来块钱的，深圳贵的衣服多，但便宜的衣服也多，有时五块钱也能买上一件衣服呢。

提着刚买来的衣服，云姨的心情说不出地舒畅。下车的

时候，一阵风吹来，一朵杜鹃花悄然落到了云姨的头发上，云姨俏皮地把花儿插在绑头发的橡皮筋上，就这样头戴着杜鹃花往小区走，跟在她后面的老公呵呵傻笑着，连说"好看好看"！

老公非要请云姨在外面吃饭，说是今天要放云姨的假，为云姨小庆祝一下，他还特地去蛋糕店花十五元买了个小蛋糕。虽然只是小小的蛋糕，却让云姨很感动，没想到木讷的老公也会小浪漫一下。

两个人是在沙县小吃店吃的饭，云姨点了两份蒸饺，一份炒面，老公点了份炒饭，还另点了一份乌鸡汤给云姨喝，说是女人喝这个汤对身体好的。晚餐共花了21块钱，两个人又把那小蛋糕也吃完了，撑得肚子圆圆地回家。

三、卖主板的表弟

云姨上班的这层楼是专门卖电子产品的。从今天开始，云姨调到五楼上班。清洁公司总喜欢把人调来调去的，一会负责一楼，一会负责三楼，云姨也习惯了，这栋楼的每一个角落都曾留下云姨的汗水，每一层楼她都很熟悉。

云姨正卖力地扫着地，听见专柜里有人叫了一下她，云姨抬起头一看，原来是表弟。云姨记得表弟以前是在四楼柜台的，什么时候又搬上来了呢。表弟现在已经有独立的办公室了，看来生意又更上了一层楼。已近中午，电子城的生意稍淡一些，弟媳妇正坐在电脑前玩着牌，请来的员工在向顾客仔细介绍着产品。

想当年，表弟还是自己从老家带出来的。那时的云姨做着钟点工的工作，初中毕业的表弟刚来深圳时和云姨夫妻挤在一个房子里住。表弟的第一份工作是当保安，云姨托熟人帮他找的。表弟干了一年的保安工作后，回老家去学了开车，当了一段时间的中巴司机，再后来经同学介绍进了一个电子公司当老板的专职司机。表弟做事踏实，为人乖巧，深得老板的喜欢和信任。老板在华强北电子世界有多个柜台，后来好学的表弟便被安排在其中一个柜台上班。表弟在这个柜台勤勤恳恳干了两年多，摸到了门路、有了一批熟客后，表弟在家人的支持下另立门户，在三楼和别人合租了一个小柜台。这个柜台本来是属一个档位，合伙人也是刚出来做生意的，心里没底，便把一半的柜台转租给了表弟。本来这个档位一个月租金是三千元，收表弟二千元，他每月自己掏一千元。也就是从这个时候开始，表弟才搬出云姨的家。

表弟刚开始都是做零售生意多，偶尔有批发的，主卖主板，但也根据客人需要会进一些 CPU 等电子零件。看来头脑灵活的表弟天生就是做生意的料，做了一年多，表弟的生意开始慢慢火起来。当然，做生意也不是那么容易的，表弟也曾上当受骗过，最多的一次被骗六万多的货款。"人在江湖漂，哪有不挨刀？"表弟说起此事时，自我安慰道。表弟说在电子城做了那么多年的生意，大大小小被骗不下十次，吃一堑长一智，咬咬牙就挺过去了。表弟说，深圳是一个大染缸，什么人都有，上当、受骗、被人利用等在所难免。表弟说，深圳更是一个能让人尽情施展身手、给人机会的好地方。

后来，表弟搬到了四楼，在这里有了自己独立的柜台，这时候的生意便几乎是靠批发了。表弟一个人根本忙不过来，便请了个大学刚毕业的女孩做销售，这个女孩最终成了他的老婆。婚后，夫妻俩齐心协力，生意日益红火。表弟未结婚时，周末经常会来云姨家蹭饭吃，结婚后便很少来了。云姨负责四楼的时候，云姨经常看见他们夫妻俩吃着打来的快餐，你夹一块肉给我吃、我夹一块鸡给你尝的，场面非常温馨。

到饭点了。云姨发现表弟请来的员工一个人在吃着快餐，夫妻俩挽着手一起走了出来。

"姐，吃饭没？"

"没呢。"

"跟我们一起出去吃吧。"

"谢谢了，我哪走得开呀？再说，我带了饭来的，不吃也浪费呢。"

表弟又闲聊了几句便和妻子离开了。弟媳妇却一直没说话，只是对着云姨点了点头算是打招呼。弟媳妇这是心情不好，还是看不起扫地的自己呢？看着他们下楼的背影，云姨的心里有点不是滋味。

云姨把打扫的工具放到杂物间，拿出早上带来的盒饭，站在洗手间旁边的过道角落靠着墙开始吃午饭。刚吃到一半，一个胖胖的男人推着一部装满主板的手推车突然失去控制般冲了过来，云姨赶紧一闪，手里的饭盒甩了出去，饭菜撒落一地。

那个男人赶紧向云姨道歉，说是货物太多堆得太高，一时没看到云姨。他看见云姨的饭撒了，心里很过意不去，掏出二十块钱叫云姨去另打一份快餐，被云姨谢绝了。人家又不是故意的，再说自己吃了一半的饭了，不会空着肚子就行。云姨叹了口气，从杂物间拿出扫把扫地上的饭菜。

晚上，云姨刚洗完澡，提着一堆水果的表弟却突然来了。原来表弟去年在民乐村买了套二手房，买来出租的，离云姨住的地方不远，他想请云姨帮他管理一下出租房，表弟说他现在太忙，根本管不了这琐碎的事。前两天上一个租客刚搬走了，他现已在网上和小区都贴了招租广告，晚上有人来看房时麻烦云姨帮忙开门，云姨满口答应了。表弟把钥匙交给云姨，并把一个红包塞到云姨的手里，云姨哪好意思接，可表弟非要给不可，云姨最后只好收下了。表弟说他在附近的"四季花城"买房了，等房子弄好了请云姨夫妻俩过去看看。表弟说首期已经交了，以后每月还房贷八千多块钱。一个月房货八千多？云姨听了倒吸一口冷气，天哪，这对自己来说可是天文数字呀，看来表弟的生意真是很不错呢。送表弟下楼，发现表弟换了部黑色的新车，老公说是本田商务车，以前表弟开的可是二手捷达，鸟枪换炮了，云姨和老公心里是又开心又有点失落。

回到家打开红包一看，五百块钱，无功不受禄，自己什么都还没做就收了表弟这么多钱，这让云姨心里有点不安。老公却说表弟现在混得这么好，这点钱算什么呀，以前表弟和我们挤着住时，可是没交过房租的。云姨想想也是，便心安理得把钱装进包包里放好。

云姨每次经过表弟的办公室，都会不自觉往里多望几眼。办公室里总是人来人往，几乎每次看到的都是表弟夫妻两人忙碌的身影。表弟偶尔发现正在门口扫地的云姨，便会热情招呼她进来喝杯茶，云姨总是不好意思地谢绝了。表弟的办公室那么漂亮，自己一个穿着清洁服扫地的去凑什么热闹呢？会被人笑话的。再说，上着班呢，哪能去闲坐闲聊？被主管发现了不得炒鱿鱼呀。

表弟夫妻两个的脸上每天都挂着职业般的笑容，他们不停地向客户介绍着。可不知为何，云姨总觉得表弟他们脸上的笑少点什么，也许是因为笑得太多肌肉都僵硬了？所以看上去不够自然？

今天经过表弟店门口时，云姨竟然没有看见他，只有弟媳和工人在里面忙碌。下午，云姨快下班时，碰见了刚上楼的表弟。

"姐，正好，我在香港给你带了瓶深海鱼丸。那天听姐夫说你眼睛有时会模糊，吃一下这个应该有效。要是感觉好的话，我下次过去再帮你买。"

"太谢谢你了。那，这药要多少钱？我给你钱。"

"姐，你这不是见外了吗？这是我买来孝敬你的，以前我可是吃你的住你的，这点小钱我还出不起呀？"

"实在太谢谢你了！你今天去香港了？"

"是的，我前段时间在香港租了仓库。现在我的产品大部分出口到马来西亚、印度等，在香港出货更方便些，可以免不少税。以后我几乎隔一天便要往香港跑的了。"

"弟，你太了不起了！生意都做到外国去了。"

"卖到国外和国内也差不多的，只是地方远近的问题。姐，我要回办公室处理一下事情，我先走了。"

"好的，慢走。"

拿着表弟送的深海鱼丸，云姨的眼睛湿润了。表弟现在已算是有钱有身份的人了，难得他还看得起自己、关心自己。

四、女人世界

折腾了十多天，表弟的那套房子便租出去了。这段时间里，云姨一回到家便有很多的人要来看房，弄得她经常饭都没时间做，现在总算是松了口气。民乐村临近梅林关口，房子还是很好出租的。最近房价又涨了，两居室可租一千五百多块呢。云姨的房租也涨了一百块，老公嘟囔了几句，云姨说人家隔壁住的都涨了三百了，知足吧，老公便不再说什么。想当初刚住进来的时候，两居室的房租才不到八百块，现在可是涨了一倍了，这钱是越来越不好用了，云姨感叹道。

快下班的时候，老公打来电话，说今晚不回来吃饭了，和一个同事去干私活，帮一家公司洗三层楼的外墙，云姨嘱咐他小心点便挂了电话。

老公不回来吃饭，自己干吗好呢？一个人也不好做饭的。云姨突然想到"女人世界"，快放暑假了，去那转转，给女儿买条漂亮的裙子，已经爱漂亮爱打扮的女儿在电话里说了好几次了，叫云姨帮她在深圳买点衣服，她说深圳的衣服时髦、漂亮。

背着黑色环保袋的云姨又融入了"女人世界"的人流里。这一次，云姨在一楼逗留了很久，那些款式新颖的首饰吸引了云姨，云姨甚至试戴了好几个戒指，卖饰品的老板娘一个劲说好看。云姨从没戴过什么首饰，她觉得自己手糙，哪适合戴这些呢，再说也买不起呀。云姨怯怯地问了一下价格，原来刚才自己试的戒指都不贵的，才二三十元一个。老板娘很会做生意，一直在游说云姨，说得云姨都心动了。最后，云姨一跺脚一狠心，花十五元买下了一个戒指，戴在手上感觉也像是几百元的呢。云姨戴着戒指兴冲冲往楼上走，不时还伸出手指来看一眼，一脸的满足。

这次，云姨从一楼逛到五楼，刚开始是走马观花式的，再返回三楼时，云姨才开始认真挑选女儿的裙子。可是挑来选去的，总没有特别满意的，而且又有点担心买了女儿会不喜欢。

虽然花了好几个小时却没买到女儿的衣服，但云姨也不觉得亏，她喜欢待在"女人世界"，她喜欢那些老板娘或营业员那甜甜的笑容，她喜欢在这里看到充满活力的年轻女孩那靓丽的身影。

走出"女人世界"前，云姨小心翼翼把那只戒指从手指上拿下来放进小包包里。

回到家，刚喝上几口水，老公回来了。看着老公浑身湿透的衣服，云姨赶紧给他倒了一大杯水，然后又从冰箱里拿出西瓜给他解渴。

"累吧？"

"真累！"

"辛苦了！"

"没事。你知道我今晚赚了多少钱吗？"

"多少？"

"五百！"

"五百呀？这老板不错。"

"这活承包给我和我的同事，一人五百，虽然累得要命，但是值得呀！这老板不错，还买了盒饭和水给我们。"

"深圳好人还是多的。"

"老板说他以前也做过我们这一行呢，现在可成了华强北的大老板了！自己开公司呢。"

"人各有命，有能力的人在深圳始终能闯出一片天地的！你赶紧去洗澡吧，一身臭得很呢。"

"好，你把钱收好。"

云姨接过被老公汗水浸湿的钱，用口水沾了一下手指点了一遍，然后又把钱放到灯光下照了照，这才小心用报纸捆好，塞进枕头套里。明天上班前拿到银行柜员机去存吧，把钱放在这房子里，云姨总是没有安全感的。

第二天下班的时候，云姨不自觉又往"女人世界"走。她在一楼转了一圈，花三块钱给女儿买了只漂亮的发夹，这才心满意足地回家。云姨发现自己越来越喜欢逛"女人世界"，越来越离不开"女人世界"了。

五、出事

这一天云姨总是心神不定，却又不知道是为什么。云姨感觉自己整个人昏昏沉沉的，心跳得比往常要快。难道是更年期开始了？自己也快五十岁的人了，更年期挺正常，云姨安慰着自己。

晚上回到家做好晚饭，老公却还没回来。昨天老公说他们今天去东门那边干活，晚点回来也算正常。可云姨等呀等呀，比老公往常回家时间晚了一小时了，老公仍然没有出现。云姨拿起手机拨打老公的电话，关机。可能手机没电了吧，昨天肯定又忘记充电了，这个马大哈！云姨在心里埋怨着。

一直等到晚上十一点多，老公仍然没有现身，云姨这下心慌了。虽然电视上播放着她最喜欢看的电视剧，但她却一点也没看进去，眼睛虽然盯着电视，脑子却是乱的。她时不时跑出阳台上去望一下，希望能看见那熟悉的身影出现，却一次次失望而归。

凌晨一点，手机骤然响起，这铃声在寂静的夜里有点吓人，坐在沙发上的云姨赶紧拿起来听。

"你好，请问你是××的爱人吗？"

"是的。"

"我是他的同事。"

"哦，他现在还没回家，你有事找他？"

"他……出事了。"

"出什么事了？从楼上摔下来了？"

"是的。"

"严重吗？"

"有……有点。"

"他现在哪里？"

"你住民乐村吧？马上下楼吧，公司的车在门口等你。"

云姨腿一软，跌坐在地上。

云姨以为车载着她去医院，可等她下了车才发现，这是丹竹头的殡仪馆。老公已经躺在了冰冷的冰棺里，云姨眼前一黑，马上便晕了过去。

老公是下午四点多出的事，这次他们清洗的是一栋四十多层的大厦，老公从二十五楼摔下来的。听说是因为老公身上的安全绳突然断裂，导致他当场死亡。出事后因老公的手机没电了，一时找不到云姨的电话，后来等警察处理完把

老公拉到殡仪馆后，这才把他的手机充上电，找到了云姨的电话。

云姨醒来的时候，眼里却一滴泪也没有。云姨一直和躺在冰棺里已经被整过遗容的老公说着话。云姨像在和一个正常的人拉着家常，絮絮叨叨说了一夜，说得旁边的同事都流泪了，云姨仍然没有掉一滴泪。

公司最终按有关法律赔了云姨四十多万元，善良的云姨也没有更多的要求。这个噩耗云姨没有告诉老家的任何人，儿子在上大学，女儿正读高中，人都没了，孩子来了又能怎么样呢，只会影响他们的心情和学业。而家里的公公婆婆已年迈，身体也不怎么好，他们知道了该多伤心呀，云姨怎么忍心让他们千里迢迢地过来呢！

只有表弟夫妻俩一直陪着云姨处理完老公的后事。通过这件事，让云姨了解了弟媳妇，她其实并不是那种势利的人，只是她平时工作太忙了，很多事情都顾及不上。而这次为了处理事故，他们夫妻俩把生意都放了下来，让云姨很是感动。

后来，云姨带着存折、捧着老公的骨灰盒一个人坐火车回了安徽老家。临走前，云姨把那些家具什么的都卖给了旧货市场，有些东西送给邻居了，云姨觉得自己以后再也不会来深圳了。

家里的老人知道消息后，双双病倒了。孩子们都赶了回来，云姨按照老家的规矩给老公体面地办了丧事。在老公的骨灰下葬的时候，云姨终于哭出了声音，她哭得天昏地暗、地动山摇，哭得晕了过去，后来是被人抬回家的。

老公只有两个姐姐和一个妹妹，全部都已出嫁，也就不存在什么遗产之争。婆婆和公公都是老实人，他们对云姨非常信任，也没有提出来要分什么钱。公公说的，都是一家人，钱放哪都一样，再说，人都没了，有再多的钱又有什么用呢，说得云姨泪水涟涟。

云姨在老屋旁边起了栋三层楼，花了二十多万块钱。简单装修、购置家具等花了六万块钱。剩下的钱云姨都以儿子的名义存进了银行。家里的田地不多，云姨的生活一下子闲了下来。

现在的农村人没以前勤快了，大家走在一起谈论更多的是买六合彩、打麻将什么的。云姨对六合彩是一点兴趣都没有，任由谁说得天花乱坠，她也毫不动心。背地里不少人说她孤寒，手中放着那么多的钱，却连这点小钱也不敢赌。闲得发慌的云姨后来还是学会了打麻将，刚开始一段时间，云姨打得很上瘾，几乎一吃完饭便混在麻将堆里。可是，慢慢地，她觉得自己越来越不对劲，整个人都是虚的空的。

六、重返深圳

云姨在众人不解的目光中，提着行李袋再一次离开了家乡。虽然婆婆身子弱，但公公身体不错，他会好好照顾婆婆。儿子不用云姨操心了，女儿住在学校，她从小到大乖巧、独立，所以云姨走得很放心。

云姨风尘仆仆回到深圳，一场台风刚刚跟深圳擦肩而过，暴雨把街道冲洗得特别地干净，看着那绿得发油的叶子和紫红的杜鹃花儿，云姨心里感觉特别地踏实。

云姨回到原来的公司找老板，希望可以继续在这里工作，老板二话不说便同意了，让她第二天便开始上班。

回到深圳的云姨仍然住在民乐村，仍然替亲戚们管着出租屋，她仍然在华强北干着老本行。只是，这次在她的要求下，她的工作从室内转为外围。

现在，云姨负责打扫的地段，满街都是红得似火的杜鹃花。累了，抬头看一眼那漂亮的杜鹃花儿，云姨便觉得浑身充满力量。

每天早上，在华强北电子世界附近，总能看见云姨卖力干活的身影，云姨总是提前上班，她比任何人都来得早，一来到便开始埋头苦干。而且，云姨总是最后一个下班，同事谁有个急事生个病什么的，云姨都主动义务替他们的班。

每天下班后，云姨照例要来"女人世界"走一圈，这里总有新颖、漂亮的东西在吸引着云姨的眼球，或许是一个漂亮的蕾丝纸巾筒、一把宫廷式的天堂花伞、一个漂亮的红色真皮包包，或者一条风情万种的围巾……每次去"女人世界"，云姨总能发现新的产品，让她喜欢让她惊叹。

云姨碰上喜欢的东西，会停下来慢慢研究慢慢看，大多数时候，这些东西她都只看不买。偶尔，云姨也会为女儿买上一条打折的漂亮小丝巾，或者是一件"跳楼价"的小花短裙。

逛多了，有些卖家便跟云姨熟络了，一见到她便会满面笑容地主动跟她打着招呼。在"女人世界"享受"顾客就是上帝"的感觉，让云姨欲罢不能。

一次，云姨正在逛二楼的时候，当了一回见义勇为的好人。当时她刚下楼梯，看见一个贼眉贼眼的男孩正把手伸向一个在挑着衣服的女孩包包里，女孩却浑然不觉。

云姨快走几步，走到那男孩的旁边，用手轻轻拍了下男孩的肩膀。正专心偷东西的男孩大吃一惊，赶紧把手缩了回来，然后快速离去。那个女孩仍然毫无察觉，继续专心在挑着衣服。看着那男孩的背影，云姨心里松了口气，若无其事从女孩身旁走过继续闲逛着。

从此，云姨在逛街的同时，继续悄悄扮演着"好人"的角色。她很注意观察，只要发现有小偷想偷东西，她都不声不响走过去轻拍对方的肩膀，让对方缩回罪恶的手识趣地赶紧离开。

晚上八点了，云姨离开"女人世界"。云姨开始在靠近人行道的花带处低头寻找飘落的杜鹃花，选上两朵最漂亮最大的花朵，云姨小心翼翼把花放在一个大塑料袋里，然后心满意足地提着走到站台去等车。

回到家，云姨第一时间把花儿拿出来，大大的塑料袋，丝毫没有压到杜鹃花，花儿仍然美丽地绽放着。云姨把漂亮的小玻璃瓶子换上新鲜的水，再把今天捡起的杜鹃花放到玻璃瓶上，红红的花儿漂在水面上真好看，云姨美美地欣赏了一会，这才开始去厨房做饭。

吃完饭收拾完毕，已快十点。云姨提上拖桶，扛着扫把、拖把，走到一楼开始搞卫生。云姨在两周前发现这层楼不再有物业的清洁人员打扫而弄得到处脏兮兮后，便默默地开始义务为整层楼打扫。勤快的云姨干得很卖力，先是把整栋楼用扫把扫一遍，然后开始拖地，拖完一楼拖二楼，一直拖到八楼。

刚开始，这里的住户都以为云姨又兼了份职，知道她是义务劳动后，无不感动。在云姨干活的时候，经过的住户都热情地和她打着招呼，小宝贝们奶声奶气叫着云姨，叫得云姨心里甜甜的。刚才拖到三楼时，一个小朋友把手里的 QQ 糖硬是塞到云姨的口里，云姨嚼着嚼着，眼睛湿润了。

七、遭遇问题少年

云姨下班的时候，还没走到"女人世界"，在一个角落，一个衣衫破烂的少年向她伸出了手。

"阿姨，行行好吧，给我 10 块钱，我一天没吃饭了。"

这个男孩看上去约十三四岁，头发很长，脏兮兮的，应该好几天没洗头、洗澡了，虽然靠得不算近，云姨仍能闻到一股馊臭味扑鼻而来。

"你的家在哪里？"

"我没有家。"

"那你睡哪？"

"街边、公园、天桥……"

少年用很不标准的普通话回答着云姨。看着这少年可怜巴巴的眼神，云姨毫不犹豫地掏出十块钱递给了他。

拿上钱的少年对着云姨道谢后，一溜烟跑得没了踪影。

从此，云姨隔一段时间便能碰上这个少年，他每次都是可怜巴巴地向云姨要钱吃饭。云姨几乎每次都给他钱，有一次还特地带他去吃了一大碗面，看着他狼吞虎咽的样子，云姨后来把自己那一碗面也给了他，少年也不客气，风卷残云，一会工夫便把那碗面也一扫而空。

云姨对这个说不出自己姓名、父母名、老家在哪的少年充满同情，尽管好多同事都提醒她别上人家的当，同事们都说，像这种老向别人讨钱的就不该给他钱，会养成他好吃懒做的恶习，再说，他跟这个人要十块，跟那个人要五块，一天下来，说不定他讨来的钱比我们做清洁的人工资还高呢。同事们都说，在华强北这边流浪儿或小扒手都特别地多，我们又能帮上几个呢？云姨听了只是笑笑，她始终相信这个少年是迫于无奈才向她伸手的，孩子毕竟还小，他能靠什么养活自己？

那次逛"女人世界"时，正好在二楼看见服装换季打折，云姨甚至花五十块钱给这个少年买了一套衣服。几天后，这个少年穿着新衣服出现在云姨面前，让云姨差点都认不出他

来了。那个少年把头发也洗得干干净净的，他说是在一个公共厕所里洗的，让云姨听着心里酸酸的。临走，不等少年张口，云姨主动塞了十块钱给少年。

一个多月后，云姨在上班的公交车上，发现了那个少年。当时云姨坐在最后一排，那少年靠近车门和一堆人挤在过道上，云姨正满心欢喜想跟他打招呼时，发现那个少年的手伸向了站在他旁边一个穿着工厂服女孩的包包里。云姨惊呆了！她看见少年手里多了一部红色的手机，云姨急忙站起身往前走想要制止他，站台到了，车突然停了下来，少年快速跳下了车。

云姨毫不犹豫地跟着也下了车，她嘴里大声地喊着"哎，等一下"，可那少年看清楚是云姨后跑得更快了，一下子便没了人影。

云姨叹了叹气，在那个站台等了十几分钟，这才又坐上开往华强北的大巴。这一天，云姨都有点闷闷不乐。得知情况的同事都笑云姨傻，她们说在深圳骗子很多的，劝云姨以后不要再那么天真了。可云姨却不以为然，她说深圳坏人虽然不少，但毕竟好人还是占大多数。那个少年只是一时糊涂罢了，云姨希望有机会能和他好好说说道理。

可是，下班后的云姨在以前和少年见面的那几个地方都见不到他的人影，云姨在华强北附近找了好几天，始终没找到那个少年。

这天，下了班的云姨又去寻找少年，照样没找到，却在那个少年出现最多的地方，看见一个穿着校服的小女孩在乞讨。这个女孩瘦瘦弱弱的，她盘腿坐在那里，旁边放着一个破旧的行李袋，在她的面前摆着一张用毛笔写的大大的字，那毛笔字娟秀漂亮，大意是说她父母离异，奶奶病重，在深圳的爸爸突然联系不上，她请假来深圳找爸爸，可是爸爸却不知搬哪去了，他也没在原来的公司上班，她现在需要回家的路费，希望大家帮帮忙。女孩在最后写道，她以后会把这钱还给好心人的。女孩的周围有不少人看热闹，但没有一个人伸出援手。云姨也曾听说有很多孩子是用这种方式骗钱的，但细心的她发现这个低着头的小女孩一直在默默地掉眼泪。哪个骗子还会流泪来讨钱呢？云姨觉得这孩子应该不会骗人的。

"小姑娘，你老家在哪里？"

"四川。"

"车票要多少钱？"

"三百多，加上深圳到广州的汽车费，四百块钱左右。"

"小姑娘。走，阿姨先带你去吃饭吧，这车票我帮你买。"

"谢谢阿姨！"

一直低着头的小女孩，这才半信半疑地抬起头来望了一眼云姨，收拾东西，跟在云姨的后面。

云姨花三十多块钱在附近的一家饺子馆请小女孩饱饱吃了一顿。云姨正好今天发了工资，吃完后她从贴身的兜里抽出四张一百块递给小女孩，小姑娘感动得泪水涟涟。

要分手的时候，云姨问小女孩今晚住在哪里，她难为情

地说这几天都在车站里过夜，因为她身上没钱住旅店。

后来，云姨把小姑娘带回民乐村住了一晚。

"阿姨，把你的地址和电话写给我。"

"干吗？"

"我说了回去后把钱寄回给帮助我的人。你是好人，我一辈子都记住你的好，等我以后工作了，我再好好感谢你。我怕到时你不在深圳工作了，所以你要把深圳和老家的地址都给我。"

"不用了。你们家那么困难，这点钱就算是阿姨帮你的。"

"不行！我不能言而无信，说了回去就要还钱的。"

云姨拗不过小姑娘，最终还是给她留了地址、电话。

第二天，云姨给小女孩买了些矿泉水、水果、面包、牛奶等整整一大袋东西，一大早把小姑娘送到火车站，陪她买好火车票，临走又多塞了一百块钱给小姑娘。这才匆匆赶回去上班。

同事得知此事后，又把云姨取笑了一番，说云姨真的是当下流传的"很傻很天真"的人！她们打赌说这钱肯定是肉包子打狗有去无回的。云姨淡淡地笑了笑，说本来也没打算把这钱要回来，这小女孩家里那么困难，就当是资助她读书好了。

让人想不到的是，两个月后，云姨收到了从四川寄来的五百块钱，同事们看着云姨手中的汇款单哑口无言。

那个少年却再不曾出现在云姨的视线里。云姨碰到那些讨钱的少年，仍然会经常伸出她那温暖的手。

八、深圳的冬天不冷

云姨上班时在垃圾桶旁边发现了一张可折叠的床垫，这床垫很干净，起码有八成新。云姨把这张床垫仔细抹洗干净，放到太阳底下暴晒了一整天。

云姨把床垫放在公司的工具房，隔一段时间便拿到太阳底下暴晒。平时干活的时候，云姨总不自觉地往高层的楼上望，若发现有"蜘蛛人"在外墙干活，云姨便急忙赶去工具房把床垫搬出来，铺开，放在"蜘蛛人"干活范围的地上，那些"蜘蛛人"干到哪里，云姨便把床垫往哪边挪。

路人对云姨的举动百思不得其解。没有人知道云姨为什么要这样做，云姨也从不解释。

深圳的冬天树木翠绿，花儿照样争鲜斗艳。大冬天的，只穿了薄毛衣的云姨却扫出了汗。一阵突如其来的大风吹过，杜鹃花飘飘洒洒飞落一地，云姨身旁那张床垫上，也飘满了紫红的杜鹃花。

辅道上，那满地的簕杜鹃像铺上了一张红红的地毯，一直延伸到远处。云姨停下手中的活，用手袖擦擦额上的汗，放眼望去，满是漫天飞舞的杜鹃花，她长久地驻足凝望……红红的杜鹃花温暖着这个城市，也温暖着云姨的心。

深圳的冬天不冷。

卫 蓝

丈夫失踪了！

早上卫蓝起来做早餐的时候，发现丈夫房间的门是开着的，卫蓝疑惑地走过去，被子折叠得整整齐齐的，里面根本没有人。昨天下午收到丈夫的短信，他说晚上和几个朋友一起去吃饭，应该会晚点才回家。昨天正好是卫蓝的生理期，腰酸背痛兼肚子疼，卫蓝早早便上床歇息了。丈夫平时都是很守规矩的，家里没买车，也不存在什么酒后驾驶，所以卫蓝很是放心，连查岗电话也没打一个，便进入了梦乡。

难道昨晚喝醉了回不来？卫蓝赶紧拨通丈夫的电话，可是丈夫的手机关机了。也不知道丈夫昨天是和哪些朋友一起吃饭，同事？同学？卫蓝不得而知。卫蓝手机里只存着丈夫一个最要好同学的电话，卫蓝拨通了他的电话。同学说他昨天没和卫蓝的丈夫在一起，他说他已经好几个月没见到卫蓝丈夫了。

丈夫几乎从来没有夜不归宿的，卫蓝有点不安。把熬好的粥端上桌，豆腐乳、榨菜和刚才因分神煎得有点黑的荷包蛋摆上桌，婆婆和儿子已经洗漱完毕坐下来吃早餐。

"阿蓝呀，昆子怎么不过来吃早餐呢？"眼神有点不太好的婆婆问卫蓝。

"妈，昆子昨晚没回来。"卫蓝低声回答。

"没回来？他干吗去了？"婆婆顿时紧张起来，拿起的筷子又放回了桌上。

"我也不知道，可能喝多了吧。"卫蓝安慰婆婆。

"老爸肯定是泡妞去了，嘿嘿。"不懂事的儿子嬉笑着。

"你这孩子，乱说什么！书就不给我好好读！"卫蓝气得拿筷子去打儿子的手。

儿子也不恼，吐了吐舌头，夹了个荷包蛋放进嘴巴里大嚼。

"昆子可从来不在外面过夜的。阿蓝呀，你一会上班顺便去他单位看看。"看得出来老太太很是焦急。

"好的。妈，没事的，你赶紧吃早餐吧，我一会就过去问问，然后打电话给你。"卫蓝安慰着婆婆，可她自己心里却一点底也没有。

婆婆不再说话，慢吞吞地喝着粥。儿子风卷残云般吃完早餐，背上书包，吹着口哨出门上学去了。卫蓝没啥胃口，喝了小半碗粥，把手机、钱包什么的放进购物袋，把购物袋缠在车头，骑上那部嘎嘎作响的旧自行车，急匆匆往丈夫单位驶去。

丈夫在银行上班，他是今年才调到这个营业部的。卫蓝几乎从不去单位找丈夫，这个新单位的人一个都不认识。来到银行正好是八点半，柜员机这边开了门，柜台那边还没正式上班。卫蓝隔着透明的玻璃望了望，没看到丈夫的身影。卫蓝看见一个保安走过来，赶紧上前问他有没有看见丈夫来上班。保安说没看到他，平时他都是最早来上班的，也许是请假了吧。卫蓝跟保安道了谢，反身走到外面去等着，可是一直等到九点十分，卫蓝仍然没有看到丈夫的身影。在这等待的期间，卫蓝一直拨打丈夫的手机，可是手机都是关机状态。自己上班已经迟到半个多小时了，卫蓝觉得再这样等下去也不是办法。卫蓝走进大堂，找到值班经理。

卫蓝硬着头皮问："经理你好，我是李昆的爱人。他昨晚一夜未归，我想问一下，他今天有请假吗？"

胖胖的经理说："哦，你就是李昆的爱人呀。没有呀！我还纳闷，怎么他今天不上班也没请假呢。"

卫蓝说："他昨晚说和朋友出去吃饭，然后至今不见人影，电话也联系不上。麻烦你进去问一下同事们，有没有人昨天跟他在一起好吗？"

经理对着卫蓝摇摇头："这种可能性不大！你丈夫平时都不太跟同事来往的。"

卫蓝央求道："还是麻烦你问一下吧，家里老人很担心。谢谢你了！"

经理点点头，刷了一下工作卡，开门进去了。过了几分钟，经理走出来，远远便对着卫蓝摇了摇头。

经理对卫蓝说："昨晚没人和你丈夫在一起，也没人知道你丈夫的下落。你不必过于担心，我想他可能是因为心情不好喝多了酒吧。"

敏感的卫蓝觉得经理好像是话里有话，赶紧问经理："你是说我丈夫心情不好？是不是发生了什么事？"

经理稍一迟疑，摆摆手道："没，没发生什么事。我是想到一般都是心情不好才会喝闷酒嘛。这样吧，如果他今天来上班，我马上让他打你的电话。如果他联系了你，也麻烦你让他打个电话来单位好吧。"

时间不早了，真的要赶去上班了，在这里再耗下去也没什么用，卫蓝向经理点了点头，说了声"再见"便离开了。

紧赶慢赶，来到单位的时候，卫蓝离上班时间已整整迟到了一个小时。老板黑着脸坐在服务台旁边的转椅上。

老板冷冷地说："现在都几点了？你们家时钟都坏了是吧？我看你也不用上班了！"

卫蓝赶紧解释："对不起！老板。是这样的，我老公失踪了，我刚才去他单位找他来着。"

老板翻了翻白眼："一个大男人还能说失踪就失踪？他是躲到哪风流快活去了吧？"

丈夫凶吉不明，自己的这份工作不能丢了呀，这个老板平时对员工都是特别严厉的，卫蓝一着急，心一酸，眼睛马上红了。

老板看着不停擦眼睛的卫蓝，语气软了下来："好了，本来要算你旷工的，也不扣你的钱了，以后记得不管有什么事也得准时上班，来不了起码也打个电话先请假吧。"

卫蓝点了点头，跑去卫生间洗了把脸，回到服务台。一个小女孩过来咨询报名，卫蓝强颜欢笑详细向她解释着，最后，这个女孩马上交了钱注了册，远远站着的老板脸上有了一丝不易觉察的微笑。

卫蓝是这家成人高考培训班做得最久的员工。吃苦耐劳的她对工作一丝不苟，是一个特别负责任的人，老板对她的工作是最满意的，刚才只不过是吓唬一下卫蓝而已。这里工资不到两千，但是给员工买社保。老板特别抠门，平时节假日甚至连春节都不发奖金的，过年上班连个五块钱的利市钱都拿不到，同事们私下里对老板都有很大意见，找到其他工作后便纷纷跳槽。卫蓝初中毕业便出来打工，刚开始是在餐厅端盘子，也是一做好几年。自己没文凭，要想找一份很好的工作不容易，卫蓝觉得这份工作还算体面，而且她是属于安于现状的人，所以这一做就是五年多。

只要有人来咨询或报名，卫蓝便很专业、专心地为他们服务。一停下来，卫蓝便掏出手机继续拨打丈夫的电话，可耳边传来的永远是语音服务小姐礼貌的声音："对不起！你拨打的电话已关机。"担心一个人待在家的婆婆，卫蓝还得打电话安慰她。下午，卫蓝查到丈夫单位的电话，又打电话过去问，得到的回答仍然是没人见到丈夫。一整天，卫蓝都心神不宁。

下班时间一到，卫蓝便飞似的往外跑，骑上车，以最快的速度向家奔去。一进门，便看见婆婆坐在沙发上抹眼泪。卫蓝放下袋子，过去想安抚一下婆婆，没想到自己的眼泪也"唰"地下来了，婆媳两人抱头痛哭。

六点半，儿子放学回来了。人还没进门，便在那里嚷着肚子饿。看见厨房冷锅冷灶的，儿子不高兴了，气呼呼地一屁股坐在沙发上，打开了电视。卫蓝本想斥责儿子赶快去做作业，话到嘴边又咽了回去。自己和婆婆也许吃不下，但正在长身体的儿子总要吃饭吧。想到这里，卫蓝站起来，走到厨房去做晚饭。

饭桌上，看着儿子狼吞虎咽，卫蓝却一点也吃不下去，婆婆也拿着筷子坐在那里发呆。

儿子奇怪地问："奶奶，妈，你们怎么不吃饭呀？今天老妈弄的炸鸡腿可香了！"

卫蓝叹了口气："儿子，你吃吧，好吃就多吃点。"

婆婆抹着眼泪问孙子："你爸至今没回来，你不担心他呀？"

儿子用嘴狠狠撕下一块鸡肉，边嚼边说："有啥可担心的？玩够了玩累了我爸自然就回来了呗。"

婆媳俩互相对望了一下，两个人都没再吱声。

晚上，卫蓝又试着给在深圳为数不多的亲戚打了电话，可同样是没人知道丈夫的下落。卫蓝再也坐不住了，拨打

卫蓝

110 报警，可是对方很客气地说，成人得失踪 48 小时才能立案。

　　婆媳俩坐在沙发上一直等到凌晨两点，丈夫仍然没有回来。卫蓝担心婆婆的身体，硬把她拉到床上去躺着。这几年，丈夫的睡眠都不太好，所以两个人分房睡，丈夫搬到书房去睡了。那天卫蓝无意中在报纸上看到一则报道，说现在大都市生活节奏太快，压力重，很多人都是亚健康状态，不少人得了忧郁症。而忧郁症最明显的特征就是晚上睡不着，忧郁症到了严重的时候很多人都是选择自杀。莫非丈夫也得了忧郁症？丈夫提出要自己单独睡时，卫蓝当时心里还挺不舒服的，觉得丈夫有点自私，卫蓝突然觉得自己对丈夫的关心太不够！如果能多跟丈夫沟通，找到他失眠的真正原因，也许今天丈夫就不会离自己而去了。卫蓝把丈夫房间的灯打开，凳子上挂着一件丈夫的衣服，卫蓝把衣服拿下来折叠好放进衣柜里。坐在床沿上摸摸丈夫的被子，又嗅嗅丈夫的枕头，平时很厌烦丈夫的枕头老是有一股味道，但现在闻起来，卫蓝却觉得很是亲切，眼泪突然"吧嗒吧嗒"便掉在了枕头上，湿了一大片。

　　天终于渐渐亮了。卫蓝不知道自己这一晚是怎么熬过来的。一会在自己的房间，一会又去丈夫的房间，一会到客厅，一会到阳台。手机更是一直握在手里，一会打一个电话，一会打一个电话，把一块电池都打没电了。

　　卫生间里有了动静，婆婆早早爬起来了。卫蓝准备去厨房弄早餐的时候，正好碰上婆婆出来，婆婆的两眼通红，一看就知道是一夜未合眼。卫蓝不忍心再看婆婆的表情，走快几步到厨房去。

儿子上学去了。卫蓝早早给老板打电话请假，听声音老板还没睡醒，听到卫蓝要请假不太情愿，卫蓝也管不了那么多了，她说"我今天必须得请假，我得出去找我的丈夫"，然后便挂断了电话。

街上，路人或提着公文包，或手上拿着早餐边吃边走。也有骑着自行车横冲直撞的中学生们，蹦蹦跳跳的小学生们和后面帮他们背着书包的家长……到处是行色匆匆的路人。而走在街上的卫蓝却很茫然，她不知道自己该往哪个方向走，她不知道自己该去哪寻找丈夫。茫茫人海，丈夫究竟在哪个角落？车祸？不太可能，如果是车祸的话，总应该有人通知自己吧。被人绑架？也不太可能，丈夫无财无貌的，绑架他干吗？真的像儿子说的那样泡妞去了？可丈夫表面上一直都正正经经的，没发现有什么蛛丝马迹呀。卫蓝的脑袋都快想破了，仍然理不出头绪。

卫蓝在街上游荡了半天，走得腿都累了，却一无所获。已是中午两点多，卫蓝走进一家小食店，叫了一杯豆浆一份油条。这两天都没怎么吃东西，再不补充点东西，恐怕自己就要倒下了。吃完东西，继续在街上寻找，这附近的公园、超市、商场、餐厅什么的都找了一遍，街上走过的每一个行人，卫蓝也不放过，眼睛盯得又酸又痛。虽然今天穿了一双

运动鞋出来，可是脚尾趾部位还是被磨出了水泡，生疼生疼的。卫蓝坐在街边一个花带上，把鞋脱下来揉了揉脚，此时，电话响了，卫蓝一看是家里的电话，赶紧接起来。

婆婆说："阿蓝呀，你赶紧回来！有人通知说看到昆子了，我也说不清楚，你快回来给他们打电话！"

卫蓝连忙说："好的好的，我这就回家！"

卫蓝匆匆挂断电话。远远看到有部绿的士正驶过来，卫蓝赶紧伸手去拦。车停了下来，里面的客人正好下车，卫蓝立即钻进车去。正好是下班高峰期，路上红绿灯又多，卫蓝不停地催促司机开快点，司机都被催得不耐烦了。

下了车，卫蓝箭一般往家里跑。在小区里碰到有邻居打招呼，卫蓝也顾不得跟他们说话了，只顾一直向前跑。气喘吁吁爬上楼，按响了门铃，婆婆很快打开了门。卫蓝抚着胸口不停喘着气，卫蓝给自己倒了一杯水，一口气咕噜咕噜喝进肚子里，赶紧又跑进卫生间去，憋了一天的尿了，那个小食店也没厕所，再不上厕所就要尿在裤子里了。上完厕所，裤子一提，马桶也顾不上冲，手也顾不上洗，卫蓝马上冲了出来。

婆婆把记录下来的一个电话号码递给卫蓝："快打这个电话。"

卫蓝问："哪儿打来的电话？"

婆婆回答："我听不太清楚，好像说是什么酒店的。"

卫蓝拨打电话的时候，手有点哆嗦，好不容易打通了，果然是一个酒店的电话。对方核实了卫蓝的身份后，说卫蓝的丈夫就在酒店，让卫蓝务必马上过去一趟。卫蓝问丈夫现在怎么样，还好吗，对方迟疑了一下，回答说你过来吧，过来就知道了。

放下电话，卫蓝有一种不祥的感觉。她有点恍惚，拿上小钱包穿着拖鞋就往门外走，婆婆把她叫住了。换好了鞋，卫蓝小跑着下楼。这家酒店离家里并不远，拦的士还要等，卫蓝干脆一直小跑着。跑了十分钟便到了酒店，看见酒店前停着辆警车，卫蓝的腿开始发软。警察把卫蓝带到那个房间的时候，卫蓝一眼看见丈夫的身体被白被单整个罩着，顿时晕了过去。

卫蓝醒来的时候，已躺在房间的沙发上。卫蓝第一眼便看见茶几上赫然放着一瓶"敌敌畏"。一个女警察轻声告诉卫蓝，经过法医初步鉴定，卫蓝丈夫是喝毒药自杀身亡的，死亡的时间大约是前日凌晨四点。因为丈夫开了两天的房，而且门上挂着"请勿打扰"的牌子，所以昨天服务员就没进去打扫房间。今天服务员去敲门一直没人开，隐约闻到房间里有一股什么难闻的味道，后来拿来钥匙打开房门，发现卫蓝丈夫已经死亡，服务员吓得尖叫一声马上夺门而逃。

丈夫服毒身亡？卫蓝无法相信亦无法接受！丈夫为何会服毒？为何要服毒？他有什么想不开的问题？究竟是什么让丈夫可以放下尘世的一切撒手而去？悲痛的卫蓝无法回答自己。

丈夫的尸体被拉走了，卫蓝拖着沉重的步伐往回走。刚才警察和酒店的人员都轮流在劝着卫蓝，可这些安慰对卫蓝而言又有什么作用呢？一个自己生命中如此重要的人就这么说没就没了，谁又能接受呢？从酒店到家，卫蓝足足走了一个多小时，她不知道如何去面对婆婆，如何去面对未成年的儿子。进了家门，看见卫蓝失魂落魄的样子，婆婆的眼泪先下来了，她颤抖着问儿媳妇儿子究竟怎么样了，卫蓝无言以对，只是对着婆婆摇了摇头。

婆婆睁大眼睛继续问："告诉我，昆子到底怎么了？出事了？"

卫蓝失神跌坐在沙发上，对着婆婆点了点头。

婆婆又问："人呢？人在哪里？"

卫蓝说："没了。"

婆婆不相信："你说什么？你说什么？"

卫蓝号啕大哭："妈，昆子死了，在酒店喝农药死了！"

婆婆两眼发直，人慢慢往后仰，"咕咚"一声，倒在了地下。

卫蓝手忙脚乱去扶婆婆，赶紧拨打120电话。这个家，彻底混乱了。

医院里，老太太还没醒过来。药水一点点滴进婆婆的血管，身心疲惫的卫蓝靠在椅子上，眼神空洞无力。卫蓝总觉得这一切都是梦，自己只是在做一场噩梦罢了，不会的，丈夫不会就这样离开自己的！他怎么忍心抛下七十多岁的老母亲和未成年的儿子?

得知消息的儿子急冲冲闯入病房，伏在奶奶的身上放声痛哭。儿子性子很倔，平时很少流泪，哪怕是犯了错被卫蓝打得衣架都断了，他仍然一声不吭。看着痛哭的儿子，卫蓝再也控制不住自己，哭得撕心裂肺。

婆婆终于醒了，卫蓝松了一口气。醒来的婆婆躺在床上不停地哭泣，哭得卫蓝心都碎了。婆婆本来身子就弱，受了如此大的打击，看样子得在医院里待上一阵子。卫蓝跑到走廊给老家的亲人打电话，这么烦琐、复杂的事情，卫蓝一个弱女子应付不来，她得找几个亲人过来帮忙才行。最后，小叔子、自己的亲弟弟、弟媳答应明天一早就坐车过来深圳。卫蓝和丈夫老家都在粤西，坐车七个多小时能到。

卫蓝在医院陪了婆婆一晚上，困了就在椅子上迷迷糊糊打个盹，到了第二天早上，卫蓝累得人都快散架了。上午九点多，卫蓝接到丈夫单位的电话说要过来探望，卫蓝告诉他们自己现在在医院。过了二十多分钟，丈夫单位一行人（包括那个大堂经理）便来到了医院，他们把一大篮水果、牛奶和营养品放到桌子上，并递了一个大红包给婆婆，祝她早日康复。婆婆放声大哭，卫蓝也不停擦着眼泪，大堂经理也眼湿湿的，不停安慰着老人家。

送走丈夫单位的人，卫蓝到市场去买菜回家，准备炖个鸡汤给婆婆补补身子。回到家却发现儿子的鞋还在，卫蓝觉得奇怪，进屋一看，儿子还躺在床上。

卫蓝边摇儿子的身体边说："你怎么还不去上学？现在都十点多了。"

儿子把被子蒙在脸上，说："我不舒服，我不想上学！"

卫蓝用手摸了摸儿子的额头，没发烧呀。"你哪不舒服？"卫蓝继续问道。

躲在被子里的儿子瓮声瓮气地说："哪儿都不舒服，我只想睡觉。"

想着儿子突然经历如此大的家庭变故，或许昨晚也是一夜未睡呢，卫蓝便不再逼儿子了。

刚把汤煲上，卫蓝接到警察的电话，让卫蓝赶紧去一趟殡仪馆，对方说丈夫必须解剖验尸查明死因，卫蓝要过去签同意书。解剖验尸？卫蓝不寒而栗。已经死去的丈夫还得开刀，卫蓝一时无法接受。如果婆婆知道了，估计更是接受不了，这按老家的说法就是死无全尸，忌讳的老人怎会同意呢？卫蓝没有答应他们，卫蓝说自己得好好想一下。对方却冷冰冰地说，这有什么好想的，这是一定要走的程序。卫蓝没再说话，挂断了电话。

下午，亲戚们都到了，病房里又是哭声一片。

卫蓝最终还是在解剖同意书上签了名，不过这事是瞒着婆婆的。这段时间，卫蓝得强忍悲痛去处理和面对很多事情。婆婆有小叔他们盯着，卫蓝放心很多。丈夫的死已经够让她痛苦的了，没想到又一件棘手的事情摆在面前：儿子不肯去上学了！儿子才上初中，怎么可以不去上学呢？可不管卫蓝怎样劝儿子，儿子就是不听。没办法，卫蓝只好求助于老师，把家里的基本情况跟老师说了一下。老师当天便来到家里，很耐心地劝解儿子，可是根本没用，儿子不为所动。第二天，老师又让平时和儿子玩得好的几个同学来家里，可孩子们仍然无功而返。婆婆、亲戚、朋友们轮番上阵，最终却没人能说服儿子。这真是雪上加霜！卫蓝急得大把大把掉头发。

尸检过后，警察得出的结论仍然是自杀身亡。这也是卫蓝意料之中的结果，丈夫跟人无冤无仇的，被杀的可能性几乎没有。虽然这事看上去并不复杂，警察的调查也简单，但是手续却有点烦琐，丈夫冷冰冰地在殡仪馆躺了一个多月。

第二天丈夫便要火化了，卫蓝把丈夫刚发不久的工作西装让殡仪馆工作人员给丈夫穿上陪他走完人生最后一程。虽然丈夫经过化妆师的精心化妆，但是卫蓝一直不敢看丈夫的脸，她知道喝了农药的人都死得很痛苦，那表情肯定也很狰狞，卫蓝宁愿自己记忆中的丈夫一直都是那种平和的样子。

儿子和亲戚们都在灵堂为丈夫守灵。按老家的规矩，卫蓝是不能守灵的，她便留在家里陪着刚出院的婆婆。晚上，卫蓝在丈夫的房间整理着他的东西。卫蓝给丈夫找了几件他平时喜欢的衣服放好，准备到时一起拿去火化。房间里仍然弥漫着丈夫的气息，卫蓝一边整理一边流泪。和丈夫结婚十五年了，时间真是一晃而过，那个第一次见到自己羞得头都不敢抬起来的丈夫，如今却和自己一阴一阳隔在两个世界里。丈夫的衣物并不多，在农村长大的他生活节俭朴素，上

班的时候要穿工作服，除了两件外套、一件棉袄和一些秋衣裤等，剩下的都是夏天、秋天、冬天的工作服，加上棉被等等，全部的东西加起来还没装满一个编织袋。望着那个瘪瘪的编织袋，卫蓝的心很酸。

平时都是丈夫管钱，丈夫喜欢管钱，而卫蓝对钱又没什么概念，也就乐得清闲了。卫蓝也不知道现在家里究竟还有多少钱，帮丈夫整理抽屉时，卫蓝才突然想到要找找存折、银行卡等。丈夫在上个月曾跟卫蓝唠叨过，准备过段时间两个人买份商业险，他说现在人到中年了，是该买保险的时候了。卫蓝对这些都不太懂，随口应付了几句。现在想起来，如果当时自己积极主张买了保险，也许这次丈夫出事能赔一些钱吧，可是生活却没有如果。抽屉里东西不多，大部分是一些家电说明书，还有几本从单位拿回来的新的笔记本、利市袋等，一元、一角的硬币倒是有不少。只剩下一个上锁的抽屉了，卫蓝到处翻都没看到钥匙。后来突然想到警察交给自己的那串钥匙，对了，肯定在那串钥匙里，那串钥匙丈夫平时从来不离身的。走回自己的房间拿出钥匙，小钥匙还有不少，试了好几次，终于打开了抽屉。

首先映入眼帘的是两个人的结婚证。卫蓝翻开结婚证，看到照片中那个年轻的、傻傻的、表情木讷的丈夫时，卫蓝的眼睛马上又红了。房产证、户口本、煤气本、有线电视本、独生证、计划生育证等，丈夫都保管得好好的。在另一个文件袋里，卫蓝翻出了几张存折和银行卡。那些存折大部分是扣水电费、煤气费、管理费等费用的存折，每一本存折的余额都是两百元左右，看那个打印清单，丈夫是隔三个月存一次钱。有一张存折上有三万多块钱，卫蓝翻了翻，原来这是丈夫的工资存折。啊？工资存折？怎么只有三万多块钱呢？丈夫每月的工资一万多，自己两三千块工资，每月没特殊情况的话，起码得存个五六千，记得去年丈夫就曾说过存折上有二十多万，怎么突然只剩下三万多呢？卫蓝翻开存折仔细看，半年前有一笔取款，一下子取了二十五万。丈夫取这笔钱干吗用呢？他从来也没有跟自己提起过，卫蓝有点蒙了。看到旁边还放着几张银行卡，其中有一张卡也是这个银行的，卫蓝心想也许丈夫把钱转到那一张卡上去了吧，毕竟银行卡取钱方便许多，卫蓝自我安慰着。

整理完丈夫的东西，卫蓝开始洗头、洗澡，这个澡洗得有点漫长，足足洗了一个多小时。在热水的冲击下，卫蓝白皙的皮肤红红地冒着热气。卫蓝任由热水从头到脚淋浴着，整个卫生间雾气腾腾，卫蓝的思绪飘得很远。她想到了这十五年来丈夫对自己种种的好，比如坐月子时，丈夫不嫌脏不喊累，卫生巾那些都是他帮自己换；自己的内衣裤、孩子的尿布等也是他一个大男人手洗；孩子断奶后，晚上要起来几次冲奶粉的也是丈夫……想着想着，卫蓝便泪如雨下，花洒上的水和泪水交织在一起，肆意在卫蓝的脸上一直往下流。

吹头发的时候，卫蓝又流泪了。以前每次洗头，只要丈夫在家，都是他帮自己吹头发的，十几年来从未间断。而现

在，已是阴阳两隔，卫蓝岂能不潸然泪下？

这天晚上，卫蓝还是睡不着觉。那存折的事情一直在折磨着卫蓝。一大早，卫蓝打车赶到殡仪馆。亲戚朋友都不多，花圈寥寥无几，显得有点冷清。追悼会的时间快到了，丈夫单位的人急匆匆赶了过来，呼啦啦一下子来了十几个人，大堂经理还拿了一个装着慰问金的信封交给卫蓝，这个信封厚厚的，起码有一万多块钱吧。银行是不能缺人手的，能带十几个人来参加追悼会，已经是很不容易了，卫蓝心里挺感激。追悼会开完了，丈夫就要被送去火化，卫蓝悲痛万分，哭得差点昏过去，丈夫的一个看上去身体很强壮的女同事适时伸出双手，搀扶起卫蓝。拿着遗像走在前面的儿子面无表情，没有掉一滴泪，跟在后面的卫蓝几乎是被那个女同事拽着走的。

临别的时候，搀扶着卫蓝的老大姐突然在她耳边低声说："那天银行少了一千块钱，他们硬让你丈夫赔，结果第二天你丈夫便出事了！"还没等卫蓝反应过来，女同事便挥挥手走了。女同事的话如炸弹爆炸般让卫蓝震惊！怪不得丈夫要自杀呢，原来他是被人污蔑！肯定是因此一时想不开才自杀的，卫蓝气得浑身发抖，她决定要把事情弄个水落石出。

处理完丈夫的后事，卫蓝决定到银行去问清楚，卫蓝首先想到的还是那天的老大姐，可是自己没有她的手机号，那就只好去堵了。卫蓝算好时间，银行快下班的时候，卫蓝在附近等着。等银行的人都走得差不多了，卫蓝终于看见了那位大姐，大姐是推着部单车出来的，看来这大姐也是个节俭的人，其他职员大部分都是开车回去的，她推的还是部旧单车。大姐一看见卫蓝，眼神有点慌张，还没等卫蓝开口，她说前面过了红绿灯往右拐有个肯德基，让卫蓝在门口等她。卫蓝点点头。

卫蓝走到肯德基门口时，老大姐已在那里等着了。卫蓝本想请大姐进去边吃东西边聊的，可大姐拒绝了，她说要赶回家做饭。

大姐把卫蓝拉到角落："其实我跟你家老公不太熟悉，他是个不爱说话的人，而我也是。可是，看着他好端端的却突然自杀，我心里很不好受。"

卫蓝拉着老大姐的手，真诚地说："谢谢你！"

"你丈夫死的前一天，银行结账时发现少了一千块钱。具体情况我不太清楚，但我听到说是你丈夫的责任，让你丈夫赔一千块钱。可你丈夫当时说不关他的事，他当时气得脸红脖子粗的，跟大堂经理吵了半天，你丈夫当时还拍了桌子，我是第一次看见他发那么大火。"大姐说。

卫蓝问："经理凭什么说少了一千块钱就是我丈夫的责任呢？"

大姐说："我真的不是很清楚，因为我在楼上上班，下班时听到有人吵架才知道了一点。我是同情你，所以才偷偷跟你说的，因为我觉得你丈夫的死和此事肯定有点关系。我劝你还是明天去问问大堂经理吧。我要走了，家里孩子等着我

做饭呢。你可千万别说是我跟你说了这些话呀。"

卫蓝紧紧地握了一下大姐的手："谢谢你大姐！我知道，我不会说的。再见。"

回到家的卫蓝还是特别地气愤，这单位也太过分了吧！如果不是这位大姐好心，自己就这样一直蒙在鼓里，丈夫就这样死个不明不白吗？

晚上又是没睡好，第二天卫蓝起了个大早，去市场买了新鲜的排骨，熬了一锅鲜甜的排骨粥。婆婆已经起来了，病了一场，人一下子老了许多，腿脚也没那么灵便了，卫蓝扶她坐在餐桌上吃早餐。然后去敲儿子的房门，可儿子一点动静都没有，怎么叫都不出声，房门又上了锁，卫蓝无功而返。

"怎么？孩子还是不肯起床去上学？"婆婆问道。

卫蓝无奈地点了点头。

婆婆喝了口粥，说："算了，你让他缓一下。等他想清楚了，他自然就去上学了，现在逼他也没用。"

"嗯，也只能这样了，腿长在他身上，我奈何不了他，只好继续跟老师请假了。"卫蓝说完也端起碗喝粥。

吃完早餐，卫蓝赶到丈夫的单位。大堂经理看见卫蓝的时候，表情有点不太自然，但还是假装热情地招呼着卫蓝："你好呀，今天是过来要办什么业务吗？"

卫蓝说："不，我是来找你的。"

经理问："找我有事？"

"嗯，找你有事。"卫蓝的眼睛直盯着经理。

“请问，什么事呢？”经理躲闪着卫蓝的目光。

“我想问一下，凭什么你们认定那一千块钱就是我丈夫的失职造成的？”卫蓝冷冷地问。

“什么？你说什么？我怎么听不懂？”经理的脸色有点难看。

“你怎么会听不懂呢？如果不是你们硬让我丈夫赔那一千块钱，我丈夫也不会自己跑去酒店喝药自杀的！”卫蓝咄咄逼人。

“我们，我们去里面谈吧。”经理的脸一阵白一阵红。

“是这样的。那天你丈夫临时说有急事要请两个小时的假，跟同事接班的时候，他连钱也没交接就急着说要走。同事当时开玩笑地说了句：‘如果今天的钱错了，那可就是你的责任。’你丈夫说：‘这怎么能错呢？我都干了多少年了，你看我什么时候出过错？’说完就急匆匆走了。你丈夫回来后，同样也没和同事把钱交接，你说巧不巧，下班时清点金额，少了一千块钱。你丈夫说是那个同事弄错的，那个同事又说是你丈夫自己弄错的，还说你丈夫肯定是因为少了一千块钱，故意找借口请假，钱不清点不交接就跑出去了，他说这是你丈夫的阴谋。为这事，两个人吵得不可开交。我调解了老半天也达不成协议，本来我是想让他们各自赔五百元的，没想到两个人都不干。那个同事说他冤枉，你丈夫说他委屈。最后，考虑到是你丈夫请假让人替班，而且是他自己不把钱交接好才走的，最后经过领导讨论决定还是让你丈夫自己赔这

一千块钱。"经理解释道。

"就因为没交接清楚，你们就认定是我丈夫的责任？你们也太武断了吧！"卫蓝愤愤不平。

"这事错就错在你丈夫自己不交接，请假的是他，不交接的也是他，这还能怨谁呢？只好让他赔了。"经理摊了摊双手。

"你们这样处理事情太马虎了！我觉得我丈夫就是因为这一千块钱才自杀的！"卫蓝提高了声调。

"这话可不能乱说呀！现在什么时候呀？谁会为了区区一千块钱而自杀呢？要知道你丈夫一个月的工资可是一千块的十几倍，难道他赔不起？"经理有点急了。

"一千块钱是不多，但是你们冤枉了好人！我丈夫肯定是因为这样而一时想不开自杀的！"卫蓝也急了。

"不，你丈夫没那么脆弱！我猜他肯定是有其他的事情，或许，你可以调查一下那天下午他请那两小时假究竟去干什么了，也许能找到他自杀的原因。"经理劝着卫蓝。

卫蓝和经理谈了一上午，理论了一上午，经理最后说他会向领导再反映一下，看能否让单位多给卫蓝一些抚恤金，他劝卫蓝不要再闹了，他说人都没了，闹了也没啥意思。

"我今天不是为了钱来找你的，我就是想还丈夫一个公道！这事我会向警察说清楚，让他们去调查。"卫蓝说完便头也不回地离开了银行。

办案人员听卫蓝讲完整件事后，有点为难，案子已经结了，大家都忙着其他的案件，要重新调查恐怕领导不会答应的。他劝卫蓝还是好好和单位沟通，看看是否让单位在经济上多加一点补偿。卫蓝失望地离开了派出所。

第二天，单位的一个副行长和大堂经理敲开了卫蓝家的门，他们给卫蓝送来了抚恤金。那个副行长说，经过领导班子讨论，虽然卫蓝丈夫的死不能说是跟那一千块钱有关，但单位多多少少应该负点责任，所以特地多加五万块钱，希望卫蓝一家能节哀顺变，这事就算过去了。钱，卫蓝是收下了，但是她没表态，她一直都在哭，最后，单位的人只好讪讪告辞。

这一晚上，卫蓝又是辗转难眠。她突然想到那天大堂经理说的话，那两个小时丈夫究竟请假去干什么呢？卫蓝也想知道个究竟。卫蓝突然想到丈夫的手机，也许从中可以知道些什么。卫蓝把丈夫的手机边充电边查看，可是没有那天的通话记录。难道丈夫是特意删掉？又或者丈夫那天真的没有跟别人打电话？正当卫蓝胡思乱想的时候，手机"嘀嘀"地响了几声，有几条信息进来。卫蓝一看，都是一个18开头的号发来的信息，信息的内容都是一样的："你怎么了？"卫蓝仔细看了下日期，从丈夫出事那天的第二天起，每天便发一条信息。凭女人的直觉，卫蓝觉得这看似简单的信息非同一般，而且，卫蓝觉得这发信息的主人肯定是个女人。

卫蓝想了很久，才决定给这陌生的号码回一条短信。回什么好呢？卫蓝想来又想去，最后，她在手机上打下一句话：

卫蓝

"不好意思！这段时间回老家有点事没开手机。明天中午十一点半在我单位附近荷里活西餐厅见面再聊。"卫蓝把信息暂存到草稿箱里，打算第二天早上七点多再发过去。如果这个人和丈夫很熟悉，那么她肯定知道丈夫的单位在哪，卫蓝想试探试探对方。

第二天早上，卫蓝把那条信息发了出去，很快便收到了回信："好的。终于有你的消息了，你知不知道我很担心！又不敢去单位找你，中午不见不散。"卫蓝看到这条信息，心里有种说不出的滋味。卫蓝突然想到有个以前的同事在移动公司上班，她想去打丈夫手机的清单，便马上出门，打车到移动公司，那个老同事正在忙乎着，卫蓝有点难为情地说明了来由，她没告诉同事丈夫出事，只说想查查丈夫的"岗"，同事笑着说理解，马上帮她把近三个月的清单打印了出来。拿上厚厚一叠清单的卫蓝打上车赶回家。

三个月的清单上，每一天都有那个18开头的电话，几乎都是丈夫打过去的。丈夫出事前请假的中午，是这个号码给丈夫打了电话。卫蓝看着那密密麻麻的同一个电话号码，她无法相信这一切！难道丈夫真的在外面有了女人？卫蓝整个人都蒙了！联想到存折上一下子提走的二十五万元，卫蓝觉得不寒而栗。

卫蓝翻遍了整个衣柜，试了不下十件衣服，终于选了件自己认为比较漂亮的衣服穿上，是蓝色的套裙，这衣服还是前年丈夫送给卫蓝的生日礼物，卫蓝一共也没穿过五次。穿上裙子的卫蓝显得端庄贤淑，卫蓝还在唇上抹了淡淡的唇彩，这唇彩是在地摊上买的，五元一支，卫蓝平时很少用。

到了荷里活西餐厅，卫蓝缓缓地往里走。时间还早，客人并不多。卫蓝用眼睛扫了一下，觉得靠窗那个穿着淡黄色衣服的女人最有可能，这个女人看上去三十四五岁，给人小鸟依人的感觉，性格应该也是那种温顺的。卫蓝掏出丈夫的手机，拨通了电话，手机响了几声，那个女人急忙从袋子里翻出手机接通电话，卫蓝没出声，女人在不停地"喂"，女人站起身焦急地张望。卫蓝看见，那个女人的肚子鼓鼓的，起码有四五个月的身孕了。

卫蓝慢慢向那个女人靠近，每走一步，都是如此的沉重。

卫蓝